꽃과

바다

꽃과 바다

한승원 문학의 씨앗말과 뿌리말

한승원 지음

조용호 · 장일구 대담

예담

"어둠이라는 고통을 비틀면 새가 되고

그 새는 빛을 향해 날아갑니다.

그것이 문학입니다."

차례

대담

빛을 향해 날아가는 새

소설의 씨앗말 혹은 뿌리말

시의 씨앗말 혹은 뿌리말

대담

빛을 향해 날아가는 새

•

조용호, 장일구가 묻고 한승원이 답하다

일러두기

조용호 → 조

장일구 → 장

© 정유민

문학이 열리다

조 문학이란 무엇입니까.

— 어둠이라는 고통을 비틀면 새가 되고, 그 새는 빛을 향해 날아갑니다.

조 올해로 한승원 선생님께서 등단하신 지 50년이 됐습니다. 고백하자면 제가 아직 선생님의 작품을 다 읽지 못했습니다. 그 정도로 선생님께서 지금까지 내놓으신 작품이 많습니다. 여전히 왕성하게 창작 활동을 하고 계세요. 선생님의 연배에 보기 드문 현역이신데, 요즘 건강은 어떠세요?

— 내 나이가 되면 누구든 정신적·육체적으로 폐경 상태이기 때문에 노인성 우울증을 겪게 마련이에요. 타인과의 관계에서 소외된 느낌이 들고 자기 나름대로 절대고독을 더 처절하게 실감하게 됩니다. 그럴수록 작가적인 눈으로 시나 소설, 또는 꽃이나 새 같은 사랑하는 것들과 하나하나를 여신처럼 사랑해냄으로써 그것을 극복하는 자세가 중요하다고 생각합니다. 우리 몸은 길항작용을 하잖아요. 서로 대항하는 관계에서 향상성이 작동하죠. 그런 의미에서, 노인성 우울증과 그것을 극복하고자 하는 작가적인 생명력과 의지가 서로 대항하면서 나라는 생명체와 작가적인 존재의 향상성이 가능한 게 아닐까 생각합니다. 내 안에 존재하는 힘들이 장력을 가지고 서로 확장시키기 때문에 지금까지 펜을 놓지 않고 계속 글을 쓸 수 있는 게 아닌가 합니다. 늘 두 가지를 생각해요. '살아 있는 한 글을 쓰고, 글을 쓰는 한 살아 있을 것이다. 그것이 내 삶에, 내 작가적인 생명력에 장력으로 작용할 것이다.' 그것이 저의 우주적인 율동이에요.

조 선생님께서 처음 문학에 입문하게 된 계기는 무엇이었습니까? 예를 들어 주변에 책이 많은 환경에서 자랐다거나 하는 배경이 있지 않을까 해서요.

— 그런 것은 없어요. 다만 할아버지한테서 문학적인 영감과 정서를 물려받은 것 같다는 생각은 합니다. 할아버지가 한학자셨는데 그보다는 이야기 박사에 더 가까웠죠. 이야기를 그렇게 잘하셨어요. 어렸을 때 할아버지 방에서 자곤 했는데 그때 이야기를 많이 들려주셨어요.

조 **어릴 때 활자 대신 할아버지의 구전 이야기가 기본인 환경으로 만들어진 거였군요?**

— 내가 시에 인용한 이야기들은 거의 모두 할아버지한테 들은 이야기예요. 할아버지한테 들은 이야기가 그대로 시가 된 거죠. 나는 중학교 다닐 때까지 동화책이나 동시를 읽은 적이 없어요. 우리 할아버지께서 선견지명이 있어서 나한테 그런 이야기를 들려주셨다는 생각이 들어요. 《열애 일기》에 〈한 마리나 아흔아홉 마리나 그것이 그것〉이라는 시가 있어요. 도깨비 이야기인데 그것도 할아버지한테 들은 이야기예요. 그대로 옮기다시피 했는데 사람들이 굉장히 재미있다고 하대요.

> 우리 할아버지가 밤낚시질을 하는데 여느 날 밤과 달리 고기들이 입질을 잘해주었다 숨가쁘게 꼭 그만큼한 크기의 고기들을 아흔아홉 마리째 잡아올리고 하도 허리와 옆구리가 아파 몸을 틀었다 뱃전 밑에서 도깨비라는 놈이 히히히 하고 웃으며 말했다 "신나게 한바탕 잡아올렸지?" 할아버지는 깜짝 놀라 구럭 안을 보았다 텅 비어 있을 뿐이었다
> 도깨비라는 놈은 할아버지가 한 마리를 낚아올려 구럭에 담아놓으면 그것을 슬쩍 훔쳐다가 다시 낚시에 꿰어주고, 할아버지가 그것을 잡아당겨 구럭에 담아놓으면 또다시 훔쳐다가 낚시에 꿰어주기를 아흔여덟 번이나 한 것이다
> 너 이놈, 하고 할아버지는 소리를 질렀다 도깨비라는 놈 물을 밟고 도망가면서 말했다 "잠시나마 행복했겠지? 그렇지만 너무 화내지는 마라. 한 마

리나 아흔아홉 마리나 그것이 그것이니라."

〈한 마리나 아흔아홉 마리나 그것이 그것〉 전문, 《열애 일기》

장　고등학교 때 교지 활동도 하셨는데 그때 이미 문학에 관심을 갖지 않으셨나요?

— 그때는 이미 '문학병'이 들었죠. 우리 때는 문학병이라고 했어요. 문학병이라 한 이유는, 말하자면 따로 공부 안 해도, 수학이나 물리 공부를 안 해도 소설가가 될 수 있다고 생각을 잘못한 거예요. 내가 고2 때 문학병이 들었어요. 고2 때 처음으로 특별활동이라는 게 생겼어요. 나는 문예부가 뭔지조차 몰랐어요. 얼마나 무식했냐 하면, 내가 어느 부서에 가야 할지 몰라서 운동장을 헤매고 있으니까 친구가 문예반에 가자고 권했는데 나는 그걸 '문어반'이라고 생각했어요. 그만큼 무식했어요. 문예반에 들겠다고 온 학생이 대략 마흔 명 됐어요. 담당 교사가 빨치산 활동을 하다 자수하고 살던 선생이었어요. 그분이 소설이나 시를 한 편씩 써 오라고 해서 그때 처음 소설을 써봤어요.

소설을 쓰게 된 계기에는 사실 사연이 있어요. 첫사랑 처녀가 내 자취집의 앞집에 살았어요. 내가 반찬이 떨어지면 반찬을 갖다 주고 장작이 떨어지면 장작을 갖다 주고 그랬어요. 그 여자가 책을 굉장히 빨리 읽었어요. 책을 한 권 빌리면 학교에서부터 읽기 시작해서 집에 올 때까지 다 읽고 그 책을 자기 동생을 시켜서 나한테 보내줬어요. 동생이 우체부 노릇을 했죠. 책을 받으면 그때부터 읽기 시작해서 밤새 다 읽고 아침에 동생 손에 들려주면 동생이 자기 누님한테 갖다 주는 식으로 해서 잡독을 했어요. 그때《암굴왕》《삼총사》등을 읽고 동화도 읽었어요.《암굴왕》내용을 빌려서 콩트를 써 낸 거였어요. 그런데 문예반 지원자 가운데 글을 써 온 사람이 나밖에 없는 거예요. 나 혼자만 순진하게 꼭 써야 하는 줄 알고 그걸 써서 냈는데 내 콩트를 다 읽고 난 선생이 "이 학생은 앞으로 훌륭한 작가가 될 것 같다" 그렇게 이야기를 하는 거예요. 그때부터 내가 팽 돌아버린 거죠. 그 순간 내 인생이 바뀐 겁니다. 그 후 문학 하는 친구가 하나씩 하나씩 생기기 시작했죠.

장 요즘도 그렇지만 당시로서 선뜻 문학을 업으로 하겠다고 결심하시기가 쉽지는 않은 상황이셨을 것 같은데요.

— 고등학교 졸업하고 살림을 책임져야 해서 바로 대학에 진학하지 못했어요. 집에서 김 양식하고 농사지으면서 약 3년을 보냈으니까요. 그 시기에 나한테 영향을 준 친구가 있었어요. 전남대를 다니면서 시 공부 하던 친구인데, 그 친구가 탈영을 해서 회진 포구에서 살았어요. 그 친구가 밤이면 나룻배로 건너오곤 했어요. 세상에 적응 못하고, 아니 저항하면서 산 거죠. 탈영해서 집에 숨어 살면서 밤마다 꼭 나를 찾아왔어요. 아버지 말 잘 듣고 일 잘하면서 착실하게 살고 있는데 그 친구가 밤에 찾아와서는 나를 불러냈어요. 그리고는 한밤중에 둘이서 주막으로 가요. 주막 문이 잠겨 있으면 문을 마구 두들겨요. 주인이 못 이겨서 나와 겨우 문을 열어줬어요. 가오리 횟감에다가 막걸리 쌉쌀한 놈

을 내주면 둘이서 벌컥벌컥 마셨어요. 둘 다 술이 얼큰하게 취하면 바닷가로 나가 파도를 향해서 악을 쓰고 노래를 불러댔죠. 「굳세어라 금순아」가 한창 유행할 때였어요. 아마 현인이 불렀을 거예요. 그러다 술이 깰 만하면 친구는 자기 집으로 돌아갔어요. 그 친구가 술을 마실 때 나한테 실존주의 강의를 했어요. 친구가 이야기한 것을 듣고 책을 사다 읽으면서 나도 실존주의자가 된 거죠. 그 친구는 전남대 국문과에 들어간 것을 후회했어요. 그러면서 "내가 서라벌예대에 가서 도강을 해봤다. 거기 가면 김동리·서정주·박목월 다 있다. 너는 거기로 진학해라"라고 나한테 불을 질렀어요.

내가 김 양식을 하며 번 돈으로 아버지가 논 두 마지기를 샀어요. 내가 장가가서 분가할 때 주겠다면서. 당시 시골에서 장남 분가시킬 때는 논 한 마지기 채워주고 집 지어서 내주고 그랬는데, 아버지가 둘째인 나한테 그렇게 하겠다는 것이었어요. 김 양식을 할 새 배 한 척을 지어주고 새 집도 지어주고 논 두 마지기도 채워주겠다는 것이었죠. 내가 아버지한테 고분고분했으면 지금쯤 이장 하면서 제법 부자로 살았을 거예요. 그런데 나는 아버지하고 계속 싸웠어요. 공부하겠다고 머리 밀고 가출하면서 반발을 하니까 어머니가 논을 팔아서 주자고 했어요. 그 논을 팔아서 서라벌예대를 갔죠.

장 **문학청년 한승원의 시대가 어렵사리 열림 셈이군요.**

— 서라벌예대에서 시와 소설을 두루 배웠어요. 서정주 선생한테

서 시 창작론, 시 실기를 들었고, 김구룡 선생한테서도 시 실기를 배웠어요. 박목월 선생에게는 문장론을 공부했고, 김동리 선생한테서 소설 창작론과 실기를 배웠습니다. 학생 시절에는 시를 많이 썼어요. 군대 가서는 전우지에 시를 많이 발표했고 그 원고료를 받아서 이등병 주제에 술도 사고 그랬어요. 내 시를 본 친구들이 다들 소설을 써야 한다고 한마디씩 하던 기억이 나네요. 입대하면서 경향신문에 소설을, 한국일보에 시를 응모했는데 휴가를 나왔더니 한국일보에 최종심까지 올랐다고 한 친구가 그랬어요. 1964년에 다시 서울신문 신춘문예에 소설 〈양키가 살던 양옥〉을 응모했는데 최종심까지 올랐어요. 만약 그때 등단했다면 지금의 나는 없을 거예요. 공부가 덜 된 상태였거든요. 제대하고 나서 1966년에 신아일보에 소설 〈가증스런 바다〉를 응모했는데 가작으로 입선됐어요. 1967년에는 초등학교 교사로 있으면서 〈목선〉을 응모했는데 1968년에 당선됐어요.

작가의 권리

— 나는 참 치열하게 살았어요. 도전적으로 분투하듯 살았죠. 광주에서 살 때 원고 청탁이 없었지만 내가 여기저기에 투고를 했어요. 당시는 신인이고 거의 무명이나 다름없었는데 누가 나한테 원고 청탁을 하겠어요. 작가라는 사람은 어느 잡지, 어느 신문에든 작품을 실을 권리를 갖고 있다고 나는 생각했어요. 또한 잡지나 신문의 편집자는 자기가 사는 세상에서 가장 유능한 시인이나 소설가, 평론가의 글을 받아서 실을 의무가 있는 사람이라고 생각했고요. 나는 작가로서 권리 행사를 한 겁니다. 그래서 당당하게 청탁이 없어도 원고를 투고했던 거예요. 그게 제 신념인데 지금도 그건 변함없습니다. 내 소설을 읽어보고 좋으면 실어라 하는 식이었죠. 당시에 세상으로부터 주목을 받았던 소설들이

전부 내가 직접 투고한 작품들이에요.

예전 우리나라 문예지의 편집자들은 신인의 작품을 잘 읽지 않았어요. 잡지사에 찾아오는 평론가들한테 요즘 누구의 소설이 좋냐 묻기만 했어요. 그렇다고 그 평론가들이 발표되는 작품들을 다 읽냐 하면 그것도 아니죠. 인기 있다고 생각하는 몇몇 소설가의 작품만 읽기 때문에 대답이 제한적일 수밖에 없어요. 그러니까 시골에 사는 뜻있는 작가는 발굴될 수가 없어요. 지금이라고 나아졌을까요? 글쎄요.

내가 일본에서 《탑》이라는 소설을 먼저 발표하고 그걸 약간 고쳐서 문학과지성사에서 《우리들의 돌탑》이라는 제목으로 출간한 적이 있어요. 그때 일본 편집자들과 같이 일하면서 많이 놀랐어요. 편집자들이 끈질기게 쫓아다니는 것을 그때 처음 봤어요. 와서 술 사주고 밥 사주고 하면서 얼마나 진척됐습니까 묻고 가요. 심지어 작품의 방향에 대해서도 의논을 합니다. 우리나라의 편집자들도 그래야 한다고 생각해요. 잡지사뿐만 아니라 출판사의 편집자들이 특히 그래야 합니다.

내가 광주에서 살면서도 작품을 꾸준히 쓰고 발표를 하니까 당시 서울 올라가서 사람들을 만나면 다들 내가 서울서 사는 줄 알아요. 나를, 작품을 발표하기 위해서 잡지사 기자들이나 편집자들한테 로비도 하고 술도 사주는 그런 사람으로 알더라고요. 당시 『현대문학』에 작품을 제일 많이 투고하고 발표했어요. 작고한 김국태 선생이 참 고마웠죠. 그 사람은 나를 미워하면서도 내가 투고를 하면 꼭 3개월 뒤에 나한테는 말도 안 하고 작품을 실어줬어요. 그러고 나니까 다른 데서 원고 청탁이 들어오더라고요. 『신동아』에 발표한 〈앞산도 첩첩하고〉나 『월간중앙』에 발표한 〈울려고 내가 왔던가〉는 청탁을 받아서 실은 작품이에요. 광주에 있을 때는 단편 대여섯 편쯤을 써서 묵혀놨다가 청탁이 들어오면 보내주곤 했어요.

조 요즘 작가들은 흉내 내기 힘든 스타일이 아니었을까 싶습니다.

— 대개 작가들은 이런 말을 해요. 자기는 반드시 청탁이 와야 소설을 쓴다고. 지방에 그런 사람들이 많아요. 그러면 내가 그 사람들을 꾸짖죠. 너는 네 권리를 망각한 거다, 라고요.

조 자신감이 부족해서일 수도 있어요.

— 자신감이라기보다는 우리 문단의 구조에 아주 잘 적응해버린 거예요. 나는 그 구조에 적응하지 않고 도전하며 살아온 것이고. 수동적으로 적응해버리기엔 내 문학적인 정열이 굉장히 승했던 거죠. 내 게으름을 스스로 용납하지 않은 거예요. 이런 게 광기 어린 삶입니다. 지금도 내 서재 옆에 '狂氣(광기)'라고 써놓고 삽니다.

한편으로는 내가 형제들의 살림까지 챙겨야 했기 때문에 늘 빚을 지고 살았어요. 빚을 해결할 방법은 소설을 열심히 쓰는 수밖에 없는데 시골에 사는 나한테 누가 청탁을 하겠어요. 내가 써서 직접 투고를 할 수밖에. 반송용 봉투랑 우표를 붙여서 '실을 가치가 없으면 그냥 보내주십시오'라고 써서 보내면 3개월 뒤쯤 발표가 되더라고요. 가령 첫 번째 소설집에 있는 〈물 아래 김서방〉*도 그때 『뿌리 깊은 나무』에 실렸어요. 원고 청탁이 온 게 아니라 내가 직접 반송용 우표를 붙여서 『뿌리 깊은 나무』 편집국장 윤구병 선생 앞으로 보낸 원고였어요. 서울에 상경하고 얼마 뒤 나도 삼류작가 신세를 면하고 좀 팔리는 작가가 됐을 때, 한 술집에 들어갔는데 누가 나를 째려보더라고요. 자세히 보니 술이 얼근하게 취한 윤구병 선생이었어요. 그가 나를 보고 한마디 하겠다고 하더니, 자기 자존심을 가장 상하게 한 사람이 한승원이라고 했어요. 매월 『뿌리 깊은 나무』 맨 뒤에 소설 한 편씩을 실었는데 작가 선택권은 편집장인 자기한테 있다는 거예요. 그런데 예외적으로 한승원한테는 자기네 잡지가 선택을 받았다는 겁니다. 〈물 아래 김서방〉을 보내면서 내가 '이 소설은 꼭 『뿌리 깊은 나무』에 싣고 싶다'고 썼는데 바로 다음 달에 실렸어요. 취한 윤구병 선생이 그 이야기를 한 겁니다.

장 정말이지 그때나 지금이나 지방에서 문단 활동을 하는 것이 녹록지 않습니다. 광주에서의 생활은 어떠셨는지요?

— 광주에서 시인들 틈바구니에서 유일한 소설가로 살 때 나한테 경쟁자가 필요하다는 생각을 했어요. 나 혼자서 외롭게 소설을 쓰기보다 경쟁자가 필요하다고요. 그래서 소설 쓰는 사람들, 쓰고자 하는 사

---

* 〈물 아래 김서방〉은 첫 번째 창작집 《앞산도 첩첩하고》에 실렸다. 문이당 중단편전집에 넣으면서는 〈해신의 늪〉으로 제목을 수정했다.

람들을 모아서 소설 문학 동인회를 만들었어요. 김신운·주동후·강순식·이명한·문순태 등이 같이했어요. 문순태가 신문사 기자였어요. 그가 초기에 나를 쫓아다니면서 소설 공부를 했어요. 동인지 『소설문학』 1집을 내고 2집을 낼 때 문순태, 송기숙도 들어왔어요. 동인들은 『소설문학』 동인지에 실은 소설들을 신춘문예에 응모해서 당선되곤 했어요. 이명한 같은 사람은 동인지에 실었던 〈효녀무〉를 『월간문학』에 응모해서 당선되어 소설가가 됐어요. 내가 광주에 살면서 소설 문학 붐을 일으킨 겁니다. 그 점은 자타가 공인하는 일이에요. 전남·광주 지방 소설 문학의 역사죠. 아는 사람들은 다 알아요. 당시 내 생각은 그랬어요. 내 스스로 경쟁자를 만들어서 더불어 열정을 불태워야겠다는 생각을 한 거예요.

장 **경쟁자를 세워 함께 불태운다. 당시 선생님의 고독한 상황과 문학에 대한 의지와 열정이 고스란히 배인 표현인 듯합니다. 적잖은 고뇌가 감지되기도 하고요.**

— 광주에서 살던 이삼십 대에 술을 미친 듯이 마셨어요. 그야말로 술에 원수진 사람 같았죠. 한승원하고 술을 마시면 취하게 된다, 술맛이 난다고 그랬어요. 그래서 소설 문학 동인회를 하자고 사람들을 꼬드기는 역할을 내가 했어요. 생활인으로 잘사는 사람들에게 문학병을 재발하게 만들었어요. 술집으로 데려가서 만약 이 술을 안 마시고 소설을 안 쓰면 너하고 다시는 연락하지 않겠다고 협박하기도 했죠. 소설가가 소설을 쓰지 않는 것은 닭이 알을 안 낳는 거랑 같으니까 네 삶은 끝

난 거나 다름없다면서 충동질을 했고요. 그러면 안 마실 수가 없어요. 그래서 한승원이랑 술을 마시면 취하게 되고, 한승원이랑 사귀면 소설을 쓰게 된다고들 했어요.

그때 내가 소설가들을 여럿 만들었어요. 광주민주화운동 일어난 뒤로 전남·광주 지방에서 소설가들이 많이 안 나온다는 말들이 있었어요. 민중항쟁 때 희생자들이 너무 많아서 문인들이 나오지 않는다고들 했는데, 문학소녀였다가 소설을 쓰겠다고 하는 여성들이 많이 있었어요. 그들 가운데 은미희나 장정희 등이 나를 찾아와서 소설 공부를 하곤 했어요.

조 **선생님의 강단을 한강 작가가 이어받은 듯합니다.**

— 딸은 열심히 공부하는 소설가라고 생각합니다. 소설가나 시인이 공부를 하지 않으면 평생 글을 써도 자기 글의 수준을 모르는 사람들이 있어요. 신춘문예나 이런 데 응모해서 떨어진 사람은 뭔가 부족해서 떨어진 거예요. 한 걸음을 더 내딛느냐 아니냐의 차이인데, 이야기를 아무리 잘 만들어도 2퍼센트쯤은 부족하죠.

장 **광주민주화운동 얘기가 나와서 문득 든 생각인데, 선생님께서 상경하신 해가 그해 아니던가요?**

— 1980년 1월 18일 서울 우이동으로 이사를 했어요. 영하 18도쯤

됐나, 그 무렵 무지하게 추웠어요. 그리고 잘 알다시피 그해 5월 광주에서 민주화운동이 일어났죠. 그 충격으로 한 반년을 글을 쓰지 못했어요. 이 무렵 내 소설이 대관절 무엇인가 하는 반성이 깊었어요. 내 소설이 추운 자에게 양말 한 켤레가 될 수 있나, 배고픈 자에게 빵이 될 수 있나, 억울하고 분한 자에게 돌멩이나 총칼이 될 수 있나 하는 현실적인 분노에 부딪쳤죠. 미국이 전두환 세력의 폭력을 수용하고 인정하는 과정을 보면서 정말로 내 소설의 무력함에 대해, 문학의 무력함에 대해 통렬하게 생각했어요.

그러던 와중에 일본 작가 나카가미 겐지를 만났어요. 그 친구와 필담으로 이야기를 나눴죠. 당시 고민하던 나의 분노, 나의 절망에 대해 이야기했더니 그 친구가 니코스 카잔차키스가 쓴 《그리스인 조르바》를 권하더군요. 그전에 《영혼의 자서전》을 먼저 읽으라고 했어요. 이 책들에서 비로소 깨달았습니다. 소설가는 소설로서 모든 것을 말한다. 소설가는 억울한 자에게 돌멩이나 총칼이 될 수 없고, 추운 자에게 양말이 될 수도 없고, 배고픈 자에게 빵 한 조각도 될 수 없는 무력한 인간이지만 결국 소설가는 소설로 말해야 함을 공부했어요. 내가 강연할 때 늘 인용하는 멋진 말이 있습니다. "한심한 영혼아, 너는 돈을 주고 빵을 사고 고기를 사고 포도주를 사서 먹고 마시는 것이 아니고 하얀 종이를 꺼내서 거기다가 고기라고 쓰고 빵이라고 쓰고 포도주라고 쓰고 그 종이를 먹는구나." 가장 비현실적인 문학은 어떠한 목적으로도 사용할 수 없는 가장 무력하면서도 가장 강한 것이면서 현실적인 사람들의 비뚤린 영혼을 교정해준다는 것을 이해하게 됐어요.

그 후 〈불의 딸〉을 썼습니다. 표피적으로 읽으면 기독교와 무속 신앙의 갈등이나 대립처럼 보이는데 〈불의 딸〉은 사실상 저항 소설이에요. 미국이라는 강한 제국주의적인 세력이 남한을 교두보로 삼기 위해 정치적인 폭력까지도 수용하는 것을 보면서 우리에게 과연 얼이 있는가를 반성하고 질문을 하게 됐어요. 그러니까 이 소설은 아버지 찾기, 어머니 찾기예요. 뿌리 찾기인 거죠. 우리의 뿌리는 무엇인가, 우리의 얼은 있는가, 우리의 정신은 있는가…… 그런 질문을 던지는 소설입니다.

조 후배들이 찾아오면 어떤 이야기를 해주십니까?

— 가끔 제자나 후배들한테 내가 살아온 이야기, 나는 이렇게 과감하게 획을 긋고 살았다 하는 이야기를 들려줍니다. 하지만 그들에게는 그것이 무리더라고요. 그 사람들이 나처럼 획을 긋고 다니던 직장 그만두면 누가 생계를, 내 인생을 책임질 거냐고 하대요. 그 사람은 그 사람의 삶이 있는 거죠.

장흥 바다에서 달을 긷다

— 우리가 지금 앉아 있는 집의 현판에 '달 긷는 집'이라고 썼어요. 이 집은 장흥군청에서 지은 '한승원문학관'이에요. 내 집이 아니죠. 생각해보니 내가 앞으로 20년은 더 살 것 같은데 나한테 무슨 문학관이 필요하냐 싶더라고요. 그래서 강당으로 써요. 단체로 방문객이 찾아오면 강의해주는 공간으로 쓰죠. 주차장 바윗돌에 선의 경지인 '선경禪境'이라고 새겼어요. 그러니까 '달 긷는 집'은 선의 경지를 느끼고 가는 집이라는 뜻인 셈이죠. 마당에 있는 정자는 달 보는 정자, 견월정見月亭이에요. 정약용 선생은 당신이 혜장 스님과 주고받은 글들을 모아서 작은 책자를 만들고 《견월첩》이라고 이름을 붙였어요. 《원각경》에서 "달을 보라면 달을 볼 것이지 왜 손가락을 보느냐"고 할 때 달은 진리잖아요.

그런 맥락에서《견월첩》은 진리를 보는 책이라는 의미인 셈이죠. '달 긷는 집'을 한자로 쓰면 '汲月庵'이 됩니다. 물길 급, 달 월, 집 암 자를 쓰죠. 한 화가가 이태백이 호수에서 뱃놀이하다가 물에 빠진 그림을 그리고는 「급월도」라고 했어요. 달을 긷는 그림이라는 뜻이죠. 이태백이 달을 길으려다가 물에 빠져 죽었다는 설화를 그린 거예요. 이태백이 길어 올리려고 했던 달은 무엇일까. 나는 그냥 달이라고 생각하지 않아요. 이태백은 술 좋아하고 시 좋아하고 달 좋아했던 사람인데 그런 그가 달을 길어 올리려고 했다는 것은, 지상의 아름다움, 더 이상 아름다울 수 없는 궁극의 아름다운 어떤 세계를 길어 올리려다가 죽었다고 생각해요. 시인은 달을 건져 올리려다가 물에 빠져 죽는 이태백의 정신을 가져야만 좋은 시를 쓸 수 있어요. 급월암, 즉 달 긷는 집이라고 이름을 붙인 것 역시 이 집에 들어오는 사람은 가장 아름답고 참된 삶을 길어가라는 바람을 담았어요.

조 **선생님은 작가 인생에서 결정적인 선택을 두 번 하셨습니다. 한 번은 1979년 과감하게 교직을 떠나 서울로 간 것이고, 또 하나는 1997년에 서울에서 장흥으로 온 것이에요. 저처럼 주변머리 없는 사람은 하나도 제대로 못하는데 선생님은 둘 다 성공하신 것 같습니다.**

— 내가 서울서 살 때 많이 아파서 애들을 앉혀놓고 유언을 세 번이나 했어요. 서울에서 계속 살았으면 진즉 죽었을 거예요. 장흥 와서 자연 친화적인 삶을 살다 보니 내 글도 달라지고 건강도 달라졌어요. 서

울 우이동 한 집에서 17년을 사는 동안 한계를 많이 느꼈어요. 가령 출판기념회나 시상식 자리에 가면 음식상이나 뷔페를 차려놓고 식을 마친 다음에 먹잖아요. 그런데 거기서는 배를 채울 만큼 먹지 못해요. 먹는 시늉만 하고 뒤풀이 가서 먹거나 집에 와버리잖아요. 그런데 거기서 편하게 먹는 사람들이 있어요. 내가 학생 시절에 『사상계』나 『현대문학』 같은 문예지에서 읽었던 작가들이에요. 나보다 10년이나 6~7년 연상인 그들이 나한테 와서 자기가 누구라고 말하면서 인사를 해요. 초상집 개가 생각나고, 내 미래가 떠올랐어요. 유명하고 정치력도 있는 소설가나 시인이라면 심사나 도제 양성을 많이 했기 때문에 서울에 살면 후배나 제자들이 찾아와서 세배도 하고 가끔 불러내서 술이나 밥도 사주겠지만, 나는 무능력한 소설가예요. 그러다 보니 내가 오래 살면 꼭 저들 신세가 되겠다는 생각이 들 수밖에요. 그리하여 내 미래를 위해서는 서울에서 살면 안 되겠다는 생각이 들었어요.

마흔일곱 살 때부터 7년간 많이 아팠어요. 허리도 아프고 갈수록 말라갔어요. 약화 때문이었죠. 약을 잘못 먹어서 몸에 탈이 났어요. 이상문학상을 받은 〈해변의 길손〉을 그때 썼어요. 김형영 시인의 "죽음아 너에게 가마. 맨발로 가마"를 맨 앞에 인용했죠. 그 뒤 간신히 회복하고 나서 생각했어요. 아, 내가 서울에서 살아서는 죽겠구나, 작가로서 생명을 제대로 유지하려면 서울에서 살아서는 안 되겠다, 서울에서 살다가는 초상집 개처럼 되겠구나.

내가 서울에서 살다가 장흥으로 내려와서 사니까 원고 청탁이 굉장히 많이 들어와요. 왜 그럴까 생각해봤더니, 기존의 한승원에다가 장흥의 자연이 프리미엄으로 더해진 것이죠. 바야흐로 자연 친화적인 삶을 바라는 사회 분위기가 조성되고 있었으니까요. 이 지역 자연의 덕을 내가 많이 보는 거죠.

조 유독 장흥에서 문인이 많이 배출됐습니다. 이유가 뭘까요?

— 바다가 있잖아요. 그리고 장흥이 갖고 있는 역사 때문이 아닌가 생각해요. 장흥 사람들이 역사적으로 굉장히 저항적인 삶을 살았습니다. 동학혁명이 일어났을 때만 해도 그렇습니다. 우리 이웃에 있는 강진에는 군수가 한 사람밖에 없었던 반면, 장흥에는 장흥부사·벽사역장·회진만호 세 사람이 있었어요. 그만큼 약탈과 착취가 심했어요. 내 고향에 만호가 살았어요. 어머니가 기억력이 아주 비상하셨는데 어려서 부른 동요를 다 기억하셨어요. '벽사원님 밥상에는 콩잎 반찬이 열두 가지요, 만호원님 밥상에는 감태 반찬이 열두 가지라…….' 감태로 열두 가지 반찬을 만들 정도니 반찬이 얼마나 많았겠어요. 벽사원님의 밥상에 콩잎으로 열두 가지 반찬을 만들었으니 얼마나 걸게 먹었겠어요. 동요에 그런 내용이 다 들어 있었을 정도죠. 동학군이 공주 우금치를 넘다가 일본군한테 저격을 받아서 뒤로 밀려 전봉준의 지도부가 무너지니까 장흥까지 밀려왔어요. 장흥에서 관아를 접수하고 부사와 수성군들을 다 죽였어요. 그랬는데 일본군들의 기총소사에 동학군들은 전멸했습니다.

조 **선생님께서 쓰신 《동학제》에 잘 담겨 있죠.**

— 어머니의 외가가 강진 봉황이에요. 어머니의 외삼촌이 동학군으로 활동했다가 장흥에서 돌아가셨어요. 어머니께 들은 그분의 이야기를 내가 《동학제》에서 녹여냈죠. 관군·일본군이 동학군의 가족까지 몰살한다고 하니 외할머니가 덕도의 친정으로 도망을 갔어요. 당시 덕도는 섬이었어요. 외할머니는 그 섬에서 제 어머니를 낳았습니다.

내 문학의 8할은 바다

장 장르를 불문하고 선생님의 작품 세계에는 신화적인 원형이 가장 돋보입니다. 특히 이곳 해산토굴에서도 앞에 보이는 득량만의 바다가 구체적인 제재로 드러날 때 그렇습니다. 선생님께서 어디서나 종종 바다가 "내 작품의 전부이고 삶의 가장 중요한 구심점"이라고 말씀하셨는데, 결국 바다가 잉태하는 생명력에서 비롯하는 다양한 면들이 선생님의 작품 세계를 관통하는 것으로 보입니다.

— 서정주 시인은 자기 시의 8할은 바람이라고 했죠. 내 시와 소설의 8할은 바다입니다. 바다가 갖고 있는 에너지는 내 몸 안에 녹아 있다기보다 좌우간 어우러져 있는 하나의 생명력이에요. 바다는 내 초기 작품에서부터 지금까지 일관되게 관통하는 세계입니다.

장 바다는 생명의 에너지, 자궁이기도 하고 죽음이기도 한 이율배반적인 의미를 갖고 있습니다. 특히 선생님의 작품에서 바다는 삶의 현장이에요. 실제로 선생님께서 대학 들어가기 전 김 양식을 했던 체험에서 비롯했을 수도 있겠지만 바다가 삶의 현장으로서 아주 생생하게 드러납니다.

— 다른 작가들이 보는 바다의 의미는 서정적으로 느껴지는 바다, 손님의 눈으로 바라보는 바다가 일반적인데 섬에서 나고 자란 나는 늘 바다를 끼고 바다 속에서 살았어요. 고등학교를 졸업하고 3년 동안 고기를 잡고 농사를 짓고 김 양식을 했어요. 지금이야 모든 과정이 기계화됐지만 당시는 전부 인력으로 했습니다. 때로는 파도를 거슬러 노를 저어 가야 하고, 파도 속에서 손으로 김 채취도 해야 하고, 그것을 짊어지고 나와야 했어요. 굉장한 중노동이에요. 그렇게 파도를 견디고 일하며 직접 부딪쳐본 바다는 삶의 현장이었어요. 내 초기 작품에 주로 그런 바다 이야기가 많아요. 그 당시 내 작가적인 눈으로 볼 때 바다는 산문적인 바다였어요. 저항성이 들어 있죠. 북풍이 몰아치면 파도가 거셉니다. 그 북풍을 뚫고 김발까지 노를 저어 가야 하는데 두 걸음 내디디면 한 걸음 물러서게 돼요. 그렇다고 돌아갈 수도 없어요. 일을 안 하면 살 수 없다, 김을 채취해야 돈을 번다는 생각보다 파도를 뚫고 김발까지 노를 저어 간다는 데 의미를 두고 투쟁하듯 산 것이었어요. 그런 생각들이 내 초기 작품에 드러났으리라 생각해요.

내가 고등학교 졸업 후에 대학에 바로 들어가지 않고 지냈던 20대 초반 무렵 젊은이들 사이에 실존주의 문학사조가 유행했어요. 실존주의를 기반으로 한 소설이 많이 나왔죠. 그때 카뮈를 읽고, 실존주의 관련 책을 많이 읽었어요. 카뮈의《시지프 신화》도 그때 읽었어요. '생각하기 때문에 나는 존재한다'가 아니라 '반항하기 때문에 나는 존재한다'는 의식을 그때 체득한 것이었어요.

산문 문학은 저항성을 갖습니다. 소설은 수입해온 문학의 형태지요. 산문 정신이란 곧 저항 정신이라고 말할 수 있어요. 나는 산문 정신이 근대 정신·저항 정신과 한 골목에 있다고 봐요. 그런 의미에서 볼 때 바다에서 노를 저어가는 행위는 바람이나 파도를 뚫고 나아가는 저항성의 한 예라 할 수 있어요.

20대 초반에 바닷일하며 살다 보니 바다의 또 다른 면이 보였어요. 신화적인 의미, 다시 말해 바다가 품고 있는 신비성이 보이기 시작한 거죠. 흔히 리얼리즘을 표방하는 작가들은 신화적인 것을 터부시했죠. 그들은 내 작품에 드러난 신화성이 저항성에 이롭지 않다고 여겼어요. 한창 리얼리즘이 주류를 이룰 때 나는 어쩔 수 없이 따돌림을 당했어요. 당시 우리 문학평론의 후진성이 드러나는 대목이죠.

조 **바다를 여성으로 설정한 시도 많습니다. 에로스의 상징으로 바다와 더불어 꽃에도 의미를 많이 부여를 하셨어요. 선생님의 첫 번째 시집에 해설을 쓴 김주연 선생은 (김화영 선생도 비슷한 말을 했다고 합니다마는) '바다는 한승원의 무의식에 숨 쉬는 거대한 상징이고, 꽃은 샤먼들의 환생'이라고 분석했습니다. 꽃과 바다의 어떤 공통된 성질이 에로스의 상징으로서 의미가 있을까요?**

— 꽃에 대해선 할 말이 많습니다. 종교기하학자들은 '식물과 인간은 정반대'라고 봐요. 가령 인간의 꽃(생식기)은 아래, 즉 땅을 향해 있지만 식물의 꽃은 하늘을 향해 있죠. 우리가 흔히 착각하기를 꽃을 식물의 얼굴이라고 생각하는데 사실은 자궁이에요. 수꽃이나 암꽃이나 마찬가지예요. 그런 의미에서 보면 꽃은 굉장히 신화적인 여신인 거죠. 꽃이나 바다 그 모든 것이 내 안에 신화적인 여신의 모양새로 들어 있는 것입니다.

내가 광주의 한 중학교에서 학생들을 가르치다가 1979년에 그만두고 다음해 1월에 서울로 무작정 상경을 했어요. 원고 청탁이 밀려드는데 교편을 잡은 채로는 도저히 소화할 수 없겠다는 생각이 들었어요. 그리고 소설가로서 한계에 이르렀다는 생각이 든 시기이기도 했어요. 소설집 《안개바다》와 시집 《여름에 만난 사람》 두 권을 출간한 뒤였죠. 그 책들을 교정 보다가 깜짝 놀랐어요. 소설들에 동어반복이 보이는 거예요. 이렇게 소설을 쓰다가는 큰일나겠다, 공부하지 않으면 안 되겠다는 생각을 심각하게 했습니다. 그때까지는 별 공부 없이 내가 경험했던 고향 이야기, 어촌 이야기를 썼죠. 그런데 이제는 안 되겠다 싶어서 교직을 그만두고 공부해서 소설에만 전념하자고 마음먹었어요. 무작정 상경했는데, 할 수 있는 게 없었어요. 죽으나 사나 글만 쓸 수밖에.

상경한 뒤로 바다를 새로이 공부하기 시작했어요. 해양학·생태학에서부터 바다의 역사와 신화 등을 읽었어요. 더불어 사상 공부도 했어요. 삼성출판사에서 나온 50권짜리 세계사상전집이 당시 내 스승이었습니다. 《황금가지》 《슬픈 열대》 《샤머니즘》 같은 문화인류학자들의 기록들이 많은 깨달음을 주었어요. 그리고 한국 역사, 특히 바다가 가진 역사에 대해서도 알아봤어요. 그러면서 우리가 표피적인 바다나 바닷가를 거니는 게 아니라 바다가 안고 있는 역사 속에 살고 있음을 깨달았어요. 내 소설 작업을 주의 깊게 되돌아보면 초기에는 바다가 삶의 현장이지만 점점 확장됩니다. 내가 불교사상을 접하고 역사를 만나면서 나름대로 거듭난 생각들이 작품 속에 드러났으니까요. 나중에는 신화로서의 바다, 또는 화엄으로서의 바다로까지 승화됩니다.

장 삶의 바다에서 신화의 바다로 변화하는 것도 있지만, 사실 바다와 관련해 선생님 소설의 가장 큰 성취는 두 바다가 뒤엉키면서 이야기를 이끌어가는 서사의 힘이라고 생각합니다. 가령 〈바다의 뿔〉을 보면 삶의 터전인 바다를 둘러싸고 마을 사람들 개개인 간에 갈등이 불거지고, 그것이 역사적으로 계속 축적되고, 누적돼온 갈등이 바다를 계기로 표출됐다가 바다를 중심으로 한 의례, 신화적인 행위를 계기로 갈등이 승화되고 풀려 나가는 이야기의 고리를 보여줌으로써 이율배반적일 것 같은 바다의 의미가 하나의 틀에서 볼 수 있는 여지가 생깁니다.

— 바다는 총체적인 우주 혹은 우주적인 자궁입니다. 그것은 우주 율동의 영원한 시작이자 끝인데 그 끝은 태극, 새로운 시원입니다.

작가는 소설 무당

조 선생님의 작품을 관통하는 아주 중요한 요소가 에로티시즘입니다. 그것의 본질은 무엇일까요? 김주연 씨는 "초월을 꿈꾸긴 하는데, 형이상학적인 탈출보다도 에로스라는 옆에서 만질 수 있는 그 속에서 순간순간 초월을 꿈꾼다"는 표현을 쓰면서 그것은 말 그대로 순간일 수밖에 없기 때문에 영원한 모순이어서 그것 때문에 갈등하고 선생님의 예술에 에너지로 작동하는 것 같다는 해설을 곁들였던데요.

— 그렇게 보는 시각도 있는데, 나에게 여신은 곧 구원이에요.

조 그 구원의 한 속성 중에 에로스가 포함되는 것일까요?

— 네, 구원이죠. 《흑산도 하늘 길》에서 절대고독 속에 침잠해 있던 정약전을 구원한 것이 거무라는 여인이듯, 특히 역사 인물 소설에 구원의 역할을 하는 여신들이 많습니다. 가령 원효에게는 요석 공주가 있죠.

장 에로스가 결국은 생명의 여신이라는 관점에서 선생님의 에로티시즘에 접근해야 할 것 같습니다. 단순히 말초적인 에로티시즘을 넘어, 신화적인 범주에서 태초의 생명의 가장 원천인 여신으로 에로스를 이해하면 되겠습니다. 이쪽으로 맞닿게 표상이 이어지는 면이 있기 때문에 아슬아슬한 줄타기처럼 보이지만 뒤로 갈수록 구도에 관한 주제를 승화시키는 경우에는 더욱 지금 말씀하신 내용에 근접합니다.

— 구원의 문제는 태초부터 있어왔어요. 가령 예수에게는 마리아가 있었죠. 성경 속의 신은 아담이 외로워하니까 그의 갈빗대를 떼어서 사람의 형상으로 만들고 바람을 불어넣어 이브를 만들죠. 그렇기 때문에 남자는 항상 옆구리가 시립니다. 갈빗대를 떼어낸 자리인 거죠. 말하자면 남자의 옆구리 시림을 보완해줘야 하는 존재가 이브인 거예요. 여성은 남근을 갖지 못한 결핍 때문에 외로워하고, 남성은 바다와 같은 자궁을 가진 여성에게서 외로움을 해소합니다. 이게 아마 우주적인 율동인 것 같아요.

조 최근 선생님께서 창작하신 시들에 성적 에너지가 두드러집니다. 물론 초기작부터 일관되게 유지되는 특징이죠. 신화와 한의 문제, 인류의 원형적인 집단 무의식에 천착한 측면도 보입니다.

— 내 소설에서 에로티시즘이 드러나기 시작한 것이 〈목선〉일 겁니다. 내 안에 에로티시즘이 들어 있음을 그 작품을 쓴 뒤에야 깨달았죠. 어떻게 에로티시즘이 내 안에 들어왔을까 생각해봤어요. 이유는 하나밖에 없더라고요. 바다에 떠 있는 섬에서 태어나 바다와 함께 자랐다는 것밖에 설명할 말이 없었어요. 나중에 해양학·생태학 등을 공부하면서야 바다가 무엇인지 이해하기 시작했어요. 말하자면 우주적인 의미로서 기호학적으로 세상을 뜯어봤을 때 바다와 육지는 살아 있는 인간의 모든 성적인 모양새를 갖고 있더라고요. 우주의 모든 모습은 우주를 닮았다는 거죠. 가령 섬이 남근이라면 바다는 자궁이라든지. 내가 말한 길항이나 장력도 우주적인 율동이에요. 사디즘(가학)과 마조히즘(피학)도 그것이죠. 바다의 썰물과 밀물이 있다는 것도 그렇게 설명할 수 있고요. 그러한 우주적 혹은 신화적인 것이 내 안에 잠재해 있다가 작품으로 쓸 때 나도 모르게 드러난 것이라고 생각합니다. 자연의 폭력, 역사의 폭력, 남녀의 성폭력까지도.

나는 소설을 쓸 때 신화적인 향기를 포착하지 못하면 아무리 구성이 잘되고 소재가 좋아도 글쓰기를 착수하지 못해요. 먼저 아름다움의 세계에서 풍겨 나오는 신화적인 향기가 내 안에 감지돼야만 미친 듯이 쫓아가서 쓰는 거죠. 마치 클래식 음악에 제1주제, 제2주제가 반복되듯이 내 소설에서는 늘 신화적인 향기가 전체를 지배하게 되는 거예요. 신화성은 초기 작품에서부터 관통해 있다고 말할 수 있어요. 초기 작품에 신화 연작을 쓴 적 있고, 그중 일부를 모아《황소에게 밟힌 순이의 발》을 펴냈어요. 그게 〈신화2〉예요. 신화학을 제대로 공부하지 않았을 때 쓴 초기 작품들이에요. 나중에 신화를 관심 있게 공부하고 나서야 내 안에 신화적인 향기가 깊이 들어와 있음을 깨달았어요. 아마도 내가 섬에서 나고 자라서인 것 같아요. 신화학자들은, 신화는 진리 그 자체는 아닐지라도 진리를 낳는 자궁은 된다고 말합니다.

장 학생들에게 〈폐촌〉을 읽혀보면 반응이 아주 뜨겁습니다. 그 소설만 보더라도 삶의 현장, 갈등의 계기인 바다가 사람들 사이의 역사적 비극으로 점철된 갈등을 어떻게 치유해주고 녹여내는가를 매우 압축적으로 보여줘서 의미심장한 작품이라고 생각합니다.

— 잘 보셨어요. 〈폐촌〉은 내가 가진 역사성·신화성을 두루 함축한 작품입니다. 역사와 신화가 다 담겨 있어요. 거인 남녀가 운명적으로 만나게 돼 있지만 이데올로기 싸움이 둘을 떨어뜨려놓은 것, 그리고 그 삶이 굉장히 야만적임을 보여주죠. 다시 말해 야만성을 갖고 있는 우리 삶이 문명적으로 승화돼가는 과정이라고 말할 수 있어요. 원초적·신화적인 폭력과 역사적인 폭력을 확인할 수 있고요.

장 선생님의 초기 작품에는 한의 정서가 짙습니다. 일부 평론가들은 그것만 보고 선생님을 '한의 작가'로 규정합니다만 사실 그 후 다른 세계가 펼쳐지죠. 그럼에도 선생님의 문학을 논하면서 한을 빼놓기는 어려울 것 같습니다. 선생님의 소설에서 한의 의미는 단순히 개인의 감정상의 한 맺힘이 아니라 시대와 역사를 거슬러 내려오면서 사람들 사이의 관계 속에서 맺어지는 한, 그리고 그것을 풀이하는 방식에서 만들어지는

한입니다. 결국 한이라는 것은 풀려야 하는 것인데 사회적·역사적 현장들과 늘 맞물려 있다는 거죠. 한의 작가로 규정하는 것은 당연히 옳지 않지만, 선생님 문학의 중요한 원형질로서 한을 이야기하지 않을 수 없을 것 같은데 정리를 해주셨으면 좋겠습니다.

— 가령 우리 민족의 판소리를 한이라고 본다면 그 한은 체념하는 한이 아니고 극복의 의지로서의 한이라고 생각합니다. 그리고 극복의 의지는 생명력과 같은 의미겠지요. 우리 민족적인 정서로서는 어떤 흥취라는 것들이 극복의 의지의 한 수단으로 쓰였어요. 그렇기 때문에 대체로 한은 생명력 또는 생명력을 바탕으로 한 의지라고 생각해요. 가령 아스팔트 틈새로 뚫고 올라오는 잔디를 보면서 우리의 민족 의지를 떠올리곤 하잖아요. 내 문학에도 그런 의지 같은 게 있다고 생각해요. 초기에 쓴 어머니 연작에 그러한 것들이 잘 표현됐고 형상화됐다고 생각해요. 그것은 내가 의도해서가 아니라 내 안에 들어 있는 생명력과 연계해서 작품으로 표현되었다고 봐야 할 겁니다.

장 한을 풀어가는 원동력은 생명력이고 의지인데 한이 맺히게 되는 기제 같은 것이 있을 테죠. 그게 선생님의 소설에서는 역사적 비극들과 맞물려 있습니다. 특히 한국전쟁 중에 비극적인 현장을 목격하고 대물림되는 양상이나 광주민주화운동처럼 항상 역사적 비극을 한과 연관 지어서 형상화하신 것 같거든요.

— 전쟁이나 이데올로기 싸움은 인간의 야만적인 폭력성이잖아요. 인간의 내부에 악마적인 폭력성이 내재해 있어서 그런 싸움을 계기

로 노골화된다고 봐요. 그런 것들을 극복해가는 의지가 역사 혹은 사회 속에서 나타나는데 그런 것들이 작품으로 승화됐다고 생각해요. 내가 어린 시절에 경험했던 일들이 초기작에 나타나고, 바다를 공부하고 난 뒤로는 그런 것들이 장편《그 바다 끓며 넘치며》《갯비나리》《바다의 뿔》 이런 쪽으로 발전한 것 같아요. 더 나아가서는 장편소설《동학제》에서도 나타났고요.《아버지와 아들》 같은 소설들도 같은 맥락에서 봐야 할 거예요.

장 **한이라고 하면 우리 민족의 정서처럼 특수화되는 것 같지만 요즘 많이 회자되듯 트라우마로 전제할 수도 있겠습니다.**

— 《물에 잠긴 아버지》의 경우 평생토록 트라우마를 지니고 산 인간의 이야기예요. 작가들이 주인공을 내세운다고 하는 것은 그 역사나 사회의 한복판에 내세우는 것이거든요. 작가는 그것을 그 사람 중심으로 승화시키려고 노력한다고 봐야 하죠.

장 **소설의 역할에 대해 상당히 의미심장한 전언을 주신 것 같습니다. 요즘 사회 곳곳에서 예술·문학의 치유 기능을 강조하잖아요. 그런 점에서 선생님께서는 구도자의 삶이나 내밀한 유년의 경험, 혹은 청년기의 기억들을 자꾸 들춰내시려고 하는 것 같다는 느낌이 들어요.**

— 우리는 제정일치의 역사를 가지고 있습니다. 모든 예술은 무당

행위입니다. 작가는 소설 무당이에요. 무당이 하늘과 땅 사이에서 천도 의식을 하듯, 말하자면 무당이 굿을 하면서 어둠 속에서 상처 입은 사람의 한풀이를 해주듯이 작가도 같은 역할을 한다고 생각해요. 작가는 무당으로서 역사와 사회 속에서 트라우마에 시달리는 인간의 영혼을 치유해주는 역할을 한다고 보거든요. 《물에 잠긴 아버지》도 그렇게 봐야 하고요.

장 선생님의 작품 세계에서 빼놓을 수 없는 것이 바로 《아버지와 아들》입니다. 한강 작가가 맨부커 상 인터내셔널 부분을 수상했는데 사실 해외 수상 실적은 선생님이 먼저시잖아요. 《아버지와 아들》은 미국 기리야마 환태평양 도서상으로 해외에 소개돼 인정받은 작품입니다. 이 연작 소설은 살부 모티프와 오이디푸스 콤플렉스를 이야기하고 있어요. 오이디푸스 콤플렉스는 서양 사람들이 좋아하는 테마인 데 반해 우리 소설에서 살부 모티프는 마치 금기의 영역인 양 지금까지 아무도 다루지 않았습니다. 선생님께서 그 지점을 건드리셨어요. 《아버지와 아들》뿐 아니라 그 뒤에도 세 편 정도 더 쓰셨죠. 개인적으로 의미심장하게 보고 있습니다.

— 우리나라의 전설에도 살부계라는 게 있었어요. 한 성균관대 교수가 자기 아버지를 죽인 이야기가 있죠. 그것을 모티프 삼아 《아버지를 위하여》라는 소설을 썼어요. 자기 아버지를 죽인 성균관대 교수가 형을 살고 풀려났어요. 중죄인이 어떻게 풀려났는가는 세상에 알려지지는 않았는데 내가 생각하기로는 어머니가 살려낸 것 같아요. 어머니가 증언을 했거든요. 내가 추정해보자면, 아마도 '남편이 술을 마시면

인사불성이 돼서 며느리를 범한 사실이 있다' 이런 증언을 했을 것 같아요. 죽은 아버지를 짐승으로 만들어서 아들을 살려낸 거죠. 아들을 살릴 다른 수가 없었으니까요.

한국전쟁 때나 일제강점기 때 진보적인 성향의 아들이 극우적인 성향의 아버지를 민족을 배반한다는 이유로 죽이는 모임이 있었다는 이야기가 있어요. 《아버지와 아들》에 그런 이야기가 약간 비치죠. 감옥에 간 아들 윤길이와 아버지가 주고받은 편지에서. 그 소설을 내가 꽤 밀도 짙게 썼던가 봐요. 그래서 번역이 아주 잘됐다고 하더군요.

장 **작년에 흥행한 영화 「암살」에서 살부계를 둘러싼 이야기가 극화되어 대중에 회자되기도 했는데요. 아버지라는 존재가 그리 비극적인 이야기의 제재로 쓰이는 것은 왜일까요?**

— 아버지는 신의 또 다른 이름이라고 생각해요. 가령 《홍길동전》은 아버지 찾기의 일환이에요. 홍길동은 아버지를 아버지라 부르지 못하고 살았잖아요. 홍길동이 세상을 상대로 열심히 투쟁한 것은 아버지를 아버지라 부를 수 있기 위해서였어요. 그런데 나중에 그것이 성공하자 율도국으로 들어갑니다. 자기 스스로 아버지가 되기 위한 선택이라고 할 수 있는 거죠.

아버지 하면 이성적인 신의 자리 같은 것이 떠올라요. 가령 일제강점기 때부터 살부계 같은 것이 있었다는 말은, 아버지들이 사회와 역사 속에서 제대로 역할을 못하기 때문에 아버지를 제거하고 자기가 올바른 아버지 노릇을 하려고 했다는 식으로 생각해야 한다고 봐요. 그래야 사회와 역사를 구제한다는 의미에서 그것이 뜻있는 결단이었다고 볼 수 있으니까요. 다만 그것이 살해 의식만 된다면 용서할 수 없는 인간의 행위, 말하자면 지탄 받아 마땅한 행위가 돼버리죠.

장 **아버지 신은 여신과는 또 다른 맥락이겠습니다.**

── 여신은 또 다른 것이죠. 아버지도 구원을 얻기 위해서는 여신의 치유를 받아야, 그 품 안에서 치유를 받아야 하니까요. 이렇게 말하면 내가 페미니스트처럼 보일지도 모르겠는데 나는 여신의 존재를 그렇게 봐요.

장 **대자연과 우주, 또 하나의 구심으로서의 여신이 되겠습니다. 페미니즘을 말씀하셨는데 최근 페미니즘 쪽에서도 많이 얘기되는 것이 자연 · 생태 · 에코 페미니즘이에요. 선생님의 말씀은 그런 맥락으로도 이해할 수 있을 것 같습니다.**

── 여신을 자연 친화적인, 풍성한 자연 속에서 이해할 수도 있겠죠. 그런 삶 자체가, 자연 그 자체가 여신의 품 같은 게 아니겠어요. 노인성 우울증을 극복하는 방법으로 여신 사랑하기를 말했는데, 그것은 오래 전부터 내 안에 내재돼 있었던 게 아닌가 생각합니다. 그러니까 나는 얼굴을 늘 바꾸는 작가가 아니라 어려서부터 갖고 있던 것을 나도 모르는 사이에 하나씩 하나씩 드러냈다고 말할 수 있겠죠. 내가 어떤 작품

을 써 놓고 나서 다시 읽어보다가 내 작품이 맞나 하고 놀랄 때가 있습니다. 내 내부에 어떤 것이 들어 있는지 모르고 살다가 작품으로 드러난 다음에야 비로소 알게 되는 거죠. 그게 신화였어요.

장 리얼리즘과 신화성은 길항 관계를 가지고 있지 않습니까?

— 당시 운동권 이야기들을 많이 썼는데 그 소설들을 읽어보면 신화성을 갖고 있어요. 리얼리즘 소설가들이 싫어하는 신화적인 냄새가 났죠. 그런데 나는 신화성을 피하면 소설이 안 됐어요. 신화성과 연결이 돼야만 소설을 쓰는 열정이 나왔으니까요.

한 젊은 여성이 박사 논문으로 내 작가론을 쓰려고 하다가 지도교수하고 많이 부딪친 모양이에요. 지도교수가 계속 리얼리즘을 거론했다고 들었어요. 그래서 연구자가 내 소설에서 환상적 리얼리즘의 냄새도 나니까 그런 쪽으로 방향을 잡으면 좋을 것 같다고 했더니 지도교수가 싫어했다고 해요.

장 동종 업계 사람으로서 낯이 좀 달아오릅니다.

— 장일구 교수가 등단 초기에 〈한승원론〉을 썼죠. 참신했어요. 나한테 아픈 소리도 했죠. 내가 세상에 내보이기 싫었던 소설을 읽은 사람들은 한승원이 별거 아닌 소설가다 그렇게 생각하기도 할 거예요. 왜냐하면 내가 밥벌이하기 위해서 쓴 소설이 많아요. 지방 신문에 연재

했던 것을 고려원에서 두 권인가 출간했어요. 그것들은 내가 죽기 전에 다 태워버릴 겁니다.

장 제가 선생님의 작가론을 쓰면서 새삼스럽게 재확인한 것은 선생님께서 이야기를 참 잘하신다는 거였어요. 특히 신화적이고 설화적인 이야기를 잘 풀어내십니다.

— 〈폐촌〉에 밴강쉬하고 미륵례가 나와요. 미륵례가 바로 《변강쇠전》에 나오는 옹녀예요. 두 거인이 운명적으로 부부가 돼서 살아야 하는데 이념 갈등이 둘을 갈라놓아요. 미륵례가 대처로 시집을 가지만 어떤 사내도 미륵례를 당할 수가 없었죠. 결국 과부가 돼서 돌아오는데 큰 사냥개 한 마리를 데리고 옵니다. 그런데 그 사냥개하고 미륵녜가 보통 관계가 아니에요. 밴강쉬가 자기 운명의 짝인 미륵례를 찾아가지만 그 개 때문에 접근하지 못해요. 결국에는 밴강쉬가 개를 때려잡고 미륵례와 합방을 하고 나서 그 개를 삶아 먹는 연기를 피워 올린다는 것으로 결말이 납니다. 한 평론가는 이것을 이데올로기의 싸움으로 말미암은 야만적인 삶에서 문명으로의 회귀라고 봤더군요.

장 이번 학기 대학원 수업에서 은유를 논하면서 은유 개념들을 죽 찾아봤습니다. 한 친구가 〈폐촌〉에 나타난 은유적 도식들을 정리했는데 상당히 흥미로웠습니다. 그중 마지막에 해소가 안 된 부분이 있었어요. 왜 개를 죽이고 하필 개를 잡아먹었을까 하는 부분이었습니다. 중요한 문학적 은유를 빼먹은 것 같다고 제가 힌트를 줬습니다. 남자는 짐승이라는 은유가 있고, 그래서 밴강쉬가 미륵례를 차지하기 위해 개와 싸웠고, 미

륵레를 보면서 사람들이 남편을 잡아먹었다고 하잖아요. 그 은유 계열을 거기에 넣어 보라고 했어요. 세미나를 하다 보니까 그런 생각이 들었습니다. 마지막에 둘이서 개를 잡아먹고 화해하면서 갈등이 해소되는 것을 읽을 수 있을 것 같다고요. 그 소설을 은유로 죽 엮어보니까 제가 놓쳤던 부분들이 많이 잡혔습니다. 선생님도 말씀하셨지만 아주 응축적인 소설이었습니다.

— 장 교수가 잘 지적했어요. 내가 〈폐촌〉에 개를 등장시킨 것이 이 이야기의 핵심입니다. 우리 문학사에 〈분지〉 사건이 있습니다. 남정현이 쓴 〈분지〉가 반미적이라는 이유로 검찰이 그를 고발했고, 그는 얼마 동안 징역살이를 했습니다. 1970년대는 미국을 건드리는 것이 금기였어요. 말하자면 이적 행위였죠. 그런데 내가 이 얘기를 하면 아마 무릎을 칠 겁니다. 할아버지한테 들은 이야기예요. 한 정승에게 예쁜 딸이 있었어요. 그런데 산적들이 그 딸을 보쌈을 해간 거죠. 정승이 포도들을 풀어서 딸을 구해오게 했는데, 포도들이 가는 족족 다 죽는 겁니다. 그래서 방을 붙였어요. 이러저러해서 딸을 산적들에게 빼앗겼는데 딸을 구해오는 자에게는 내 살림을 반분하고 사위로 삼겠다고요. 그런데 어느 날 송아지만 한 개가 딸의 치맛자락을 물고 온 겁니다. 정승이 "여봐라, 저 개한테 맛있는 고기를 잘 먹여서 보내라" 그랬겠죠. 잘 대접하고 그만 보내려고 하는데 개가 안 돌아가는 겁니다. 계속 정승의 방 문 앞에서 꼬리를 흔들고 있는 거예요. 그제야 정승이 자기가 한 약속을 생각해냈어요. 그 약속을 지키기 위해 딸이랑 개를 합방시켰죠. 그랬는데 1년 뒤 딸이 출산을 했어요. 다리는 길고 눈은 놀롤하고 코는 매부리코

같은 애가 태어났는데, 그 애가 바로 미국인의 시조였다는 겁니다.

어린 시절에 할아버지에게서 들은 그 이야기를 빌려와서 좌우 이데올로기 싸움에서 두 남녀를 방해하는 존재로 개를 동원했어요. 속 모르는 사람들, 그 소설을 읽을 줄 모르는 사람들은 수간 또는 여자와 짐승이 간음한 이야기로만 생각하죠. 그것은 굉장한 은유입니다. 내가 말했듯 소설은 하나의 커다란 비유 덩어리예요. 비유 덩어리에서 답을 발견해야죠. 김형중 평론가가 야만과 문명 이야기라고 읽은 것은 잘한 해석입니다. 앞으로 더 세월이 지나면 확실하게 내 소설을 읽어내는 사람이 있지 않을까 기대해봅니다.

구도적 글쓰기

장 **한때 역사 인물 소설들을 많이 쓰셨는데, 이유가 있었습니까?**

— 역사소설 하면 흔히 실록 소설을 생각하기 일쑤인데 나는 그런 것을 쓰지 않아요. 첫 역사 인물 소설이 정약전 이야기인 《흑산도 하늘길》이에요. 제가 서울을 떠나면서 정약용 이야기를 써야겠다고 생각했어요. 토굴을 짓고 거기에 나를 가둬놓고 준엄한 명령을 스스로 내렸어요. 글을 쓰면서 자유를 찾아라. 정약용 선생이 18년간 강진에서 살았어요. 만약 정약용 선생이 유배살이를 하지 않았다면 오늘의 정약용은 없을 거예요. 정변이 없었다면 영달을 누릴 만큼 누리지 않았겠어요. 강진에서 살면서 그 많은 글을 다 썼어요. 정약용 이야기를 하나 써보

려 했는데 공부할 양이 방대해서 쓸 수가 없었어요. 공부가 미천했죠. 그래서 정약전 이야기부터 쓰기로 계획을 수정했고 《흑산도 하늘 길》을 쓴 겁니다.

이 소설도 공부하는 과정이 힘들었어요. 정약용과 정약전이 네 살 차이예요. 둘이서 주고받은 편지들을 읽는데 도무지 이해할 수가 없었어요. 가령 《주역》에 대한 이야기를 둘이 서로 주고받는데, 나도 전에 《주역》을 읽었지만 다시 공부해야 했어요. 《주역》을 새로 읽고 《주역》 철학사, 《주역》 해설서 등등을 찾아 읽었죠. 《사서삼경》을 다시 읽었어요. 특히 《대학》과 《중용》을 깊이 읽었어요. 정약용 선생이 풀이해놓은 것도 읽었고요. 그러면서 왜 《사서삼경》일까 궁금했어요. 잘 알다시피 사서는 《논어》 《맹자》 《대학》 《중용》이고, 삼경은 《주역》 《시경》 《서경》이죠. 공자가 당시 떠돌던 민요를 엮은 《시경》을 보면 에로틱한 시들이 많아요. 그 속에 인간의 가장 순수한 감성과 향기가 들어 있어요. 그렇게 보자면, 사서를 읽고 나서 향기로운 인간의 정서나 감성, 순수한 정신을 알지 못하면 좋은 유학자라 할 수 없는 것이죠. 다시 말해 사람다운 사람을 훈련하는 과정에 《시경》과 《주역》이 들어가 있는 것입니다.

정약용은 다산초당에 머물면서 당시 만덕사라고 불렸던 백년사에 있던 혜장 스님하고 아주 친하게 지냈어요. 혜장이 천재적인 스님이었어요. 혜장이 대흥사에서 강백을 할 때면 수많은 사람들이 몰려와서 강의를 들었어요. 정약용이 소문난 혜장 스님을 만나기 위해 찾아갔어요. 마침 혜장이 동네에서 놀러온 노인들을 상대로 《주역》 이야기를 하고 있어서 정약용이 가만히 들었어요. 사람들이 돌아가고 나서 혜장은 그제야 아까 그 노인이 정약용일지 모르겠다는 생각이 들었죠. 정약용에 대한 소문도 자자했거든요. 그래서 그날 밤 정약용의 방을 찾아갔어요. 그때 정약용은 밤이 깊어서 혜장이 마련해준 암자의 한 객실에 머물고 있었어요.

둘이서 마주 앉아 《주역》 이야기를 나눴어요. 혜장이 들어보니 정약용의 공부가 자기보다 훨씬 깊은 거죠! 그래서 그 자리에서 엎드려 정약용에게 절을 했어요. 그런데 나는 둘의 대화를 전혀 이해할 수 없더라고요. 《주역》을 공부했다는 사람한테 물어봤는데 그도 몰라요. 그래서 《주역》 해설서들을 닥치는 대로 읽었죠. 그러면서 내가 깨달은 게 있어요. 변수입니다! 《주역》이라는 동양사상의 가장 깊은 내막은 변수에 있어요. 우리 민족은 그 변수를 잘 체득하고 있어요.

정약전의 호가 연경재研經齋예요. 흑산도에 유배되기 전에는 스스로 연경재라고 했는데 흑산도로 유배 와서는 손암巽庵이라고 했어요. 이때 손 자가 손괘인데, 손괘에는 들어간다는 뜻이 있어요. 왜 손괘냐, 들어가면 반드시 나오게 되어 있어요. 이게 변수예요. 달도 차면 기울고 들어가면 나오죠.

장 왜 정약전이었습니까?

— 정약전을 쓰면서 나 역시 왜 지금 정약전일까 하는 생각을 많이 했어요. 왜 이 소설을 써야 하는가. 그것은 작가로서의 당위성은 물론, 사회적·역사적 당위성 없이는 글쓰기가 이루어져서는 안 되죠. 그 답

을 발견해야 했어요. 나는 어떤 소설을 쓰든지 이야기가 다 갖춰지고 충분히 주제를 도출해낼 수 있는 갈등 구조가 다 마련되었다 하더라도 나를 매료시키는 향기가 없으면 절대로 쓰질 못해요.

지금 생각해보면 어떤 신화적인 향기였던 것 같아요. 정약전은 양반이잖아요. 마흔 살 전후의 양반가 남자가 무지렁이들만 사는 섬에 들어가서 어떻게 살겠어요, 뱃놈들 속에서. 그러니까 훈장질이나 하면서 살았겠죠. 더군다나 천주교인이라는 올가미를 쓰고 있던 상황이었고요. 당시 지금의 우이도가 소흑산도, 지금의 흑산도가 대흑산도였어요. 처음에는 우이도에서 7년을 살았어요. 흑산도로 들어가서 7년을 더 살다가 우이도로 나와서 죽어요. 그런데 왜 소흑산도에서 살다가 더 깊은 흑산도로 들어갔을까? 그것을 손암이라는 호의 의미와 연결해보면, 더 깊은 데로 들어가면 더 빨리 나온다는 생각이 있었는지도 모른다는 거예요. 소흑산도에 살 때 첩이 하나 있었어요. 나는《흑산도 하늘 길》에서 그녀를 '거무'라고 했어요. 그 여자와의 사이에서 두 아이를 낳았어요. 정약전에게 거무는 무엇일까요? 바로 구원의 여신이에요.

장 **'거무'라면 거미를 일컫는 방언 용례가 먼저 떠오르는데요, 그 작품 속 거무가 꼭 이만은 아니지요?**

— 내가 중학교 교사 시험을 준비하면서 공부를 열심히 했어요. 향가 공부도 했죠. 향가를 공부하면 자연스럽게 어원 연구가 돼요. 그 과정에서 '검'이라는 말이 '신'을 의미한다는 것을 알게 됐어요. 가령 '땅거

미 진다'는 말이 있어요. 전라도 말로는 '땅검 진다'고 하죠. 땅은 따 지地, 검은 신神이에요. 지신 내린다, 땅검 내린다, 지신 내린다……. 낮은 천신이, 밤은 지신이 지배하는 세상이에요. 거무는 여신이란 뜻으로 썼습니다.

《흑산도 하늘 길》에서 주로 그리고 싶었던 것이 정약전이라는 남자의 절대고독이에요. 신도 악마도 친구도 해결해줄 수 없는 고독함을 혼자서 끌어안고 극복해내야 하죠. 그런데 그 절대고독과 싸우는 사람을 포용해주는 사람이 바로 거무예요. 여신 말이에요.

장 이 소설을 기화로 역사 인물에 대한 소설을 제법 긴 호흡으로 다루셨지요.

── 《흑산도 하늘 길》을 쓰고 났더니, 나는 역사 인물을 참 잘 그렸다고 생각했는데 우리나라 독자(평론가)들은 정통 소설로 인정해주지 않더군요. 나는 상관하지 않았어요. 이후 김영사에서 초의 스님 이야기를 써달라고 제안하더라고요. 그래서 불경을 열심히 공부했어요. 《초의》가 반응이 좋았어요. 한 6만 부 나갔을 거예요. 또 원효 이야기를 써달라고 해서 《소설 원효》도 썼어요. 원효는 신라의 격동기 한복판에서 학자로 살았던 대단한 스님이죠. 세계적으로 석가모니 다음 가는 인물이라고 평가할 수 있어요.

그다음에 《추사》를 썼죠. 추사는 우리나라 역사상 동양 경전에 가장 능한 학자 정치가였습니다. 우리나라 근세의 학자 가운데 최고로 꼽히는 정인보 선생도 다산 정약용이 추사에 못지않은 동양사상가라고 평가했어요. 추사와 초의는 30세에 만나 늙어 죽도록 교류했죠. 사상적으로 동양사상의 최고봉인 추사와 초의가 정신적인 감성이라든지 세상을 보는 진리를 찾는 시각의 눈높이 등에서 비슷했기 때문에 가능했다고 생각합니다.

추사의 생가가 충남 예산군에 있어요. 거기서 오래 살지는 않았는데, 어린 시절에 추사가 할머니 손 잡고 옆에 있는 절에 다녔어요. 추사의 아버지가 양자를 갔는데, 그 할아버지가 영조의 사위였어요. 영조의 딸과 사위는 초년에 죽었으므로, 영조는 그들의 명복을 빌기 위해 화암사라는 가족 절을 세웠어요. 추사가 어려서부터 감수성이 예민했던 탓에 불교의 영향을 받았어요. 화암사를 새로 개축할 때는 상량문도 써주었죠.

장 **다산 정약용에 대한 소설은 한 정점인 듯한데요, 그의 사상의 깊이와 폭 때문에 소설로 형상화하기 쉽지 않으셨을 듯합니다.**

— 다산은 그야말로 높은 산이에요. 초의·혜장 같은 수많은 봉우리를 거느린 거대한 산이죠. 정약용은 스무 살을 전후해서 천주교에 빠져들어요. 정보 욕심이 많았거든요. 당시에는 청나라 연경에서 발간된 책이 한 달 뒤 종로 책방에 나타났어요. 역관들이 들여왔어요. 정약용이 제일 먼저 그 책을 읽고 친구들에게 아는 척하는 거예요. 요즘도 마찬가지죠. 라캉이니 지젝이니…… 학문하는 사람들은 얼마나 빨리 원서를 읽느냐를 중요하게 생각하잖아요. 정약용 선생이 그랬던 것 같아

요. 천주학도 학문이라고 생각하고 받아들였는데 정조가 금지하니까 단칼에 정리하죠. 그 덕분에 간신히 살아남은 거고요. 정적들이 한꺼번에 들고 일어나 정약용을 죽이려고 했는데도 살아났잖아요.

나는 소설《다산》에서 정약용의 젊은 시절과 유배 생활을 그렸어요. 다산의 사상을 파악하는 게 문제였죠. 정조가 훗날 훌륭한 정치인으로 양성하기 위해 과거에 합격한 사람 80명 정도를 모아놓고《중용》가운데 몇 십 문항을 숙제로 내요. 그 숙제를 풀기 위해 정약용이 이벽을 찾아갑니다. 이벽은 당시 대단한 학자였어요. 숙제 가운데 하나가 '천명'이었어요. 천명, 즉 선비는 혼자 있어도 예를 다해야 한다. 그것을 주자는 '본연지성本然之性'이라고 해석했어요. 그런데 그것은 선불교에서 가져온 말이에요. 스님들이 참선하는 것은 본연지성을 깨닫기 위해서, 참나를 발견하기 위해서잖아요. 다시 말해 주자는 본연지성, 즉 참나를 발견하기 위한 노력의 하나로 천명을 해석했는데 정약용이 비판적으로 공격합니다. 천명, 곧 하늘과 함께 있기 때문이라고 말이죠. 혼자 있어도 근엄하게 예를 갖춰야 하는 것은 하늘과 함께하기 때문이라고 이야기했어요.

가위는 두 개의 날을 가지고 있는데, 그것을 가운데서 잡아주는 못이 사북입니다. 가위의 양날이 정약용에게는 각각 천주학과 주자학이었어요. 그리고 그는 어떤 생각을 디자인할 때 가위의 양날을 사용했어요. 천주학을 공부하지 않았으면 그렇게 말할 수 없어요. 천주교를 믿지는 않았지만 평생 살면서 그와 같은 시각으로 시도 쓰고 모든 저술을 한 거예요.

장 당시로서 그가 무척 급진적인 사상을 지녔던 것은 분명하네요.

— 동학혁명을 일으킨 사람들 가운데는 농민들만 있는 게 아니라 유학자들도 많이 참여했어요. 그들이 지도자였죠. 동학혁명을 일으킨 사람들에게 근대사상을 가르쳐준 학자가 바로 정약용이에요. 동학혁명을 일으킨 유학자 출신의 지도부들이 《경세유표》를 많이 읽었죠. 그것을 '다산비결'이라고 했습니다. 《경세유표》를 읽어보면 굉장히 진보적이에요. 이런 점 때문에 북쪽의 학자들이 정약용을 매우 높이 받들어요. 공산사상을 합리화하는 데 이용하기 좋은 것들이 많거든요.

장 '소설가가 역사에 손을 대기 시작하면 그것은 소설가의 무덤에 들어선 것'이라는 농담 섞인 말이 있는데 선생님께서는 하필이면 해산토굴에서 계속 창작하신 게 공교롭게도 역사 인물입니다. 한 인물을 신화화한다거나 영웅시하거나 흥미를 자극하는 게 아니라 삶을 고뇌하는 인간을 그렸어요. 대부분 구도적인 삶을 산 인물들, 사상가로서 족적을 남긴 인물들의 삶을 다루셨는데, 유난한 그들의 삶과 사상에 천착해보고 싶으셨을 테고 그 정점에 석가모니가 있지 않나 싶습니다.

— 《바람과 함께 사라지다》《전쟁과 평화》는 역사소설입니다. 저는 석가모니의 일대기를 꼭 쓰고 싶었어요. 헤르만 헤세의 《싯다르타》는 그야말로 헤세다운 소설이에요. 나는 모든 불교 경전에 들어 있는 석가모니의 삶과 그 사상을 승화시키는 소설을 쓰고 싶었어요. 석가모니를 인간적인 고뇌를 많이 한 사람으로 그려보고 싶었죠. 그래서 쓴 것이

《사람의 맨발》이에요. 그런데 불교 경전을 읽어보니 내가 이때까지 불교를 모르고 습작해왔던 모든 작품들이 추구하던 세계가 불교사상을 형상화한 것이더라고요. 가령 만다라는 우주적인 율동하고 맞아떨어지는 사상이에요. 불교는 종교라기보다 인간의 참된 삶을 가르치는 교과서가 아닌가 하는 생각이 들어요. 소설을 쓰는 행위 자체가 구도적인 분투가 아닌가 생각합니다. 역사 속 인물을 이야기하기 위해서는 내가 그 인물이 되고 그 인물이 내가 되는 경지에 이르렀을 때라야 가능해요. 내가 석가모니 이야기를 썼다는 것은 결국 내 이야기를 썼다는 말이 되겠지요. 석가모니를 마지막으로 역사 인물 소설은 그만 쓰려고 합니다.

불교와의 인연

— 나는 얼마 전까지만 해도 절에 가면 부처님한테 절을 안 했어요. 언젠가부터 절을 하기 시작했는데, 부처님한테 절을 하는 게 아니라 나한테 절을 한다, 내가 부처고 부처가 나다, 라는 생각을 하면서 절을 합니다. '깨달으면 나도 부처다.' 이 말은 실존주의자들이 많이 애용했습니다.

조 티베트에서는 '나마스테'라고 인사를 합니다. '당신 안에 있는 신에게 경배한다'는 의미라고 들었습니다.

— 동학에서는 인내천이라고 해요. '내 속에 한울님이 들어 있다'는

거죠. 내 속의 한울님을 받들면서 사니까, 곧 모든 사람들이 한울님을 품고 있으니까 서로 존중해야 한다는 뜻이에요.

학생 시절에 김동리의 《사반의 십자가》《무녀도》를 읽고 사상서들을 읽으면서 성경 공부를 열심히 했어요. 창작할 때 활용한 책은 역시 삼성출판사의 세계문학전집에 있던 《기독교인의 윤리》였고요. 우리 무속학자들이 쓴 많은 저서들을 보면 종교사상은 강물과 같은데 강물의 맨 위층에 흐르는 것은 기독교나 불교, 이슬람처럼 눈에 보이는 것이고, 저류에 토속신앙이 흘러요. 그 민족의 피와 살 속에 토속신앙이 명백히 흐르고 있다는 거죠. 그렇기 때문에 기독교나 불교를 살펴보면 무속적인 요소가 많아요. 목사가 무당 노릇을 하잖아요. 기독교에서 말하는 방언만 봐도 그래요. 병자의 가슴에 손 올려놓고 기도하고 살려내는 행위들은 전부 무당이 하는 행위거든요. 현행 종교들이 무속적인 행위들을 다 하고 있는 셈이죠. 가령 우리 역사만 봐도 의학이 들어오기 전까지는 굿이라고 하는 무당 행위가 치료법이었어요. 이후 굿이 연희 쪽으로 발전해서 연극적으로 발전했고 치료 쪽으로는 의학이나 한의학 등에 밀리게 됐고요. 일본에 '구스리'라는 말이 있는데 약이라는 의미예요. 우리 굿의 문화가 전해진 흔적인 셈이죠. 그런 것으로 우리 문명사·정신사를 더듬어볼 수 있어요. 《불의 딸》을 쓰면서 이런 걸 많이 생각했어요.

조 불교에 본격적으로 접근하신 것은 《아제아제 바라아제》를 쓰시면서부터인 듯한데 그 전에는 불교와 어떤 인연이었습니까?

— 그전에도 내 안에는 불교적인 유전자가 있었던 것 같아요. 고2 때쯤 처음 불교와 접한 것으로 기억해요. 그때가 한여름이었는데 들에서 논을 맸어요. 당시는 제초제가 없었으니까 논매고 멸구 잡고…… 들일이 많았어요. 뙤약볕에서 일하고 돌아와 툇마루에서 낮잠을 자는데 목탁 소리가 들렸어요. 눈을 떠 보니 밀짚모자를 쓴 앳된 스님이 염불을 하고 있었어요. 여자인지 남자인지 헷갈릴 정도로 목소리가 청아했어요. 염불 소리를 듣고 있는데 어머니가 방 안에서 낮잠을 주무시다가 일어나서 "아야, 쌀 한 됫박 퍼다드려라" 하시더라고요. 동생이 쌀을 가지러 안으로 들어가려는데 내가 손을 잡았어요. 염불을 방해하고 싶지 않았거든요. 그런데 염불을 마치자마자 스님이 몸을 돌려 나가버리더라고요. 어머니가 "뭣하고 있냐" 하고 소리치셨죠. 동생이 얼른 쌀 한 됫박 퍼서 뛰쳐나갔는데 그때는 이미 스님은 어디로 갔는지 보이지 않았어요. 골목길로 달려나간 동생이 한참 뒤 돌아왔는데 저 아래 사당까지 가서 보니 아래 들판 길로 가더라는 거예요. 우리 집에 들러 염불을 했는데 시주하지 않으니까 다른 집도 들르지 않고 그냥 가버린 거예요. 지금도 스님 하면 그때 들었던 목탁 소리랑 염불 소리가 내 안에 남아 있어요.

그 다음 인연을 맺은 것은 천관사예요. 고등학교를 졸업하고 열아홉 살 때 글 쓰겠다면서 낮에는 일하고 오후에는 공부하면서 지내다가 작정하고 소설 한 번 써보겠다고 천관사로 갔어요. 천관사에 한국전쟁 때 불타다 만 작은 판자집 같은 요사가 있었어요. 산신당에 불상을 모셔 놓았고요. 요사채에 방이 한 서너 개 있었어요. 문을 두드렸더니 승복을 입은 여자가 내다보더라고요. 스님 어디 가셨어요? 물었더니 스님은 밖에 나가셨다고 하길래 혹시 이러저러한 젊은 스님이 여기 계시지 않느냐고 다시 물었어요. 그런 스님은 없고 환갑이 내일모레인 스님이 계시다고 하대요. 그래서 혹시 방 하나 빌릴 수 있겠냐고 물었더니 고시공부하는 사람이 들어 있고 다른 방은 없다고 했어요. 별수 없이 그냥 돌아왔죠. 그로부터 2년 뒤 내가 서라벌예대에 들어갔어요. 그런데 나보다 나이가 한 살 많은 스님이 문창과에 들어왔어요. 다른 학생들은 전부 제때 입학해서 나보다 두세 살 아래였으므로 나는 자연스럽게 스님이랑 가까워졌어요. 스님과 동갑인 부산 친구랑 같이 나이가 많은 셋이서 친하게 지냈어요. 자취를 하다가 쌀이나 반찬, 용돈이 떨어지면 스님한테 갔어요. 돈암동 신흥사 옆에 조그만 적조암이라는 암자였는데 스님이 거기 주지였거든요, 젊은 주지. 나는 그 절에서 기식했던 거죠. 스님 대신 레포트를 써주면서요. 스님과 같은 방에서 잠을 잤는데 새벽에 일어나 보면 스님은 새벽 염불 하러 가고 없었어요. 그때부터 불교에 대해 관심이 생겨《반야심경》해설서 따위를 공부하고 그랬어요.

어머니께 들으니까 증조모가 독실한 불자였대요. 이번에 출간하는 소설《달개비꽃 엄마》에 증조모 이야기를 소상하게 썼어요. 증조모는 절에서 불공을 드려 할아버지를 낳았다고 해요. 돌아가실 때는 손자며느리에게 "나 죽으면 울지 말고 계속 나무아미타불 관세음보살만 해라" 이르고, 당신의 외아들인 우리 할아버지한테는 "너는 경전만 읽어라, 울지 마라" 당부하셨다고 하대요.

장 《아제아제 바라아제》부터 시작해서 최근 발표하신 역사 인물들에 대한 계열에도 속하겠지만, 《사람의 맨발》《초의》《추사》《피플 붓다》 모두 유난히 최근 들어 더 불교적 세계관을 피력하신 것 같습니다. 특히 구도의 자세, 구도의 길을 걸은 이들의 행적들에 관심이 깊으신데, 물론 일관되게 추구해온 방향성이지만 최근에는 선생님께서 말씀하신 노인성 우울증과 관련 있는 것이 아닌가 하는 생각도 듭니다. 무속이든 불교든 특정 종교를 떠나 종교적 의미를 지닙니다.

— 유학자이신 추사 김정희 선생도 70세에 봉은사에 귀의하셨다가 돌아가셨습니다. 저도 문득 보림사나 천관사에 머리 깎고 귀의하고 싶어지곤 합니다.

아버지의 이름으로

조 올봄에 한강 작가를 인터뷰했는데, 본인이 기억하는 아버지의 모습은 늘 피로한 소설가였다고 하더군요. 낮에는 학교에서 가르치시고 퇴근해서는 밤늦게까지 쓰기만 하셨다고요. 그래서 소설가라는 직업은 자신에게 굉장히 힘든 직업으로 입력돼 있었다고 했습니다.

— 내가 아팠을 때 누워서 글을 썼어요. 일본 가도카와 출판사하고 계약해서 장편소설을 쓸 때 우리 애들이 보고 놀랐을 겁니다. 서울 우이동에 살 때였는데 책상에 앉아서는 허리가 아파서 한 글자도 쓸 수가 없었어요. 그래서 책상다리에 화판을 걸어놓고 그 판에다가 집게로 백지를 집어 놔두고 연필로 초고를 썼어요. 그렇게 몇 장 쓰면 책상 위에

놓인 타자기를 두드려서 정리해놓고 다시 얼른 눕고……. 아픈 몸으로 그렇게 소설을 썼어요. 그 모습을 애들이 봤으니까 소설 쓰는 일이 얼마나 고통스러운가를 알았을 거예요.

장 **선생님은 어떤 아버지이십니까?**

— 아버지라는 존재는 언젠가는 아들딸에게 극복당해야 하는 존재예요. 그 아들딸이 부모가 되니까. 결국 아버지는 아들딸의 손에 이끌려 땅에(역사 속으로) 묻히게 되는 거죠. 그런데 그 아버지는 어머니로부터 사랑 받아야 하고, 그의 절대고독은 여신으로부터 치유 받아야 하는 순환 관계에 있어요. 그러니까 나는 현실적인 아버지로서 아이들에게 극복당하는 것이 당연할 뿐 아니라 그것이 효도라고 생각해요. 가령 왕의 세습과 관련해 권력자인 영조와 사도세자 사이에 일어난 사건을 볼까요. 그것은 동물적인 권력이 갖고 있는 정치권력 속에서의 잔인하고 야만적인 폭력 모양새죠. 순조롭게 극복되어야 하는 부자 관계를 악랄한 방법으로 역으로 살해해서 극복당하지 않으려고 하는 권력 싸움이 되어버렸죠. 그것은 올바른 부자 관계가 아니죠. 그 권력이라고 하는 것은 극히 야만적이죠.

장 **소설가로서의 길을 걷는 선생님의 아들딸은 선생님을 극복하고 있다고 보시는지요?**

— 나는 이미 극복당했어요. 이미 큰 효도를 받고 있다고 생각해요. 내가 요즘 세대들의 작품을 많이 읽어보진 않았는데 우리 딸의 작품은 발표될 때마다 읽어요. 그 아이의 작품에는 나의 세대로서는 상상할 수 없는 아주 신선하고 새로운 감각이 있어요. 그러면서 섬세하죠. 물론 여성이기 때문에 그럴 수도 있어요. 그리고 문체가 굉장히 아름답습니다. 나는 나이 들어가면서도 책을 많이 읽어서 내 부족함을 보완하려고 살아왔는데 그 아이의 문체나 추구하는 세계를 보노라면 깜짝깜짝 놀라면서, 아! 나도 지금껏 해왔던 대로 엉성하고 건조하게 써서는 안 되겠다 싶어 늘 작품을 다시 고치게 됩니다. 지금까지 고수해온 방법을 좀 더 밀도 짙게 만들려고 애쓰죠. 그런 의미에서 보면 그 아이는 진즉부터 나를 뛰어넘을 수 있는 가능성을 충분히 갖고 있었다고 생각해요.

장 **한강 작가의 작품은 비슷한 세대(물론 그 세대도 오늘날의 젊은 세대보다는 중간에 낀 세대처럼 보이기도 하지만)의 새로운 감각이라기보다는 전통적인 소설 기법에 가까워 보입니다. 문체의 양상, 다루는 의식 세계 등도 기존의 영역에 놓고 보기가 더 편할 것 같기도 하고요.**

— 제가 팔불출인지 모르겠는데, 강이의 소설은 요즘 젊은 세대 작가들에게서 흔히 볼 수 있는 표피적·즉물적인 것은 아니고 전통의 깊이에 뿌리내린 세계예요. 그러면서도 갈등·대립 구도가 명백해요. 소설 구조를 아주 탄탄하게 잘 만들어요. 그런 장점이 있어요.

장 **그런 쪽이라면 오히려 선생님의 스타일이 훨씬 좋아 보이는 측면도 있습니다.**

— 나는 전통적인 리얼리즘의 소설 속에서 자라왔기 때문에 소설 속에서의 갈등·대립 구도를 많이 익혀왔잖아요. 그런데 감각 문제는 전혀 새로운 차원이기 때문에 내 감수성으로서는 따라가기 힘들지 않을까 싶어요. 국내에 번역된 니코스 카잔차키스의 소설을 다 찾아서 읽어봤는데 그가 젊었을 때 발표한 소설은 꽤 거칠어요. 나이 들어가면서 점점 감성적으로 변하더라고요.《그리스인 조르바》가 늘그막에 쓴 소설인데 그것이 제일 밀도 짙고 젊은이처럼 감성적으로 썼어요. 내 소설도 젊었을 때보다 나이 들어갈수록 점점 감성적으로 변하는 게 느껴져요. 예전 작품들에 비하면《물에 잠긴 아버지》는 아주 감성적이라고 생각해요.

장 **선생님의 기존 스타일을 기억하는 저로서는 최근 선생님의 문체 변화가 약간 당혹스럽기도 합니다. 하지만 선생님은 그런 변화를 더 진전된 방향으로 보시는 거죠?**

— 독자를 의식하고 쓴다기보다 나부터가 거친 소설을 읽기가 힘들어요. 그리고 IT 문화라든가 영상 문화가 발달하면서 사람들이 찐득거리는 글을 읽기 힘들어하고, 내 입맛부터 달라졌기 때문에 문체가 자연스럽게 바뀐 게 아닌가 생각해요. 내 소설 속 영상미는 오래전부터 갖고 있던 요소예요. 그것을 좀 더 쉽게 대할 수 있도록 나 스스로가 변모한 것이라고 생각해요. 그런데 세상에는 변하는 게 있는가 하면 또 변

하지 않는 게 있어요. 내 소설도 마찬가지일 거예요. 내가 추구하는 인간의 신화적이고 원형질적인 것을 놓치지 않으려고 꿋꿋하게 지켜나가는 것은 변함이 없을 테고, 표현 방식만 약간씩 변하지 않았겠는가 하는 생각이 들어요. 그래서 저는 요즘 젊은 학자들이나 젊은 작가들이 좋아하는 책들을 찾아 읽곤 해요.

장 선생님은 문체에 변화를 주면서 영화적으로 쓴다고 공표하셨는데 그에 대한 반응은 어땠습니까?

— 예전에는 계속해서 진술하는 문체로 썼는데 지금은 짤막짤막하게 끊어서 영상미가 드러나게 보여주는 식으로 써요. 예전에 비해 지금 독자들은 인내력이 없어서 바뀐 문체가 지금 독자들에게는 더 호소력 있는 것 같아요. 작년에 발표한《물에 잠긴 아버지》에서도 시적인 영상미가 돋보이도록 노력했어요. 소설을 읽고 나면 마치 영화 한 편을 보고 난 듯한 느낌이 들도록 쓰려고 애썼어요. 이번에 출간하는《달개비꽃 엄마》도 그러합니다.

장 선생님도 그런 변화에 만족하십니까?

— 옛날처럼 끈질기게 쓴 소설은 지금 내가 봐도 읽기가 힘들어요. 그래서 내 입맛에 맞게 시적으로 처리한 거죠.

조 윤후명 선생님이 그러셨어요. 선생님께서 시로 데뷔하셨다가 소설로 왔잖습니까. 우리 문단은 시랑 소설을 양립하는 사람을 배제한다고요.

— 그게 우리 문단의 병폐예요. 시도 쓰고 소설도 쓰면 변신하는 것처럼 생각해요.

조 그런 맥락에서 보면 문단이 선생님의 시 세계를 적극적으로 평가하지 않은 측면이 큽니다.

— 우리나라 사람들은 장르를 넘나드는 데 익숙하지 않아요. 외국의 것이 능사는 아니지만 외국의 좋은 소설가들은 시도 쓰고 소설도 쓰거든요. 대표적으로 로렌스가 그랬죠. 문체 역시 마찬가지예요. 좀 고전적인 평론가들은 시적인 문체를 쓰면 산문 정신에 어긋난다고 비아냥거리곤 해요.

장 소설이란 장르 자체가 산문 정신의 소산인 것은 옳습니다. 그런데 산문 정신이란 그저 운문 아닌 산문으로 쓰인 글을 두고 일컫는 자질이 아닙니다. 일상에 널리 퍼진 담론에서처럼 자유로운 의식과 정서를 분방한 양식을 통해 구현하려는 정신이 소설이라는 신생 장르를 낳은 동력이라는 점을 강조하려는 개념이지요. 그러니 소설 장르에다 장르의 구분이나 구성과 문체의 제약 같은 것을 가져다 붙이는 것은 당찮은 생각입니다.

— 최근에 르 클레지오의 소설을 읽어봤는데 굉장히 자연 친화적인 작가더군요. 그가 언젠가 강이와 이승우 작가의 소설을 칭찬하면서 한국소설은 젊다, 가능성이 있다고 했어요.

조 따님의 작품을 읽고 나면 피드백을 해주십니까?

— 아뇨, 절대로 안 해요. 그 아이는 습작할 때부터 숨어서 독자적으로 했지 한 번도 저한테 어떤 글을 썼다거나 읽어봐달라는 말을 안 했어요. 아들딸 모두 아버지의 소설을 닮았다고 하는 평가를 제일 겁내더라고요. 어려서는 내 소설을 읽더니 성장한 뒤로는 절대 안 읽어요.

조 소설 자체가 닮았다기보다 소설을 대하는 태도 같은 것은 선생님의 딸임에 틀림없다는 확신이 드는데요.

— 애들이 쓴 소설을 읽고 나서 내가 하는 최고의 찬사는 "이번 소설 재밌더라"예요. 그걸로 끝이에요. 내가 제자들한테 하듯 아들딸의 소설을 분석하면서 구성이 어떻고 인물의 캐릭터가 어떻다면서 말을 해버리면 그 아이들을 내 영향권 속으로 끌어들이는 것이 되고 심각하게는 크게 타격을 입을 수도 있어요. 그냥 잘하고 있다, 잘해봐라 그러면 되는 거예요. 애들이 진학할 때 "각자 좋은 과 선택해서 가라"고 했던 것이나 같아요.

둘 다 문장 쓰는 게 깔끔하고 깨끗해요. 동림이가 쓰는 문장은 섬세하고 날카로워요. 그 아이는 한 문장 한 문장을 깨끗하게 정리해 나가는 편이에요. 나는 일단 써놓고 계속 고쳐가는 유형이에요. 《물에 잠긴 아버지》는 3년을 썼어요. 그사이 수도 없이 고쳤어요. 한 30~40번을 고쳤을까. 규호가 유아용 동화계에서 영원히 사랑 받을 '받침 없는 동화' 시리즈를 써서 출간했는데 그게 베스트셀러입니다. 어떻게 그러한 동화를 썼는지, 나는 단 한 줄도 쓰지 못하겠던데…….

조 **한강 작가의 이름은 어떻게 지었습니까?**

— 젊은 시절에는 누구든지 과대망상을 갖고 있어요. 그래서 큰아들의 이름을 한국인이라고 지었어요. 딸의 이름을 지을 때도 큰 이름을 짓고 싶어서 물 강江 자를 썼어요, 고유명사 한강을 떠올리면서. 그런데 셋째인 막내가 태어날 무렵에는 과대망상이 사라졌죠. 원래는 이름을 반도라고 지으려고 했어요, 한반도. 그런데 과대망상이 사라지니까 망설여졌어요. 그제야 항렬 생각이 났어요. 먼저 태어난 두 아이의 이름과 이어질 수 있는 이름을 고민하다가 한강인이라고 이름을 지었어요. 두 아이가 학교 다닐 때 굉장히 놀림을 많이 받았던가 봐요. 국인이는 한국인·미국인·일본인 이러면서, 강이는 낙동강·대동강 하는 식으로. 당연한 결과지만 두 아이 모두 이름에 대한 콤플렉스가 많아요. 강이가 첫째보다 1년 먼저 서울신문으로 등단했는데 응모할 때 이름을 '한강현'이라고 써서 냈나 봐요. 당선이 되고 한강현으로 발표가 됐는데 아는 선배(시인 김형영)가 좋은 이름을 놔두고 왜 촌스럽게 강현

이라고 했냐고 꾸짖었대요. 딸아이가 나한테 와서 어쩌면 좋겠냐고 묻길래 "네가 바꾸고 싶으면 너 알아서 해라. 너도 어른이니까 너 알아서 결정해라"고 말했죠. "만약에 이름을 바꾸고 싶으면 두 번째 소설을 발표할 때부터 '한강'이라고 써라" 그랬더니 '한강'이라고 쓰더군요. 이번에는 다른 사람들이 오해를 했어요. 본명이 한강현인데 필명을 한강으로 쓴다고요.

조 선생님께서 좀 장난스러우셨어요. 한국인·한강·한반도라니요.

— 나는 한강보다 좋은 이름이 없다고 생각했어요.

조 그 이름 때문에 신문사 편집자들이 제목을 달면서 장난을 많이 쳤습니다. '한강에 빠진 한국문학' 이런 식으로요.

— 국인이는 얼마 전에 이름을 규호로 바꿨어요. 어른이 돼서 출판저널, 문학사상사 등에서 근무했는데 명함을 만들어서 사람을 만나 "제가 한국인입니다" 하고 인사를 하면 다들 장난하는 줄 알고 "저는 독일인입니다" 하고 맞받아치는 사람도 있었다고 하더라고요. 사실 '규호'는 김동리 선생께서 지어준 이름이었어요. 한규호라는 이름이 좋아서인지 '받침 없는 동화' 시리즈가 좋아서인지 아주 잘 팔려요.

조 등단한 아들은 이름이 한동림이죠.

— 그 아이는 또 '선우인'으로 응모를 했대요. 당선 발표를 앞두고 나한테 묻길래 이름 하나를 지어줬어요, 동림으로. 동녘 동 자하고 수풀 림 자를 썼어요.

조 귀향하고 2년 뒤 발표하신 《세 번째 노을 아래서 파도를 줍다》를 보면서, 내려오시니 지난 일들이 떠오르셨던가 보다 짐작했습니다. 과거 사람들의 이야기, 자연에 대한 이야기, 꽃 시리즈로 넘어가기 시작하는데, 특히 사람 이야기 가운데 감동적인 시편들이 많습니다.

— 그때 내가 스무 살이었고, 동생 둘은 나보다 각각 세 살, 여섯 살 아래였어요. 형님도 계셨는데 그때는 군대 가고 집에 안 계셨어요. 내가 머슴살이하듯 김 양식하고 농사짓고 했죠. 초등학교밖에 안 다닌 친구들한테서 김 양식을 배웠어요. 육체노동을 안 해본 책상물림이 김 양식을 하려니까 굉장히 힘들었어요. 바닷일을 하면서 몸살을 많이 앓았어요. 몸살을 앓으면 입이 무지하게 써서 밥이 넘어가질 않아요. 우리 어머니가 밥숟갈을 놓으면 안 된다고, 토할 정도만 아니면 물에 말아서라도 먹으면 그게 약이 된다면서 옆에서 계속 먹으라고 했어요. 그렇게 어머니의 말씀 듣고 물에 밥을 말아서 꿀꺽꿀꺽 삼키며 몸살에서 헤어나곤 했어요. 우리 어머니가 아무리 심하게 아파도 밥숟갈을 놓지 않아요. 그것이 어머니의 지혜예요, 생명력이고. 내가 그것을 배워서 아무리 아파도 절대로 밥숟갈을 놓지 않아요.

아버지는 신학문을 공부하신 분은 아닌데 마을에서 천도교를 믿었어요. 1925년을 전후해서 사립학교 운동이 일어났어요. 우이동에 가면 봉황각이라는 천도교 건물이 있는데 거기가 천도교도 양성소였어요. 아버지가 거기서 6개월간 훈련을 받고 마을로 내려왔어요. 당시 독립운동을 하던 김재계 선생이 우리 이웃집에 살았어요. 그분이 우리 아버지를 데려가서 교도 훈련을 시켰고 덕도 안에다가 조그만 양영養英학교를 설립하고 아버지에게 한문 교육과 총무 책임을 맡겼어요. 그때 아버지와 어머니가 처음 만났어요, 선생과 제자로. 김재계 선생은 민족이 독립을 하려면 먼저 사람들이 깨어나야 한다고 생각하셔서 사립학교 운동을 시작하셨고, 덕도에 있는 다섯 개 마을을 돌면서 계몽운동을 펼쳤는데 당시 열다섯 살이던 어머니가 학생 연사로 발탁돼 아버지가 써주신 원고로 연설을 했어요.

우리 어머니가 두 번째 부인이었어요. 아버지는 열여섯 살 때 처음 결혼했는데 바로 이혼했어요. 이혼하면서 학교에서 받은 월급을 모은 돈으로 전처에게 50가마니 값인가를 줬대요. 아버지는 내내 혼자 살다가 어머니를 만나서 결혼을 했어요. 두 분의 나이차가 아홉 살이나 돼요. 우리 어머니가 연애 걸어서 본처 쫓아내고 들어앉았다고 하는 구설수에 올라 평생을 산 탓에 트라우마가 있었어요. 이번《달개비꽃 엄마》에 그 이야기가 나옵니다.

장 선생님께 아버지는 어떤 분이십니까?

— 내가 머리를 세 번 깎았어요. 한 번은 군대 가면서, 또 한 번은 고

등학교를 졸업하고 집에서 3년 동안 살 때. 마지막은 초등학교 교사로 있을 때 숙직실에서 교사들과 어울려 술 마시고 바둑 두고 화투 치지 않고 소설을 쓰겠다는 독심을 먹고.

아버지가 교통사고를 당해서 한쪽 다리가 불편했어요. 그래서 일을 못하셨죠. 내가 진학을 못한 데는 그런 배경도 있었어요. 아버지가 용돈을 안 줬어요. 이발비조차 안 줬죠. 그 무렵 올백머리가 유행했어요. 가르마를 타지 않고 포마드를 발라서 뒤로 빗어 넘긴 헤어스타일이죠. 구레나룻처럼 귀밑머리도 기르고요. 나도 영화배우들처럼 그 머리를 하고 싶어서 머리를 안 깎고 장발로 쑥대머리같이 하고 다녔어요. 어머니 아버지 눈에는 얼마나 꼴 보기 싫었겠어요. 어느 날 아버지가 이발비는 안 주고 동네에서 가위랑 바리깡을 빌려 오셔서는 "내가 청년들 이발 늘 해주고 살았어야. 네 머리 깎아줄랑게 이리 오너라" 하시는데 마다할 수가 없었어요. 아버지가 "다 깎았다, 머리 감아라" 하실 때까지 나는 눈을 딱 감고 있었어요. 머리를 감으려고 머리칼을 털고 어머니의 경대를 들여다봤다가 깜짝 놀랐어요. 완전히 팽이 깎듯이 깎아놨는데 내가 생각한 모습이 전혀 아닌 거예요. 나에 대한 미운 생각, 분노 같은 게 울컥 솟구쳐서 어머니가 쓰는 가위를 들고 내 머리카락을 다 잘라버렸어요. 쥐가 뜯어먹은 것처럼. 그런 다음 동생한테 바리깡 가져오라고 해서 전부 깎으라고 했더니 동생이 중머리처럼 밀어버렸어요. 만약에 내가 아버지였다면 "예이 나쁜 놈아, 내가 성치 않은 다리로 서서 깎아준 머리를 그렇게 잘라부렀냐" 원망하고 꾸짖었을 텐데 아버지는 충격을 받으셨나봐요. 나랑 눈을 안 마주쳤어요. 왜 머리를 잘랐냐, 왜 삭발을 했냐 그런 말을 일체 안 했어요. 머리를 깎는다는 그 저항의 표현이 굉장한 힘을 가지고 있나 봐요. 그 뒤로는 아버지께서 뭐라 말을 안 하시데요.

장 선생님의 성품이 기실은 아버지의 성정을 빼닮으신 것 아닌가요?

— 아버지는 젊어서는 굉장히 진보적이셨는데 나이 들수록 보수적으로 바뀌셔서 자유당원도 하고 그랬죠. 부모님이 참 많이 싸웠어요. 내가 고등학교를 졸업하고 혼자서 머슴살이하듯 농사짓고 김 양식하면서 집안 살림을 다했어요. 형님은 군대 가고 없었죠. 두 분이 싸우는 이유를 들어보면 내가 무거운 짐을 짊어지고 고개를 넘어오고 가파른 언덕을 오르고 하는 게 짠했던 거예요. 내가 안 해본 일 하느라 몸살이 나고 의식이 없을 정도로 열이 심하게 오르면 어머니는 밤새 머리에 찬 수건을 올려주던 분이에요. 그런 분이 아버지랑 싸우면서 하는 이야기가 섬에서 나가자, 전부 다 팔고 광주나 서울로 가자 하는 거였어요. 그런데 아버지는 너 혼자 나가라는 식이었죠. 어머니가 아주 목청이 높고 기가 셌어요. 나중에는 아버지가 어머니의 머리채를 잡고 막 끌고 다니면서 싸웠어요. 내가 뜯어말릴 수도 없었어요. 그래서 "아버지, 그런다고 어머니 안 죽어요. 확 밟아부리쇼" 하고 미운 소리를 했어요. 그제야 아버지가 어머니의 머리채를 놓고 "나쁜 놈, 말하는 거 보소" 하면서도 나한테는 차마 무서워서 어떻게 못하셨어요. 이 이야기도《달개비꽃 엄마》에 다 나옵니다.

장 아버지에 대한 양가적 시선과 태도가 선생님의 작품 군데군데에서 느껴지는 것이 그만한 사연을 안고 있군요.

— 그 무렵 내가 혼자서 해보려고 도전하는 것들이 자꾸 실패했어요. 아버지한테 "밭 한 필지를 주십시오. 내가 당근을 재배해서 번 돈으로 책을 사 보겠습니다" 그랬죠. 광주에서 당근씨를 사다가 열심히 물을 주면서 당근 농사를 짓기 시작했는데 싹이 하나도 안 났어요. 또 한 번은 닭을 샀죠. 자연 부화로 해서 일흔일곱 마리까지 불어났어요. 알을 낳으면 내다 팔아서 책도 사 보고, 대학 안 가고 농부 시인이나 소설가가 되겠다고 생각하면서 꿈에 부풀었죠. 그런데 일흔일곱 마리까지 불고 나더니 어느 날 갑자기 시들시들해지기 시작했어요. 결국 자고 일어나면 열 몇 마리씩 죽어 나가더니 일주일 만에 다 죽었어요. 죽은 닭들은 남새밭 귀퉁이에 구덩이를 파서 매몰 처분했어요. 내 손으로 묻을 때의 그 절망감이란 정말…….

중학교 선생이 되겠다고 마음먹고 중학교 국어과 시험을 준비하기도 했어요. 국문학사, 향가, 국어문법 이런 것들을 전부 사다가 쟁여놓고 열심히 공부를 했죠. 그런데 어찌된 일인지 시험장에 들어갔는데 한 문제도 답을 쓸 수가 없었어요. 내가 너무 고급한 것, 원형 같은 것만 공부를 한 거였어요. 대학원생들이 하는 공부를 했던 겁니다. 고작 신소설에 대한 것만 쓰고 나왔어요. 당연히 떨어졌죠.

책장사를 하고 싶었어요. 책장사를 해서 낮에는 장사를 하고 밤이면 시랑 소설을 읽어서 소설가가 되어야겠다고 생각하고 아버지한테 이야기를 드리려는데 그때가 3월 초 김 양식이 막바지일 때였어요. 날이 따뜻해지기 전에 하루라도 빨리 김을 처리해야 하는데 밤새 술 마신 놈이 일찍 일어나겠어요? 안 일어나고 자고 있으니까 아버지가 깨우는 거예요. 간밤에 마신 술이 덜 깬 채로 나가니까 아버지가 막 혼을 내시는데 "이 자식이 꼭 탈영해서 인생 종친 놈이랑 술이나 마시고 다닌다, 느그 외삼촌들처럼 성질은 느릿해가지고 그렇게 살아서 무엇을 해먹고 살겠냐. 한심하다" 그러는 겁니다. 내 아킬레스건을 건드린 거죠. 사실 내가 외탁했어요. 아버지는 키가 작고 형님도 작은데 나는 키가 커요. 형님은 성질이 아주 급한데 나는 느렸고요. 저는 언제든지 외가 이야기를 들먹거리면 화가 치밀어 오르는 거예요. 그래서 "큰아들 나오면 잘 먹고 잘사시오" 그러면서 문을 닫고 들어가버렸어요. 그랬더니 성질 급한 아버지가 쫓아 들어와서는 내가 아끼던 책들, 소설이나 실존주의에 관한 책, 『사상계』 잡지들을 전부 마당에 집어던졌어요. 내가 사랑하는 책들이 그렇게 널브러지니까 나는 더 열이 올랐죠. 그래서 아무 소리 안 하고 누워 있었어요. 그랬더니 아버지가 동생을 데리고 "가자. 우리 둘이서 처분하자" 그러면서 나가버렸어요. 어머니가 와서 책을 전부 들여놓고는 "아버지가 성질이 급해서 그런 거니까 얼른 나오너라" 하고 타일렀어요. 한참 뒤 나와 보니까 집이 텅 비어 있었어요. 그래서 '나 찾지 마시오, 나 혼자 살아갈 테니까' 그렇게 장문의 편지를 써놓고 가출을 했어요, 보성까지.

아버지의 괘상을 열었어요. 김을 판 지 얼마 안 됐으니까 돈이 있을 거라고 생각했는데 돈이 하나도 없었어요. 논 사는 데 다 써버린 거죠.

그래서 몇 푼 안 되는 돈을 들고 보성까지 갔어요. 보성 용문마을이라는 데까지 가면서 1년 동안만 머슴살이를 하자, 머슴살이를 해서 돈을 벌면 그 돈으로 학교를 가든지 책장사를 하든지 하자, 나 혼자서 소설가나 시인이 되겠다 그런 생각을 했어요. 그 마을에서 부잣집을 하나 잡아들었어요. 머슴 살기로 작정을 했죠. 다음날부터 머슴 노릇을 했는데 그것도 쉬운 일이 아니었어요. 우리 집에서 머슴 노릇 하듯 살았다고 했지만 부모가 자식을 부리는 것은 사정을 봐주면서 부리는 거고, 진짜 머슴 노릇은 사정 같은 거 안 봐줘요. 만약 이 집에서 일하듯이 우리 집에서 일했으면 큰 효자 소리를 들었겠다는 생각이 절로 들었어요. 나흘째 되는 날, 뭘 하든 집에 가서 해야겠다고 생각을 고쳐먹고 집으로 돌아갔어요. 그런데 집 안 분위기가 초상집이나 다름없었어요.

어머니가 보통 분이 아니에요. 자식 욕심이 이만저만 큰 분이 아닌데 내가 가출을 하니까 아버지를 들볶은 거예요. 그러니까 아버지가 지팡이를 짚고 절름거리면서……. 아이고, 눈물이 나오려고 하네요. 그 이야기도 소설《달개비꽃 엄마》에 다 썼어요.

조 **나흘 만에 돌아갔으면 효자죠.**

— 아버지께서 절뚝거리면서 내가 갈 만한 데는 전부 뒤지고 찾아다녔어요. 그때 동네에 소문이 하나 돌았어요. 우리 동네에서 십 리쯤 떨어진 곳에 나처럼 고등학교를 졸업하고 집에서 지내던 청년 하나가 아버지하고 싸운 뒤 나뭇가지에 목을 매달아 죽었다는 거였어요. 그

소문을 듣고 나는 멍청한 놈이라고 말했죠. 나는 절대로 죽지 않는다, 죽을 용기가 있으면 살아야지 그렇게 생각했어요. 그때 실존주의 덕을 본 거죠. 나는 그런 생각을 했는데 막상 아버지는 친척집까지 나를 찾으러 돌아다니셨고, 어머니는 뒷산을 다 뒤진 거예요, 소나무 가지에 목매달아 죽었나 싶어서. 내가 집으로 들어가니까 어머니가 나를 보듬고 펄쩍펄쩍 뛰면서 우셨어요. 아버지한테 절을 했더니 아버지도 우셨어요. 그러면서 논 팔아줄 테니까 책장사를 하라고 하셨어요. 그때 어머니가 들어와서는 "아니, 대학 가거라" 하셨죠. 《달개비꽃 엄마》가 어머니의 이야기를 쓴 소설입니다. 일종의 뿌리 이야기인 셈이죠. 어머니가 어떤 피를 받고 어떻게 자라났는가 하는 이야기예요. 어머니에 대한 헌사인 거죠.

조 **중요한 시기에 결단을 내리셨습니다. 가출을 안 했으면 대학에 못 가셨을 뻔했어요. 구조에 순응하지 않고 순간순간마다 내린 결단이 참 대단하십니다.**

어머니를 위하여

조 어머니의 어떤 점이 선생님을 어긋나지 못하게 잡아맸습니까?

— 장흥에서 중학교를 다닐 때 학교에서 고향집까지 거리가 80리 32킬로미터였어요. 그런데 어머니가 보고 싶어서 토요일에 거기까지 뛰어갔죠. 한밤중이 지나서야 집에 도착했어요. 열네 살짜리 아이가 혼자서 고개를 넘어 식은땀을 흘리면서 달려가 어머니를 불렀어요. 그때는 어머니나 엄마라고 하지 않고 '어매'라고 불렀어요. 집에 불이 다 꺼져 있고 식구들은 다 자고 있었는데 내가 어매 하고 부르면서 들어가면 어머니가 문을 열고 맨발로 나와서는 "와따 와따 내 새끼야" 하면서 보듬고 안으로 들어가곤 했죠.

조 **토요일마다 어매는 못 주무셨겠네요.**

— 2주일에 한 번 가기도 하고 일주일에 한 번 가기도 하고 그랬어요. 그땐 왜 그렇게 어머니가 보고 싶었는지 모르겠어요. 토요일에 갔다가 학교 가야 하니까 다음 날 일요일 해가 뜨기 바쁘게 터덜터덜 걸어서 장흥으로 왔죠. 억불산 자푸지재를 넘으면 해가 한 뼘만큼 남아 있어요. 하루 내 걸은 거예요. 열네 살짜리가 이틀 동안 꼬박 걸었으니 다리 몸살을 안 할 수가 없죠. 이틀 동안 다리 몸살을 앓고 나야 풀려요. 집 떠날 때는 양식도 주고 반찬도 주니까 달릴 수가 없어요. 그런데 토요일에 집으로 갈 때는 책가방을 들고 막 뛰어갔어요, 그 먼 길을.

조 **어머님의 특별한 훈육 방식이 있었다기보다는 사랑이었네요.**

— 어머니한테만 맡을 수 있는 향기가 좋았어요. 당시 어머니의 나이가 38세였어요. 어머니가 늦게까지 출산을 하셨어요. 막내가 나보다 스무 살 아래거든요.

고등학교를 졸업하고 실패를 거듭하면서 내 안에 숨어 있던 악마성이 드러나기 시작했어요. 하루는 아버지가 출타하신 사이 소에 쟁기를 채우고 당근 재배 실패한 밭을 갈았어요. 그러다가 소가 벌에 쏘였는지 헛것을 봤는지 갑자기 달아나버리는 거예요. 쟁기를 매단 채 달아나는 바람에 쟁기가 박살이 났죠. 나중에 소가 빈 몸으로 집으로 들어왔는데 그때 내가 화풀이할 대상이 하나 생긴 거예요. 내가 오늘 저 소 죽여야겠다 작정을 하고 주막에서 쌉쌀한 막걸리를 두 되 마시고는 벌겋게 달아오른 얼굴로 집으로 들어갔어요. 나무 코뚜레 속으로 철사를 껴서 고삐에 묶고 기둥에 소 머리를 묶었어요. 고삐 줄을 손에 감고 소를 패기 시작했죠. 어머니가 내 모습을 보니 심상치 않았겠죠. "아야, 짐승 때리는 사람이 제일 미욱한 사람이란다. 하지 마라, 하지 마라" 하고 타이르시는데도 내가 상관하지 않고 소를 막 두들겨 팼어요. 그때 아버지가 돌아오신 겁니다. 아버지가 놀라서 "그것이 누구 소인데 네가 그러냐" 하면서 뭐라고 하는데도 내가 그만두질 않고 두들겨 팼어요. 피가 나고 하니까 아버지가 고삐를 뺏으려고 했지만 젊은 나를 어떻게 이기겠어요. 내가 뿌리치니까 아버지가 쓰러졌죠. 화가 나면 눈앞이 캄캄해지잖아요. 그런데 어머니가 나를 끌어안더라고요. 그때 어머니의 채취, 그것이 나를 무장해제시켰어요. 그날 밤까지 내내 울었어요. 내가 무장해제하고 막 우니까 어머니가 울어부러라, 울어부러라 하시더라고요. 만약에 아버지만 계시고 어머니가 안 계셨더라면 정말로 큰일이 일어났을 겁니다.

조 **어머니는 선생님에게 절대적인 안식처였군요.**

— 그때 내 첫사랑 처녀가 있었어요. 나보다 2년 후배였어요. 그 여자가 순천사범학교를 갔어요. 그때는 사범학교가 특수학교였어요. 거기를 졸업하면 초등학교 선생이 됐어요. 고등학교 졸업하고 나랑 열심히 편지 교환을 했죠. 나는 농사꾼이면서 시인이나 소설가가 되겠다고

하고 사는데 그 여자는 초등학교 선생이 되니까 금방 돈을 벌잖아요. 농사꾼 시인이나 소설가는 내 이상이지 그 사람이 보기에는 한심한 거죠. 어느 날 절교장을 받았어요. 내가 그 여자하고 주고받은 편지나 사진을 전부 태워버리려고 부엌으로 들어가니까 어머니가 마침 아궁이에 불을 지피고 있었어요. 어머니가 그 여자의 사진을 보더니 "너하고는 짝이 아닌갑다, 이쁘기는 하다만" 그랬어요. 더 좋은 짝이 생길 것이다 하면서 아들을 위로한 거죠. 이 이야기는 《보리 닷 되》에 다 나와요.

조　선생님의 소설에 대해 어머니는 어떤 말씀을 하시던가요?

— 아버지가 나를 보면 외탁했다는 말을 종종 했는데 어려서는 그 말이 참 듣기 싫었어요. 나중에 커서 보니 내가 외탁했으니까 오늘의 내가 있다는 생각이 들었어요. 9남매였어요. 어머니가 11남매를 낳았는데 젖먹이 때 둘이 죽고 9남매가 남았어요. 열아홉 살 처녀인 여동생 하나가 안타깝게 자살을 했고, 내 바로 아래 동생은 사업에 실패하고 알코올중독으로 간경화를 앓다 죽었어요. 그 이야기들이 《아버지와 아들》에 있는 〈당신들의 축제〉 〈구멍〉에 다 있어요. 내가 소설을 쓰면 항상 어머니한테 드렸어요. 어머니는 내 소설을 꼼꼼하게 읽었는데 그 소설을 읽다가 내던지셨다고 그러더라고요. "이 새끼는 이런 얘기 안 하면 소설 못 쓴다냐!" 하시면서요. 당신 자식들의 아픈 이야기를 쓰니까 싫으셨던 거죠.

조 **소설을 쓰실 때 어머니란 독자가 검열관으로 작동할 때도 있었습니까?**

—— 상관하지 않고 썼어요. 이번에 쓴 《달개비꽃 엄마》는 일종의 어머니 연구예요. 어머니 해석학이죠. 나에게 어머니란 무엇인가, 어머니란 존재는 무엇인가에 대한 답을 궁리했어요. 어머니는 여신 같은 존재더라고요. 여신 같은 치유의 존재인 거죠.

조 **맨 뒤에서야 어머니 이야기를 쓰신 이유가 있습니까?**

—— 어머니에 대한 채무감이랄까요. 나는 우리 집안에서 유일하게 출세한 아들이에요. 당신이 늦게까지 낳은 자식들을 내가 아버지 대신 전부 다 키우고 가르치고 시집 장가 보냈죠. 이런 말이 불효일지 모르겠는데, 어머니는 당신이 가르쳐서 출세시킨 아들을 최대한 이용하셨습니다. 나는 기꺼이 어머니께 이용당해드렸고요. 어머니께 빚을 갚는다는 심정이었죠. 아내를 만나게 해준 이도 어머니예요. 내가 군대 갔다가 휴가 나왔을 때 "좋은 여자 있다. 가자"고 하셔서 광주로 가 아내를 처음 만났죠. 광주서 살 때 처가 덕을 많이 봤어요. 장인 장모는 딸이 참 안타까우셨을 거예요. 고생하지 말라고 차남한테 시집보냈는데 큰며느리 노릇을 했으니까요.

어머니는 8남매나 되는 자식을 하늘저울처럼 고루 살게 만들려고 하는 속성이 있더군요. 큰아들하고 사이가 안 좋았어요. 결혼하고 나더니 자기 식구들만 데리고 분가를 해버렸거든요. 어린 동생들은 나 몰라라

해버리니까 이제 어머니는 나한테 매달렸어요. 형은 논 한자리 밭 한자리 팔아서 구멍가게를 냈는데 그게 살림에 얼마나 도움이 되겠어요. 그러다 보니 학교 선생 하는 나를 쫓아다니면서 바로 밑의 동생 영농 자금, 영어 자금 등 필요한 돈은 다 나한테서 가져갔어요. 그러다 결정적인 일이 터졌죠. 30년 전쯤이었는데 당시 나는 서울에 있었고 《아제아제 바라아제》가 잘 나갈 때였어요. 갑자기 어머니가 서울로 올라오셔서는 2천만 원을 내놓으라는 거예요. 당시 김 양식 과정이 기계화되기 시작했거든요. 김 가공 공장이 들어서고 마을 사람들이 대부분 참여를 하는데 동생만 예전처럼 일일이 손으로 김 양식을 해야 하겠느냐면서, 작인 다섯이서 2천만 원씩 내놓아 1억 원을 만들어서 김 가공 공장을 하는 데 참여시키겠다고 하셨어요. 그래서 2천만 원을 드렸죠. 그런데 한겨울에 태풍이 온 겁니다. 바다가 뒤집어지면서 김발이 다 쓸려버렸고, 배가 모래 속에 처박혔죠. 그 배를 살리려고 동생이 사력을 다했는데 바로 그때 트라우마가 생겨서 바닷일에 겁을 먹어버렸어요. 그래서 배를 꺼낼 생각도 하지 못하고 뒤돌아 도망을 친 거예요. 어마어마한 빚만 남겨놓고 동생이 집을 나가버렸어요. 간신히 데려다가 김 양식하지 말고 농사만 지으라면서 붙들어놓았죠. 빚도 다 갚아주었고요. 어머니가 항상 "네 종 노릇 안 했냐, 먹고 살게 해줘라" 하셨거든요. 그랬던 동생이 알코올중독으로 죽자 어머니는 고향에 정나미가 떨어지신 것 같았어요. 여동생하고 사시겠다며 서울로 올라오셨죠. 그러면서 "나 늙어 죽을 때까지 막내하고 살란다. 작은 아파트 하나만 사달라"고 하셔서 상계동에 17평짜리 아파트를 사드렸어요. 그러다 여동생한테 남자가 생기니까 어머니가 집을 나와 서울서 셋방살이 하던 형님한테로 가셨어요. 형님이랑 사이가 안 좋으면서도 그리로 가시더라고요. 내가 모시겠다고 했는데도 거절하셨어요. 어머니 때문에 어찌할 수 없이 형네를 위해 연립주택 한 칸을 분양해주었죠. 그러다 형님이 교통사고가 났고, 내가 장흥으로 낙향하면서 어머니를 모시고 왔죠. 어머니는 그런 생각을 하셨던 것 같아요. 모든 자식이 고루 살기를 바라셔서 많이 가진 나한테서 뺏어다가 다른 형제에게 나눠주신 거죠.

장 **어머니께 마냥 좋은 감정만 있는 것은 아니겠어요.**

— 어머니가 자존심이 굉장히 강한 분이셔서 집사람이 힘들었죠. 다섯 며느리 가운데 우리 각시만 어머니가 잡지를 못했어요. 우리 각시가 대들어서가 아니라 당신이 못한 일을 집사람이 다해냈잖아요. 그러다 보니 형제자매들이 다 집사람을 잘 따랐어요. 그런데 어머니가 그 꼴을 못 보겠는 거예요. 어머니는 세상에서 당신이 제일 잘나셨거든요. 당신이 배웠으면 박경리보다 소설을 더 잘 썼을 거라고 말씀하시곤 했어요. 어머니가 연설을 참 잘하셨어요. 며느리가 마음에 안 들면 밥상을 치면서 연설을 늘어놓으셨어요. 나중에는 나한테까지 불똥이 튀어요. "너라는 놈이 그래 갖고 뭔 좋은 소설을 쓸 것이냐!" 하시면서 말씀이 길어질 것 같으면 나는 "어머니 올라갑니다" 그러면서 토굴로 가버리고 집사람은 마을회관 노인당으로 도망가버렸죠.

조 임감오 여사님은 그냥 그러려니 하셨겠군요. 시 〈임감오〉도 아내에 대한 미안한 마음을 담아 쓰신 건가요?

— 집사람은 어머니를 대신해서 나한테 온 것 같아요. 어머니도 여신이고 집사람도 나한테는 여신이에요. 나를 치유해주는 모든 존재는 여신인 거죠.

이히히히 하고 그 여자는 천진하게 잘 웃는다 자식들을 낳으면 죽고 또 낳으면 죽고 하여 그 여자가 핏덩이였을 적에 어머니는 명줄을 명주실꾸리같이 감고 또 감으며 살아가라고 '감어'라는 이름을 달아주었지만, 아버지는 그 핏덩이가 어느 날 다른 아이들이 그랬듯 문득 바람처럼 날아가버릴지 모르므로 호적에 올리기를 여섯 해나 보류하다가 드디어 일곱 해째 되던 어느 날 달감(甘)자에 다섯오(五)자를 붙여 올렸으므로 주민등록상에는 1947년생이지만 실은 단기 4332년 서기로 1999년인 이 해 쉰아홉 살이다 가난 덕택에 배움 넉넉하지 못하지만 물려받은 직관력으로 알아야 할 것은 가까운 사람들의 어깨너머로 죄 알았고 몰라야 할 허영이나 오만 같은 것은 씨도 모르게 된 그 여자는 지아비가 하자는 대로 어린 시누이 둘과 시아저씨들을 키우고 가르쳐 시집 장가 보내고 첫째시아저씨한테 논 사주고 늘 빚을 지고 살면서도 이히히히 웃곤 했다 맛깔스러운 것 제 목구멍에 넣기 두려워하고 사시사철 그 옷에 그 옷만을 걸치고 동네 상설시장에서 꺼끌꺼끌한 플라스틱 슬리퍼만 사서 끌면서도 마찬가지로 이히히히 대학 못 간 둘째시아저씨의 포장마차 리어카를 앞에서 끌어주고 뒤에서 밀어주고 가스 등불 아래서 취한 남정네들한테 손목 주물리며 손아랫동서하고 함께 꼼장어구이 오뎅 안주 놓고 소주 장사 해주고 동서의 아랫배에 찬 주머니에 불어난 낙엽 같은 돈 헤아리면서도 이히히히 그 둘째 시아저씨네가 스물두 평짜리 아파트를 사 들어간 뒤의 어느 늦은 겨울 저녁 무렵 셋방살이하는 큰댁의 조카가 연 식당 안에서 시아버지의 제사를 모시고 온 이튿날 그 여자는 남편을 앞세우고 동네 시장엘 갔다가 오면서 새로 짓고 있는 연립 주택을 구경하러 갔고 그 분양 사무실의 의자에서 엉덩이를 떼지 않고 큰댁 조카를 불러냈다 큰댁이 입주하는 데에 이천만 원을 보태고 전화 놓아주고 장롱 들여주고 또 한 해 위에는 막내시누이의 17평짜리 아파트 사주고도 마찬가지로 이히히히 아들딸들 셋이서 모두 대학엘 쑥쑥 들어가니 자기 할 일 다 한 것 같다고 하며 시집올 때 가져온 박물관으로나 보내야 마땅한 허름한 합판 장롱을 막내아들 방으로 옮겨놓고 남편을 졸라 귀목으로 된 조각 장롱을 사러 갔다 그런데 몇백만 원짜리 그 장롱을 사기로 계약금을 주고 오면서 그 여자는 이히히히히 하고 웃지 않고 얼굴이 해쓱해진 채 비틀거리며 가슴을 부여안고 약방으로 가서 신경안정제를 사먹었다 집에 와서 내내 누워 안정을 취하던 그 여자 문득 일어나더니 말했다 별로 화급하지도 요긴하지도 않은 장롱 하나를 사는 데에 그렇게 큰돈을 지출하고…… 앞으로 어떻게 살림을 꾸려나가겠소 아까 그것 다시 물립시다 남편은 아하하하하하하 하고 눈물 질금거리며, 그 여자도 이미 알고 있는 다 빠져나갈 만큼 빠져나가고 별로 많이 남아 있지도 않은 예금 통장 셋을 꺼내 펼쳐보이면서 설마 굶어 죽을까 싶어 그러느냐고 언구럭과 너스레를 떨며 너털거렸다 뭣이라고? 그 바보 같은 여자가 대관절 누군데 그 이야기를 그렇게 시시콜콜 하고 있느냐고?
귀 좀 빌립시다. 팔불출이라 험구 마시오. 그 여자 제 집사람입니다.

〈임감오〉 전문, 《노을 아래서 파도를 줍다》

시 쓰는 소설가

조 시로 출발해서 소설로 간 경우는 있지만 소설을 쓰다가 시로 간 경우는 사실 많지 않습니다. 윤후명 선생이 대학 재학 중에 경향신문 신춘문예에 〈빙하의 새〉로 먼저 당선되어서 등단했지만 결국은 등단 10년 만에 다시 한국일보 신춘문예 소설로 등단해서 죽 소설가로 이어왔습니다. 송기원 선생도 전남일보 신춘문예에 시로 먼저 등단한 다음 동아일보 신춘문예로 소설로 다시 등단했고요. 그런데 소설을 쓰다가 시로 바꾸는 경우는 드뭅니다. 한 개의 몸을 가지고 동시에 시와 소설을 쓴 경우는 선생님을 빼고는 흔치 않은 것 같아요. 문청 시절에 시도 같이 공부하셨다고 압니다. 김주연 선생은 "내 그럴 줄 알았다"고 하면서 "한승원의 문학은 어떤 의미에서 근본적으로 시 문학이라고 할 수 있다. 서사 문학이 흔히 보여주는 행동과 논리의 세계라기보다 한 맺힌 영혼들의 울음과 노래라고 하는 편이 더 어울리기 때문이다"라고 썼습니다. 선생님의

문학에는 시 정신이 흐른다는 말인데 동의하십니까?

— 동의해요. 만약 시가 먼저 당선되어 시인으로 살았으면 지금의 내가 없을 겁니다. 소설이 먼저 당선이 돼서 소설가로 살았으니까. 내가 가난을 이겨내기 위해 열심히 쓴 것 같아요. 내 속에서는 늘 시와 소설이 길항 작용을 했는지 모르겠는데 어떤 의미에서는 시적 감수성이 설화성을 갖고 서사로 나타나고, 서사로 나타날 수 없는 것들이 시로 나타났다고 생각합니다. 내가 마흔일곱 살 때부터 7년간을 많이 아팠어요. 술을 끊으니 술친구도 전부 없어지더라고요. 늘 죽음을 생각했어요. 그러면서 소설이 잘 안 써질 때는 메모를 해두곤 했어요.

쉰 살 들어서서인가 잠깐 몸이 좋아져서 서재를 옮겼어요. 안방을 서재로 사용하고 반지하 방을 임대해주었는데 임차인을 내보내고 서재를 거기로 옮겼어요. 그때 메모들을 많이 태웠어요. 지금 생각하면 아깝기도 한데 청년 시절에 썼던 일기 같은 것도 다 태워버렸어요. 나 죽은 다음에 이런 것을 잡지사에서 보고 '한승원 유작'이라면서 발표하면 얼마나 창피한 일이냐 싶어서 다 태워버렸어요.

그때 대학생이던 아들딸이 학교 갔다가 밤에 돌아오면 주방에서 저희 엄마가 차려준 밥을 먹으면서 시시덕거렸어요. 나는 방에 누워 있었고요. 다 들어가서 잘 때 나 혼자 일어나서 주방에 가 보면 먹고 치우지 않은 식탁이며 이야기하고 논 흔적들이 그대로 널려 있었어요. 그걸 보면 마치 나는 죽었고 내 혼령이 와서 그것을 보는 것 같은 느낌이 들었어요. 시적 감성이죠. 그런 것을 메모해놓곤 했는데, 서재를 옮기면서

짐들을 옮겨주던 애들한테 메모를 보고 쓸데없다 싶으면 태워버리라고 했더니 아들딸이 깜짝 놀라는 겁니다. 시집 한 권 냈으면 좋겠다고 하면서요. 다시 보니 시집으로 묶어도 괜찮을 것 같아서 타자기로 정리를 했어요. 80편이 되더군요. 군대 있을 때 쓴 시들까지 같이 정리한 다음 김병익 선생한테 만나자고 연락을 했어요. 시 원고를 봉투에 넣고 나가려는데 딸이 "아부지 시 좋아요. 그러니까 쭈뼛거리지 말고 당당하게 내놓으세요"라는 거예요. 아들도 좋다 그러고요.

김병익 사장을 만나서 원고를 내놨어요. 읽어보고 좋으면 내달라고 말했죠. 김병익 선생은 내가 소설 원고를 들고 올 줄 알았는데 시 원고를 들고 나타나니까 조금 놀란 눈치였어요. 친한 소설가 친구가 시집을 내달라고 자꾸 부탁을 했나 봐요. 그 원고를 읽은 김현 선생이 퇴짜를 놨고, 그 뒤로 소설가의 시집은 출간하지 않는다는 방침을 세웠다는 겁니다. 처음에는 내주면 고맙고 안 내줘도 그만이라고 생각했어요. 그랬는데 사흘째 되는 날, 약수터 올라갔다가 내려오는데 갑자기 생각이 나더라고요. 아차, 내가 실수했구나! 문득 소설가의 시집은 출간하지 않기로 했다는 말이 생각난 겁니다. 문학과지성사에서 소설도 많이 냈는데 좋은 사이에 퇴짜를 놓기가 얼마나 힘들까 하는 생각이 뒤늦게 들었어요. 아침을 먹으면서 자식들한테 말했어요. "내가 실수했다. 김병익 사장이 출근하면 전화를 걸어서 시집 출간은 없던 일로 하자고 해야겠다." 그러고 있는데 전화가 걸려왔어요. 당시 편집장이던 채호기 교수가 "아이고 선생님, 언제 이렇게 시를 쓰셨습니까. 편집위원 선생님들이 만장일치로 시집을 내기로 했습니다" 그러더군요.

조 **오랫동안 열망한 결실을 보셨으니 얼마나 기쁘셨습니까.**

— 젊어서부터 시를 많이 쓰고 시를 공부했고 또 선禪을 공부했기 때문에 《열애 일기》는 선시들로 가득 차 있어요. 그걸 보고 김주연 씨가 깜짝 놀랐던가 봅니다. 소설가가 시집을 낸다고 장석남 시인이 열음사에서 발행하는 문예지에 《열애 일기》에 나오는 시 열 편을 전재했어요. 언론에도 제법 소개됐어요. 그 시집이 당시 다른 시인들한테서 볼 수 없는 독특한 시 세계를 보여줬거든요. 많은 시인들이 선禪을 잘 모릅니다. 나는 선시를 알았기 때문에 《열애 일기》가 차별화될 수 있었어요. 〈준비〉나 〈시계〉 같은 시는 내가 생각해도 참 잘 쓴 것 같아요. (분침과 시침을 연인 관계로 설정한) 〈새〉는 시인들이 아주 좋게 이야기해주더군요. 《열애 일기》가 아마 1만 부 이상 팔렸을 거예요. 그런데 이승하 시인이 "선생님의 시는 시단에서 독특한 위치를 점하는데 제대로 평가 받지 못하고 있습니다"라고 하더군요. 왜냐하면 소설가가 시를 썼다는 이유로 시인으로 인정하지 않는다는 거죠.

조 **선생님께서 시집을 여섯 권 출간하셨습니다. 그때마다 꼭 시가 무엇인가에 대해 정의를 하셨어요. 매번 표현은 달랐지만 본질은 같다고 생각합니다. 재밌는 게 첫 시집에서는 "시를 자신은 여기로 여기지 않는다"고 말씀하시면서 "졸이고 졸여서 만든 곤약 같은 게 시"라고 정의하셨고, 두 번째 시집에서는 "금광석처럼 견고하고 인색한 말의 성이 시다"로 이어집니다. 선생님께서 생각하시는 시 정신의 근본은 무엇입니까?**

— 시는 승화된 꽃 같은 거예요. 꽃을 식물의 얼굴이라고 생각하듯 가장 승화된 어떤 것이죠. 곱고 또 고와서 견고하게 금광석처럼 만든 언어들, 그런 것들이 아닌가 싶어요. 가령 석류는 익으면 반쯤 벌어지잖아요. 반쯤 벌려 그 속에 든 견고한 보석 같은 알을 내보이잖아요. 그런 언어들이 시이죠. 또한 시는 깨달음의 언어예요. 가령 선승들이 내보이는 한마디 말 같은 것이죠. "달을 보라면 달을 볼 것이지 왜 손가락을 보느냐"는 말에서 손가락이 바로 시예요. 그리고 손가락이 가리키는 달은 진리고요.

조 그 달빛이 어린 게 시라는 말씀인가요?

— 진리를 가리키는 어떤 언어라고 보는 게 더 맞을 것 같아요. 달을 바로 노래해버리면 덜 아름답잖아요. 달을 떠올리는 것은 독자의 몫이고, 시는 은유적이고 상징적인 어떤 것이에요.

조 시인은 우주의 율동을 반주하고 기록한다는 점에서 소설가보다 훨씬 윗길입니까? 물론 문학에서 윗길·아랫길 구분은 의미가 없겠지만요. 선생님께서 하신 말씀 가운데 "소설은 시를 향해 날아가고 시는 음악을 향해 날아가고 음악은 무용을 향해 날아가고 무용은 우주의 율동을 따라 날아간다"는 표현이 있습니다.

— 그것은 정신이에요. 시 정신이 가장 고고하죠. 소설은 풀어 쓴 것이라기보다는 발성법이 다르다는 게 더 적절할 겁니다. 시 정신으로 가

득 차 있는 소설은 커다란 비유의 덩어리예요. 우리의 가장 참된 삶은 이런 삶이 아닐까 하고 질문하는 거예요, 정답을 내보이는 게 아니라.

모든 것은 우주의 율동으로부터 시작됐어요. 우주의 율동을 가장 많이 닮은 것이 무용이죠. 공간예술이자 음악이 공존합니다. 동양 경전 가운데 《예기》가 있어요. 《예기》의 〈악기〉 편을 보면, 위에서 내려오는 하늘의 소리와 땅에서 올라가는 지령음地靈音이 한가운데서 만나는데 그것이 가장 위대한 음악이라고 했어요. 인간은 영적인 육체를 가지고 있는 존재예요. 우리가 머리를 하늘로 향함은 하늘의 이상으로 나아가는 것이죠. 하늘의 기운은 땅을 향해서 내려옵니다. 광합성하는 것도 마찬가지고요. 불교에서 탑을 세우는 것도 하늘을 향해 올라가는 상승 기류예요. 종탑이나 십자가 같은 탑들도 전부 하늘을 지향하잖아요. 이처럼 하늘의 소리와 땅의 소리가 가장 잘 합쳐진 것이 좋은 음악이에요. 그렇게 본다면 시도 마찬가지로 해석할 수 있어요. 시도 땅에서 솟아오르는 기운과 하늘에서 내려오는 기운이 만나야 최고의 시가 될 거예요. 신성神聖을 내포하지 않는 시는 모두 격이 떨어지는 시라고 생각합니다.

조 **소설은 거기까지 안 가도 지상에서 큰 비유로 질문을 하는, 가장 낮은 단계에서 복무하는 것입니까?**

— 소설은 총체적인 것이에요. 소설이 시를 포용하죠. 그렇기 때문에 시를 확실하게 아는 사람들의 소설은 소설 속에 신성을 내포한다,

신화성을 갖고 있다고 볼 수 있어요. 한 평론가는 이렇게 얘기했어요. "신성을 내포하지 않은 시는 결코 좋은 시라고 말할 수 없다." 그런 의미에서 본다면 시인도 마찬가지지만, 소설가는 가장 먼저 소설을 쓰면서 자기부터 구제해야 합니다. 시를 쓰고 소설을 쓰면서 자기부터 구제하지 않는 소설가나 시인은 좋은 작품을 쓸 수 없어요. 자기 시나 소설을 통해 독자들까지 구원에 이르게 해야 하니까요. 구원에도 종교의 몫과 문학의 몫은 다르지만 구원은 한 골목에 있어요. 좋은 문학은 인간을 구제합니다. 시도 소설도 구원을 내포하지 않으면 격이 떨어진다고 생각해요.

조 **우스운 질문일 수 있습니다만, 만약 선생님께서 동시에 시와 소설이 당선됐고, 생계가 보장됐다고 가정한다면 선생님은 어느 쪽을 더 많이 쓰셨을까요?**

— 시도 쓰고 소설도 썼겠죠. 시를 왜 쓰나? 팔십을 눈앞에 두고 보니 문득 우울증에 빠져들곤 합니다. 노인성 우울증은 영혼과 육체의 폐경에서 오는 정서 불안과 절대고독일 텐데 나는 그것을 여신 사랑하기, 시 사랑하기로 극복하고 해소합니다. 시집 《이별 연습하는 시간》이 그 결과물이에요. 절대고독을 끌어안고 살지 않는 사람이 누가 있겠는가마는, 그 고독을 극복해 나가는 과정이 글쓰기가 아닌가 생각해요. 글쓰기가 아니었으면 못 살았을 거예요. 나는 늙어 죽을 때까지 글을 쓸 거예요.

조 **쓰실 때 시와 소설 중에 어떤 게 더 즐겁습니까?**

— 둘 다 재밌어요. 〈강아지풀〉이라는 시가 있어요. 짧은 시인데도 우주하고 소통하고 있어요.

토굴 대리석 바닥의
실같이 가늘게 벌어진 틈새에
뿌리내리고 한생을 살아온
강아지풀
당신의 삶이 하도 경이로워
하늘하고 구름하고 달하고 별하고 바람하고
나비하고 개미하고 들풀하고 너나들이하고 사는
시인이 앞에 쪼그려 앉자
당신이 꼬리를 흔듭니다,
오요요 손짓하지도 않았는데.

〈강아지풀〉 전문, 《이별 연습하는 시간》

젊어서는 문학에서 휴머니즘이 도외시되면 좋은 문학일 수 없다고 생각했어요. 그런데 1990년대에 들어서면서 제 생각이 바뀌었어요. 휴머니즘이라고 하는 그 신앙 때문에 인류 사회가 얼마나 슬프게 변했는가 돌아보게 됐거든요. 인간을 위해 살다보니 인간 이외의 것은 도외시했어요. 농사지으면서 살충제를 사용한다든지, 제초제로 작물만 놔두고 잡초를 죽인다든지, 산에 굴을 뚫어서 두꺼비나 머구리들의 터전을 전부 없앴어요. 개척한다는 명분 아래 사람 이외의 것들을 전부 다 죽였어요. 장편소설 《연꽃바다》를 전후로 해서 나는 휴머니즘, 인간주의에서 우주주의로 생각이 바뀌었어요. 내 초기 작품을 읽은 평론가들이나 후기의 내 소설이나 시를 읽지 않은 독자들이 나를 '토속작가'라고 하고 내 소설의 주제가 한이라고 하던데, 나는 그런 지적이 조금 불편합니다.

조 **선생님의 시집 여섯 권 중에 《열애 일기》와 《사랑은 늘 혼자 깨어 있게 하고》는 귀향하시기 전에 출간됐고 《달 긷는 집》 《노을 아래서 파도를 줍다》는 장흥으로 내려오신 뒤 출간됐습니다. 그래서 분위기들이 많이 달라요. 처음 두 권은 사랑으로 압축되는 것 같습니다. 특히 연작시가 그렇죠. '열애 일기' 연작이 있고 '연시' 연작이 있고, 이후 '촛불연가'라고 제목을 바꿔서 연작시를 죽 발표하셨어요. 이 사랑 시들이 근본적으로는 같겠지만 선생님께서는 어떻게 차별성을 부여했고, 이 시들을 쓸 때 선생님의 태도는 어떠했습니까?**

— 시 가운데 가장 위대한 시는 사랑 시라고 생각해요. 지금 널리 읽히고 사랑 받는 시들이 다 사랑 시예요. 사랑 시를 쓴다는 것은, 곧 사랑하는 마음 없이는 좋은 시인이 될 수 없다는 뜻이기도 해요. 이성을 사랑하는 것도 사랑이지만 자기가 궁극적으로 도달해야 할 경지나 이상적인 세계를 사랑하고, 또한 사랑하는 마음으로 세상을 살아가야 좋은 시를 쓸 수 있다고 생각해요. 사랑은 내 영원한 화두입니다.

조 선생님의 사랑 이야기는 도시에서 썼던 시편들이 훨씬 구체적인 것 같습니다.

— 그래서 이승하 작가가 나보고 바람둥이라 그래요. 시인이나 소설가는 바람둥이이고 변덕쟁이가 아니면 좋은 시나 소설을 쓸 수가 없어요.

조 바람둥이는 알겠는데 변덕쟁이는 왜 그렇습니까?

— 변덕쟁이는 수시로 감수성·정서가 달라지니까요. 바다의 빛깔이 항상 청남색일 수는 없어요. 내가 바다를 관조해보면 어떨 때는 회색이고 어떤 밤에는 검은색이에요. 달빛이 비치면 물속에 비치는 수천억 마리 고기가 표면에 올라와서 파닥거리는 것 같죠. 그런 변화에 따라 시인이나 소설가의 감성은 달라질 수 있다는 거죠.

조 연재하실 때 제목을 바꾸는 데는 이유가 있습니까?

— 김현 선생이 살아 있을 때 둘이서 술을 마신 적이 있어요. 좋은 시인이 되려면 연작시를 써보라고 하더군요. 꽃이라고 하는 시를 한 편만 쓰면 좋은 시인이 될 수 없어요. 삶의 눈높이가 다름에 따라 시의 형태가 달라지잖아요. 우리는 대개 기호학적으로 세상을 사는데, 가령 불교적·정신분석학적·신화학적으로 꽃을 보면 공부에 따라 대상이 여러 모습으로 달라 보이게 됩니다. 매번 달라지는 눈높이에 따라 연작시

를 써보면 좋은 시를 쓸 수가 있죠. 연작시를 쓰는 것은 우주를 색칠하는 일 같아요. 하늘에 있는 별이나 달 이런 세계만 우주가 아니에요. 우리 몸속에 우주가 담겨 있죠. 곧 우리 몸에 우주적인 율동이 담겨 있다는 거예요. 가령 내 속에 바다가 들어 있어 썰물과 밀물이 일어난다고 해봅시다. 바다의 물은 달의 인력에 따라 밀물이 되기도 하고 썰물이 되기도 해요. 우리 몸속에 물이 들어 있는데 그것은 달의 영향을 받아요. 말하자면 달 몸살을 앓게 되어 있어요. 비 몸살도 앓고. 기압이 낮으면 우리 몸의 혈압이 낮아진다든지 기분이 저하된다든지 하잖아요. 여성들이 다달이 달거리하는 것도 달의 영향이고요.

조 **두 번째 시집에서 〈자화상〉을 보면 선생님 자신을 짐승이라고 표현하셨어요. 실제 경험이시죠? 그 제안을 거절하면서 얼마나 속이 짠하셨을까 생각해봤습니다. 당시 2억 원이면 굉장히 큰돈이잖아요.**

전생에 많은 욕심 때문에 일복 터진 황소나 낙타의 '삼시랑'으로 축생지옥에 떨어진 그 짐승은 지금도 한없이 글 욕심을 부리고 있다 작은 각시를 얻고 싶은 욕심을 끝까지 버리지 않고 있다 자기야말로 참으로 추악한 욕심덩이 짐승이면서도 다른 짐승들의 추악한 면을 속속들이 살피며 침 뱉고 욕한다 어느 날 그에게 찾아온 종 약간 다른 자가 앞서 살다 간 어떤 사람의 전기를 써주면 2억 원을 주겠다고 제의했다 그 짐승은 자기의 이름을 더럽히지 않겠다는 욕심에 그 제의를 거절하고 돌아선 다음 마치 그 2억 원을 잃어버린 듯한 착각에 빠졌고 가슴속이 휑하게 뚫리는 듯한 상실감에 시달렸다고 누구에게인가** 고백하였다 자기 이름은 더럽히기 싫고 돈 욕심은 어찌하지 못하는 그 짐승은 잡아먹을 수가 없다 기름기가 모두 빠져버린 살코기의 맛이 쓰디쓰기 때문이다

** 소설가 윤흥길과 임철우.

〈자화상-『산해경』 4〉 부분, 《사랑은 늘 혼자 깨어 있게 하고》

— 한 30년 전에 2억 원이니까 지금쯤이면 십 몇 억 원 되지 않을까요? 그 돈을 받으면 말년은 편히 살겠다 싶었어요. 그러니까 굉장한 유혹이었죠. 광주의 한 재벌 회사의 기획실장이 찾아왔어요. 술집에서 만났어요. 돌아가신 창업주의 전기 1천 매를 써주는 조건으로 원고료를 1매당 10만 원을 주겠다고 하대요. 책을 발간하면 회사 사원 약 10만 명에게 나눠주고, 광고도 대대적으로 할 텐데 책이 팔리면 인세를 다 주겠다는 조건으로요. 계산해보니까 한 2억 5천만 원 정도 되겠다 싶었어요. 한 가지 조건을 더 달았는데 내 자식들을 특채하겠다는 것이었어요. 그때 내가 그랬어요. "한승원이라는 이름은 나 혼자의 것이 아니다. 가족회의를 해서 결정하겠다." 실제로 가족회의를 했는데 아내가 제일 먼저 반대를 했어요. 이때까지 그런 일 안 하고도 잘살았다면서 자기는 반대한다고 말하대요. 애들은 특채가 싫다 하면서 "지금 2억 5천만 원 받고 나서 25억 원어치 후회를 하면 어떡할랍니까?" 그러면서 반대를 했어요. 그래서 이튿날 내가 없던 일로 하자고 했어요.

조 교사 그만두고 상경한 결심, 그리고 다시 장흥으로 내려온 결심, 거액을 뿌리

친 결심까지…… 그런 선생님의 면모들이 지금의 선생님을 있게 한 것 같습니다. 그런 맥락에서 〈자화상〉의 말미를 보면 또 흥미롭습니다. 정말 선생님 돌아가시면 사리가 안 나올까요?

> 또한 그 짐승은 그 어떠한 증세에도 약이 되지 않는다 그 짐승의 관리소 쪽에서는 그 짐승이 죽은 다음 신장 두 쪽 눈동자 두 개 따위를 꼭 필요한 사람에게 나누어주고 나서 화장을 하리라 하는데 사리 같은 것은 나오지 않을 거라고 내다보고 있다 그렇지 않을 거라고 생각되는 사람은 그 짐승의 관리소에 연락하여 내기를 거시라 만일 그 짐승의 다비 후에 나온 사리는 모두 내기를 건 당신의 것이 될 것이다 그 짐승의 관리소: 우편번호 132-090 서울시 강북구 우이동 22-3. 전화 994, 4846 팩시밀리 990, 5801
>
> 〈자화상-『산해경』 4〉 부분,《사랑은 늘 혼자 깨어 있게 하고》

— 나는 추한 짐승이에요. 사리가 나올 수가 없어요. 내가 만약 문학을 하지 않았다면, 시나 소설을 쓰지 않았다면, 나는 아마 청송교도소에서 평생을 보냈을지도 몰라요. 왜냐하면 탐욕으로 가득 차 있거든요. 내가 나를 문학으로 구원한 거예요.

장 인간이 다 그런 존재가 아닐까요? 선생님은 그 점을 보신 거고 다른 사람들은 보지 못한 것이고요.

— 문학이 구원을 동반하지 않으면 참다운 문학일 수 없다는 말을

반복하게 되는데요. 니코스 카잔차키스가 시인이나 소설가들을 향해 "한심한 영혼아"라고 말했어요. 한심한 영혼들이 쓴 시나 소설을 현실적인 인간들이 읽고 감동한다는 것, 그 사람들이 구원을 얻는다는 것, 그것 때문에 문학이 필요한 게 아닌가 싶어요. 그래서 나 스스로가 내 문학을 통해 구원을 받았고, 구원을 받은 그것이 다른 사람을 또 구원할 거라고 생각해요. 수많은 독자들이 아니라 나라는 독자 한 사람을 생각하면서 썼어요. 내가 쓰면서 내 마음을 울리지 않는 시, 내 심금을 흔들지 않는 소설은 가치가 없다고 생각해요. 다산 정약용 선생이 "나를 알아주는 어떤 한 사람을 위해서 책을 저술한다(君子 著書傳唯求一人知之)"고 했어요. 내가 감동했을 때 바로 그게 천 명, 만 명이 될 수 있는 것입니다.

조 **이번에 크로아티아를 다녀오셨죠. 1년에 두어 번씩 여행을 다녀오시는 줄 압니다. 여행한 이야기들을 시로 녹여내신 적은 없습니까?**

— 살다 보면 언젠가는 시가 될 수도 있겠죠. 나는 삶 자체가 시요, 시 자체가 삶이에요. 공자가 말했듯 나이 칠십이 되면 마음 가는 대로 살아도 법도에 어긋남이 없다고 했는데 그런 삶을 살면서 그런 삶이 시가 되고 있어요. 〈아내를 흥정했다〉도 그렇죠. 터키를 갔는데 어떤 놈이 낙타하고 아내하고 바꾸자고 하는 거예요. 내가 안 된다고 했더니 두 마리를 불러요. 그래도 안 된다고 하니까 세 마리를 부르고, 또 안 된다고 했더니 그제야 껄껄 웃습니다.

터키의 버섯 모양의 거대한 흙기둥들이 운집해 있는 카파도니아의
한 카페에 들어가 아내와 함께 맥주를 마시는데
갈색 피부의 늙은 홀아비 주인이 내 아내가 탐난 듯
나와 흥정을 하려 들었습니다.
낙타 한 마리하고 바꿉시다, 당신의 아내.
내가 아내의 얼굴을 흘긋 살피고 고개를 저으며
안 된다고 하자, 그가
두 마리하고 바꾸자 했습니다.
그래도 안 된다고 하자 그가 손가락 셋을 펴들었습니다.
그래도 안 된다고 고개를 젓자, 그는 코를 찡긋하고 어깨를 으쓱하며
고개를 갸웃하고 좌우로 흔들었습니다.
나는 너털거리면서 생각했습니다.
백 마리, 아니, 만 마리하고도 안 바꾸어.

〈아내를 흥정했다〉 전문, 《이별 연습하는 시간》

장 여행의 경험들을 소설로 녹여낼 생각은 없으신지요. 여행 중에 서사적인 영감을 받을 수도 있지 않을까 싶은데요.

— 도깨비와 함께하는 여행으로 단편을 몇 개 썼어요. 재작년 2월호 『문학사상』에 〈도깨비와 춤을〉이 실렸어요. 그다음에 배 한 척을 사서 도깨비와 낚시질을 하는 이야기까지 두 편을 썼어요. 만약 다시 쓰

게 된다면 80세 청년 이야기를 하나 쓰고 싶어요. 내가 모스크바에서 출발해 핀란드·노르웨이·덴마크를 둘러본 적이 있어요. 그때 한 노인이 혼자서 여행을 하더라고요. 아내가 죽은 뒤 아내하고 다녔던 그 여행지를 혼자서 다닌다고 하대요. 그 노인의 이야기를 써보고 싶어요. 또 80세에 어떤 여성하고 사는 노인 이야기 하나랑 도깨비와 함께 사는 내 이야기 하나 해서 80세 청년 세 사람을 주인공으로 하는 장편소설을 하나 쓰고 싶어요.

조 **다섯 번째 시집인 《사랑하는 나그네 당신》과 여섯 번째 시집인 《이별 연습하는 시간》은 분위기가 비슷한데 〈사랑하는 나의 도깨비〉 이야기가 나옵니다. 선생님께 도깨비는 광기의 화신이라고 서재에 직접 써두시기도 했습니다. 선생님의 예술혼을 다른 편으로 보면 도깨비의 광기가 될까요?**

— 나에게 도깨비의 의미는 다양합니다. 나의 자존심, 내 속에 들어 있는 악마성이에요. 내가 비굴해진다든지 약해진다든지 어떤 것에 도전하다 물러선다든지 하면 도깨비가 나서서 비굴한 놈이라고 꾸짖는다든지, 저항하지 못하고 물러서버리면 그런 것을 깨우쳐준다든지 해요. 말하자면 내 안에 들어 있는 또 다른 나의 건전한 인격체로서의 어떤 힘이에요. 그 도깨비는 평생 동안 내 삶을 바로잡아주는 역할을 했어요. 내 안에 그런 힘이 있었기 때문에 지금의 내가 존재하는 것이죠. 생명력의 표상인 셈입니다.

— 《사랑하는 나그네 당신》에서 '시인의 말'에 이렇게 썼어요.

한 늙은이가 바닷가 가는 모래밭에 섬세하고 정교하게 만다라를 그리고 있다. 지나가던 자가 다가가서 지켜본다. 만다라를 완성시킨 늙은이는 몸을 일으키고 한동안 그것을 내려다보다가 자기 발바닥으로 북북 지우고 뭉갠다. 지켜보던 자가 왜 그러느냐고, 아깝지 않느냐고 항의하듯 말했지만 늙은이는 말없이 가버린다. 지나가던 자는 그 만다라를 머리에 떠올리며 그 자리에 서 있다. 오래지 않아 밀물이 밀려들었고, 파도가 만다라를 북북 뭉개버린 늙은이의 발자국을 지우고 있다.

죽음을 살다

조 선생님은 이순에 이르러 세 번째 시집 《노을 아래서 파도를 줍다》를 냈습니다. 그때부터 죽음, 무덤 이야기를 많이 하셨고 〈시인의 무덤〉이라는 제목으로 시도 쓰셨어요. 어떤 시에서는 "고향에 묻히고 싶은데 고향에 묻히면 서울의 지인이 멀리서 찾아오기 힘드니까 그냥 화장해서 뿌려버려라" 하셨고요. 그렇지만 어쨌든 고향에 성공적으로 정착하셨고 가묘까지 만들지 않았습니까? 가묘를 만들게 된 계기와 배경은 물론 죽음을 대하는 선생님의 심정적인 태도 등을 총체적으로 말씀해주시면 좋겠습니다.

— 옛날 지혜로운 노인들은 자기가 들어갈 관을 짜놓고 살았어요. 관을 짜서 옻칠을 해가지고 늘 문지르고, 심지어는 거기에 곡식을 담아놓고 먹기도 하고 그랬어요.

조 이집트 시대 헤로도토스의 기록을 보면 잔치에서 흥이 절정에 올랐을 때 노예를 시켜 가짜 시체를 담은 관을 끌고 식탁 주변을 빙빙 돌았다고 합니다. 죽음을 기억하라는 뜻인 거죠.

— 어떤 사람은 가묘를 써놓고 늘 가서 풀도 뽑고 할 일 없으면 무덤가에 가만히 앉아 있곤 하면서 산다는 얘기를 늘 들었어요. 내가 광주에 살 때 〈날새들은 돌아갈 줄 안다〉는 단편소설을 썼어요. 장인어른이 관을 만들어놓고 늘 관을 쓰다듬고 한 이야기인데 그때부터 가묘를 알았어요. 내가 많이 아팠을 때는 늘 죽음을 생각했어요. 하루는 병원을 가려는데 우이동 집 골목이 좁아서 장의 차가 못 들어오겠다는 생각이 드는 거예요. 그때 내 관을 메고 이 좁은 데를 어떻게 나갈까 하는 생각이 들었어요. 그게 시가 된 거죠.

장흥 내려와서부터 탑을 세웠어요. 나는 우리의 탑 문화가 상승, 승화의 의미를 지닌다고 봐요. 탑의 날개와 새의 날개가 비슷해요. 그래서 내 무덤 앞에 탑을 세워야겠다고 생각했죠. 탑을 세워놓고 나니까 이번에는 저걸 내 무덤으로 삼아야겠다는 생각이 들었죠. 그러고 나니까 죽음과 한결 가까워진 기분이었어요. 죽음이 멀리 있는 게 아니라 나는 늘 죽음을 안고 있다는 생각을 하게 된 거죠.

조 솔직히 마음이 편하십니까?

— 편해요. 죽음을 사는 겁니다. 죽음을 산다는 것은 죽음 친화의

한 방법이에요. 내 속에 당연하게도 죽음이 내재해 있음을 이해하는 거죠. 가령 대상포진 같은 바이러스만 해도 그래요. 어머니가 대상포진으로 돌아가셨는데, 우리 몸속에 내재해 있는 바이러스가 저항력이 떨어질 때 나타나는 게 대상포진이에요. 대상포진에는 약이 없어요. 저항력을 강하게, 몸을 강하게 해서 자연 치유하는 방법밖에 없어요. 바이러스를 죽이는 방법이 없다고 하더라고요. 나도 젊어서 대상포진을 앓아서 눈썹 주위에 곰보 자국 같은 게 있어요. 편안하게 잘 먹고 잘 자면 자연적으로 치유가 돼요. 그래서 진통제만 처방하죠. 사람이 죽으면 퉁퉁 부어요. 속에 들어 있는 바이러스가 활성화돼서 시체를 붓게 만드는 거예요. 우리는 항상 몸속에 죽음을 담고 다닙니다. 우리는 사실 하루하루 죽어가는 거예요. 그런데 누구도 "요즘 잘 죽어갑니까?"라고 묻는 사람이 없어요. 죽음을 사는 방법의 하나로 토굴 앞에다가 무덤을 만들었어요.

조 **진정 좋은 시인은 식물성 아나키스트다, 라는 말씀을 하셨는데 좀 더 설명해 주세요.**

— 아나키스트는 무정부주의자잖아요. 행동하는 아나키스트가 아니라 식물성 아나키스트예요. 이태백 같은 사람이 식물성 아나키스트라고 생각해요. 자연 친화적이고 달에 매료되고 시를 사랑하고 술을 사랑하죠. 아나키스트는 마음 가는 대로 살아도 법도에 어긋남이 없어요. 어디에도 구속당하지 않는 자유가 있죠. 불교에서 자유는 걸림 없

는 삶을 의미해요. 가령 바람은 그물로 잡을 수 없잖아요. 그물코 사이로 빠져나가니까요. 죽음이라는 장애도 통과해버리죠. 그 어떤 것도 그 자유를 막을 수 없을 때 그것이 해탈의 경지입니다.

조 카잔차키스도 선생님의 기준으로 아나키스트입니까?

— 카잔차키스가 창조한 조르바가 아나키스트지요. 그리스에 가면 조르바 마을이 있대요.

조 선생님은 이제 어느 정도 욕망으로부터 자유로워지셨을까요?

— 그것을 극복했다면 도인이죠. 극복하려고 끊임없이 연습할 뿐입니다. 육체를 갖고 사는 존재로서는 해탈할 수가 없어요. 우리가 몸을 갖고서 식욕이라든지 잠자고 싶은 욕구라든지 이성과 사랑하고 싶은 욕망 같은 것을 어떻게 극복하겠어요. 그런데 이런 것들을 극복하지 못하다 보니 노인성 우울이 오는 게 아닌가 싶어요. 그리고 노인이 되면 모든 게 다 떠나가잖아요. 다들 떠나고 나 혼자만 남아 있는 게 아닐까 두려워지죠.

조 선생님의 현재 건강 상태로 봐서는 최소한 20년은 더 쓰실 것 같아요. 20년 후면 100세가 되실 텐데, 앞으로 20년을 어떻게 계획하고 계십니까?

— 어머니가 99세까지 사셨어요. 어쩌면 나도 앞으로 20년은 더 살 것 같다는 생각이 들기도 하지만 단지 희망 사항일 뿐이죠. 언제 죽을지 모르지만 사는 데까지 건강하게 살고 싶습니다. 그러려면 스트레스 받지 않고 즐기면서 살아야겠죠.

조 문학적으로 더 이루고 싶은 것이 있을까요?

— 시 쓰는 작업이 우울을 이겨내는 하나의 수단이고 방법이에요. 소설을 쓰는 일은 노동이고요. 노동을 즐긴다는 게 쉽지 않아요. 전날 〈키조개〉를 쓰고 나니까 "선생님, 이제 즐기면서 쓰시네요"라고 했잖아요. 그런데 시 쓰는 일은 아주 재밌어요. 노동이 아니에요. 무료하게 앉아 있으면, 단지 사색에 잠겨 있으면 어떤 것에 몰입해 들어가는 즐거움을 느낄 수가 없죠. 내가 도인이 아니어서 그런지 모르겠는데, 나는 어떤 일에 몰입할 때 가장 행복해요.

조 선생님의 인생에서 결단의 기회는 앞으로도 더 남아 있을 것 같습니까?

— 그런 결단은 이제 한 가지가 아닐까요? 내가 강연을 하면서 "살아 있는 한 글을 쓰고 글을 쓰는 한 살아 있을 것이다"라고 말했어요. 하나는 작가적인 생명력이고 또 하나는 생물학적인 생명력이죠. 내가 그 이야기를 했더니 뒤풀이 자리에서 한 시인이 그러더라고요. "만약에 글이 안 써지면 선생이 선생을 끝장내겠다는 것입니까?" 그 말에는 대

답을 못하겠더라고요. 그냥 나는 지금도 내 서재에 '광기'라고 써놓고 산다고 하면서 웃어 넘겼어요.

로맹 가리는 권총 자살을 했어요. 헤밍웨이는 엽총 자살을 했고, 가와바타 야스나리는 가스 자살을 했고, 미시마 유키오는 할복 자살을 했어요. 왜 작가들이 자살을 할까, 아름다움의 추구에 한계를 느껴서일까, 궁금했어요. 저마다 이유가 있겠죠. 헤밍웨이나 가와바타 야스나리, 로맹 가리 같은 사람들은 평생을 써도 다 못 쓸 만큼 돈을 많이 벌어놓은 사람들이에요. 그런데 왜 자살을 했을까……. 나도 어떨 때는 내 한계에 이르게 되면, 내 할 일을 다했다고 생각하면 그런 결단을 내리게 되지 않을까 하는 생각을 해본 적이 있어요.

조 **예술가들이란 작품을 더 이상 생산할 수 없다면 삶 자체가 위험해지는군요.**

— 헤밍웨이의 한계와 헤밍웨이가 추구했던 예술 세계의 한계 중 어느 것이 더 그를 죽게 만들었을까요? 말하자면 육체와 영혼의 폐경이 가져다준 노인성 우울증 같은 것이겠죠. 나는 번역된 로맹 가리의 책을 전부 읽었어요. 그리고 로맹 가리는 자기 예술 세계의 한계 때문에 죽었음을 알게 됐어요. 그는 안 해본 게 없는 사람이에요. 외교관이었고 영화감독도 했죠. 진 세버그랑 사랑도 하고 이혼도 했고요.《하늘의 뿌리》로 공쿠르 상을 받았고, 그 뒤로 발표하는 작품마다 평론가들이 로맹 가리는 이제 끝났다고 말하니까 화가 나서 '에밀 아자르'라는 이름으로 쓴《자기 앞의 생》으로 공쿠르 상을 두 번이나 거머쥐었죠. 공쿠르 역

사상 한 사람이 두 번 수상한 것은 전례가 없는 일이에요. 그는 권총 자살로 생을 마감했어요. 나는 글을 쓰는 한 살아 있고 살아 있는 한 글을 쓸 거예요.

조 **그래도 다가오는 생의 이별은 숙명인데요.**

— 1차적으로는 아내와의 이별 연습이고, 더 나아가서는 이 세상과의 이별 연습이에요. 집 나가기 전에 착한 며느리는 물도 길어놓고 빨래도 다 개놓는다잖아요. 《사람의 맨발》을 쓸 때 석가모니가 출가하기 전 자기가 살던 방을 둘러보면서 침대라든가 이불이라든가 사용했던 모든 것들을 다 쓰다듬어보고 집 주변의 꽃들과도 전부 눈으로 이별했다고 썼어요. 시집 《이별 연습하는 시간》을 쓴 것도 내 주변의 삶을 정리하는 이별 연습의 일환이었어요. 여행하는 것도 마찬가지고요. 좀 더 늙기 전에 먼 데를 여행하고 싶었거든요.

조 **선생님은 스트레스를 어떻게 푸셨어요? 특별히 따로 즐기는 취미 같은 것은 없어 보이는데요. 그냥 글 쓰고 책 읽는 것 자체가 그 방책일까요?**

— 그것 외에는 취미로 판소리, 클래식 음악 듣는 것 정도일 겁니다.

조 **〈사랑아 피를 토하라〉가 명창 임방울 이야기예요. 그 소설을 보면 선생님께서 청소년기부터 판소리를 좋아했다는 이야기가 나오죠.**

— 가방에 녹음기를 넣어 가지고 다녔어요. 그때는 이어폰이 신통치 않았으니까 학교 출퇴근할 때 녹음기를 틀어 들으면서 다녔어요. 내가 대한일보 신춘문예에 당선됐을 때 상금이 6만 원이었어요. 동아일보나 조선일보가 5만 원이었는데 대한일보가 1만 원 더 많았어요. 그 상금으로 전축을 하나 샀어요. 그 전축으로 판소리도 듣고 클래식 음악도 들었죠. 양동시장에서 북을 하나 샀어요. 북 치면서 판소리를 듣곤 했어요.

조 요즘도 가끔 북 잡으세요?

— 가끔 생각나면 북을 치곤 해요.

조 여전히 클래식보다 판소리가 좋으세요?

— 판소리를 듣고 싶을 때가 있고 클래식을 듣고 싶을 때가 있어요. 초기에 어머니 연작을 쓸 때 판소리의 아니리 투의 문체를 한 번 써봤죠. 문장이 만연체로 아주 길어요, 나긋나긋하니.

문학이란 무엇인가

조 **선생님은 한 번도 쓰는 것 자체에 대해 허무를 느끼신 적은 없으십니까?**

— 허무를 느낀 적은 없고, 내가 쓴 글에서 절망은 해요. 절망하면서 쓰고 희망을 갖고 계속 고치죠.

조 **절망한다는 것은 그 자체로 강력한 열망이 있다는 것이겠죠.**

— 나는 문장 하나하나를 쓰면서 절망해요. 신화적이고 철학적인 사유를 할 만큼 내 영혼이 조금 더 넉넉하게 발전해 있지 못하다는 데 대한 절망이죠. 다시 말해 표현의 한계를 느낄 때 정말 절망스러워요.

그래서 소설을 고치면서 세계사상전집이나 동양 고전들을 열어보곤 해요. 실제로 찾아가서 자료를 구하기도 하는데, 특히 장인들을 찾아가서 인터뷰하듯이 궁금한 것, 모르는 것을 물어보면 내가 미처 생각지 못했던 것들까지 들을 때가 많아요. 굉장히 큰 깨달음을 얻을 수 있어요. 관현악곡 「시인과 농부」 있잖아요. 그 「시인과 농부」 서곡은 농부하고 아무 관계가 없어요. 그런데 시인과 농부를 생각하면서 들으면 듣는 사람 자체가 상상을 해서 농부의 삶에 철학적이고 신화적인 삶을 떠올리게 되잖아요.

조 절망하면서 쓰고 쓰면서 조금이라도 더 앞으로 나아가려는 자세가 구도자의 모습 같습니다.

— 섭동攝動이라는, 천문학에서 쓰는 단어가 있어요. 어떤 별이 운행을 하는데 옆에 있는 다른 별의 영향을 받아서 그 방향이 약간씩 수정이 되는 거예요. 가령 조용호라는 별하고 한승원이라는 별이 나란히 가는데 서로에게 영향을 줘서 운행 궤적을 약간씩 수정하게 되는 거예요. 우리의 삶에 적용해보자면, 작가 한승원과 작가 조용호가 만나 사귀면서 서로가 똑같이 궤적을 약간씩 수정해가는 거죠. 마찬가지로 나는 내 삶을 살면서 내 안에 들어 있는 도깨비라는 놈에 영향을 받아 내 삶의 운행 궤적이 약간씩 수정되는 것 같아요. 지금도 그렇고 앞으로도 그럴 테죠.

장 최근 이세돌 구단과 알파고의 바둑 대결 때문에 인공지능이 한참 이슈가 됐어요. 일본에서는 인공지능이 쓴 소설이 문학상 공모전에서 예심을 통과했다고 해서 화제가 됐고요.

— 인공지능은 결코 좋은 소설을 쓸 수 없어요. 인간의 감성을 흉내 낼 수 없으니까요. 절망을 모르니 희망도 알 수 없죠. 흉내를 내서 가작 수준은 됐지만 인간의 감수성이 만들어낸 궁극의 아름다움을 만들어 낼 수는 없는 거예요. 말하자면 향기 없는 소설인 거죠. 소설에서 풍기는 향기는 어떤 기계로도 흉내 낼 수 없는 향기입니다. 인간만이 해낼 수 있죠. 우리가 문학작품을 읽는 것은 그 향기를 맡는 거예요. 그 향기는 인간의 병을 치유하는 여신의 유향 같은 거예요.

거문고 이야기를 쓴 적 있어요. 국악기점에 갔다가 국악기를 제작하는 장인한테 시시콜콜한 것까지 물었어요. 거문고를 어떻게 만드느냐 물었더니 거문고는 가야금처럼 오동나무로 만드는데 줄이 여섯 개로 무현·문현이 있고, 속에 부드러운 줄이 있는데 명주 누에고치 몇 만 개가 죽어야 줄들을 만들 수 있다고 했어요. 그 말을 듣고 나니까 거문고 소리는 누에고치들의 혼령들이 내는 소리라는 생각이 들었어요. 그래서 내가 고통을 비비 꼬면 빛이 되고, 그 빛은 새가 되어서 날아간다고 얘기했어요. 죽음 속에서 태어난 소리가 거문고 소리라고요. 가야금 소리도 마찬가지죠. 기타 소리는 달라요. 그건 쇳소리예요. 《다산》을 쓰면서 이 이야기를 한시로 썼어요.

장 선생님의 등단 50주년을 다시 한 번 축하드립니다. 자리를 핑계로 선생님의 작품 세계부터 시작해서 내밀한 삶까지 캐물은 점은 진심으로 송구스럽습니다. 선생님을 좋아하는 독자들을 위한 일이라 여기시고 너그럽게 이해해주세요.

조 저는 선생님을 좀 안다고 생각했는데 이번에 선생님의 새로운 면모를 발견할 수 있어 반가운 시간이었습니다. 새삼스럽게 존경스럽고, 선생님의 어떤 에너지를 흉내 내보고 싶기도 한데 잘할 자신이 없네요.

— 끝으로 문학이란 무엇인가를 말하고 이야기를 마무리하지요. 어둠이라는 고통을 비틀면 새가 되고 그 새는 빛을 향해 날아갑니다. 그것이 문학입니다. 고맙습니다. 다들 고생했어요.

© 정은민

| 대담 후기 |

조용호

소설가 한승원을 처음 만난 것은 1990년대 벽두였다. 풋내기 기자 시절 스러져가는 농촌과 농업을 선생님의 글로 담아내기 위해 그를 모시고 며칠 동안 농촌을 돌았다. 그는 촌부들을 만나 묻고 성실하게 기록했다. 그때는 내가 문단에 발을 들여놓기 전이었고 문학 담당 기자도 아니었다. 그분의 소설을 읽던 한 명의 독자였을 뿐이다. 다시 세월이 흘렀고 이후로는 문학 면을 담당하는 기자 신분으로 선생의 소설이 발표될 때마다 읽고 리뷰하는 역할을 맡았다. 기자 간담회 자리에서는 여러 번 뵈었지만 다시 가까이서 독대한 것은 2000년대 초반 선생이 내려가 은거하는 장흥의 해산토굴로 찾아갔을 때였다.

그때에는 문단 말석에 소설가라는 이름을 걸어둔 나에게 이런저런 따스한 격려의 말씀을 했던 것 같다. 당시만 해도 나는 상대적으로 에너지가 넘치던 시절이었다. 첫 장편소설을 냈을 때 선생께서 보내주신 격려 메일은 지금도 잊을 수 없다. 이후로도 인터뷰 때문에 내려간 적은 있지만 선생의 초청으로 해산토굴로 내려간 것은 이번이 처음이었다. 사실 선생을 여러 번 인터뷰하고 작품들을 리뷰했지만, 이번처럼 1박 2일 동안 집중적으로 선생의 문학 인생을 들은 적은 없었다. 이번에 인상적으로 다가온 대목은 그의 문학 인생을 성공적으로 이끄는 데 결정적으로 기여한 세 번에 걸친 중대한 결단이었다.

첫 번째는 고등학교를 졸업하고 아버지 밑에서 머슴처럼 김 양식을 하고 농사를 짓던 시절 그 처지에 안주하지 않고 가출을 결행, 끝내 아버지를 설득해 서울로 문학을 공부하기 위해 올라온 것이었다. 그냥 가업에 갇혀 주저앉았다면 오늘날의 소설가 한승원은 아예 처음부터 존재하지 않았을 것이다. 두 번째는 광주에서 교사 생활을 하면서 낮에는 직업인이요 밤에는 새벽까지 소설을 쓰는 글 노동자로 살던 시절, 가장 노릇은 물론 동생들까지 다 거두는 족장의 역할을 성실하게 수행하던 그가 소설만 전업으로 쓰기 위해 교사를 그만두고 솔가해 서울로 올라온 결정이었다. 그가 생계에 대한 두려움 때문에 내내 다른 직업과 소설 쓰기를 병행했다면 한때 베스트셀러 한 권 내고 잊히는 작가군에 그쳤을지 모를 일이다.

이 결정과 연관해 기억에 남는 것은 그가 돈 걱정 안 하고 충분히 안정적으로 집필 생활을 할 수 있는 제안을 뿌리친 일화였다. 광주에 본거지를 둔, 누구나 알 만한 재벌 그룹 창업주의 전기를 집필해 1980년 당시 2억 원이라는 거금을 받는 대신 자신만의 문학을 위해 아예 광주를 떠나 고되고 험난한 전업 작가의 길을 택한 것이다. 범부로서는 거절하기 힘든 유혹이었을 텐데 그의 문학에 대한 종교에 가까운 신념과 인간적 풍모를 짐작게 하는 대목이다. 세 번째는 서울살이를 청산하고 과감하게 고향으로 내려간 결단이었다. 작가가 나이 들어 제자처럼 따르는 문도들이라도 많으면 모를까 이곳저곳 초라하게 출판 기념회나 기웃거리는 '초상집 개' 신세가 될까 싶어서 고독을 미리 직면하기로 결단했다는 것이다. 그 결단은 결과적으로 대단히 성공적인 처신이었다. 지금 해산토굴은 장흥의 문학적 상징으로 자리 잡았을 뿐 아니라 이곳에서 생산한 작품들도 한둘이 아니다.

선생을 뵙고 나면 그의 에너지가 한동안 내 안에도 파동을 일으켜 다시 힘을 내고 싶은 의지가 살아나기도 하지만 오래가지는 못한다. 아무나 한 시대의 벽화에 이름을 대문자로 새길 수 있는 것은 아니다. 선생의 문학 인생 50년을 새삼 존경과 감사하는 마음으로 감축드린다.

조용호

세계일보 문학전문기자. 소설가. 1998년 『세계의문학』으로 등단했다. 소설집 《베니스로 가는 마지막 열차》 《왈릴리 고양이나무》 《떠다니네》, 장편소설 《기타여 네가 말해다오》, 산문집 《꽃에게 길을 묻다》 《키스는 키스 한숨은 한숨》 《시인에게 길을 묻다》 등의 책을 펴냈다. 무영문학상, 통영문학상을 수상했다.

| 대담 후기 |

장일구

오랜만에 장흥을 찾았다. 적잖이 부담스러운 일을 위해 온지라 마냥 흥겨울 리 없지만, 이렇게 일이라도 있어서 내 청소년기의 활기를 추억할 장소에 왔으니 설렘을 넘어 다소간 흥분된 기운에 들뜬 모양이다. 서울 팀이 오기까지 남은 시간 동안 때 이른 무더위에도 아랑곳 않고 토요 시장이 선 터라 술렁대는 읍내 여기저기 어슬렁거려본다. 칠거리 다리를 지나 백림소에 다다라서 멀리 억불산 며느리바위를 바라보노라니 짐짓 '문향 장흥'의 의미가 일깨워지면서 여기 온 목적을 새삼 돌이키게 된다. 이대흠 시인에게서 걸려온 전화 탓이기도 하다.

이 시인이 장흥의 진짜 별미라고 극찬하는 된장물회로 늦게나마 허기를 달랜 후 곧장 안양 수문포 근처에 자리 잡은 해산토굴로 향한다.

농을 섞어 일컫자면 장흥은 서울이다. 군 내의 면 단위로 안양이 있고 용산이 있고 부산조차 있다. 내 마음에 차는 소리는 아니지만 장흥의 위상을 높여 문학의 수도를 표방하고도 있다. 정작 서울에서 가장 멀리 떨어진 곳 가운데 하나지만 말이다. 과연 장흥이 배출한 문인의 수는 압도적인 정도이고 명망을 따져 우리 문학사에 우뚝 설 작가가 한둘이 아닌 것은 사실이다. 안양에서 보성 차밭으로 이어지는 아름다운 길에 접어들 때마다 하는 생각이지만 이번따라 유난스럽다.

사실 나는 작가들에게 삶의 이력을 묻는 것을 달가워하지 않을뿐더러 그런 일을 하는 데 익숙하지 않다. 작가는 작품으로 할 말을 다해야 하며 작가의 경험이나 생각이 알려져 작품의 의미망을 한정하거나 교란해서는 곤란하다고 생각해서다. 사람은 경험적 사실에 생각의 여지가 봉쇄되는 면이 크기에, 자유로운 해석의 가능성에 던져 작품의 의미 가치를 드높이기 위해서는 될 수 있는 한 작가의 원체험에 밀착하지 않는 것이 온당하다는 입장을 옹호하는 편에 서 있다.

물론 이러한 입장 자체도 완강히 고수해서는 곤란하다고 생각의 여지를 열어둔다. 특히 이번 일은 한 작가의 작품 세계를 새롭게 조명하자는 데 정향된 것이 아니라, 익히 알려진 작품 세계의 의의를 돌이켜 정리하고 특별히 기념할 때에 맞춰 허심탄회한 생각을 들추어보는 데 목적이 있으니, 이런저런 이치에 합당한 생각을 올리는 것이 외려 온당치 않아 보인다. 번잡한 사유를 판단 유보 상태에 두기로 한다.

여하튼 한승원 선생님을 뵙는 일은 그저 즐겁다. 팔순에 가까운 연세에도 아랑곳하지 않고 여전한 필력으로 우리를 긴장시키는 것이야

그럴 만하다 하겠지만, 넓고 깊은 사유와 경험이 배인 진중한 담론을 펼쳐 젊은(이제는 그도 아니지만) 나의 나타를 준엄하게 꾸짖어 자세를 고쳐 잡게 하곤 하셨다(물론 이는 내 자격지심이다).

이번 담론의 장이야 그 성격이 다르고 같이 참여한 이들의 구성이 전과 다르지만, 대담을 진행하는 내내 전과 다를 바 없는 흥미와 긴장감을 체감한다. 중간중간 쉬어가는 산책길에서도, 여흥을 함께한 식사 자리에서도 저러한 분위기는 흐트러짐 없이 이어진다. 그러니 어찌 보면 지겨워져서 생각이 흐려질 법도 한데 둘째 날 점심 식사 자리에 이르기까지 전날의 술기운이 가시지 않은 상황에서도 의식 또렷하게 선생님의 말씀을 놓치지 않는다.

한승원 선생님의 등단 50년을 기념하여 기획한 장이다. 그동안 쉼 없이 작품을 써 내고 계시다니 놀랍고 또한 흥미롭지 아니한가. 서울 팀의 열차 시간에 맞춰 길을 재촉해야 하는 터라 득량만을 곁에 두고 이어진 해안길을 따라 좀 여유 있게 주유하며 선생님과 더 이야기 나누지 못하여 아쉬울 따름이다.

장일구

서강대학교 국어국문학과와 같은 대학원 박사 과정을 졸업했다. 1996년 조선일보 신춘문예에 당선되어 문학평론가로 활동하며, 현재 전남대학교 국문과 교수로 재직 중이다. 《혼불읽기 문화읽기》, 《경계와 이행의 서사 공간》 외 여러 권을 펴냈고, 다수의 논문을 발표했다.

소설의
씨앗말
혹은
뿌리말

나의 구도 행각, 혹은 천지간의 큰 산
다산 정약용

거문고는 왜 신의 악기(神琴)인가	神琴, 何爲神琴
수많은 누에고치들의 순절 때문이네,	數萬繭殉
그들의 몸을 비틀어 꼰 울음은	其體繩哭
혼의 음악이 되고 그 음악은 빛이 되고	魂音光芒
찬란한 빛은 새가 되어	煇煌飛鳥
펄펄 하늘 한복판으로 날아가네.	翩翻中天

거문고 여섯 줄은 누에고치 2만여 개의 실오라기들을 겹겹으로 비틀어 꼬아 만든 것이라고, 곡산의 한 거문고 장인이 말했다. 거문고의 아름답고 구슬픈 소리는 에밀레종 소리처럼 죽음의 고통을 비틀어 꼬

아낸 혼의 빛인데, 그것은 이 땅의 기운이 뽕나무를 기르고 누에가 천기를 호흡한 결과다(地氣育桑 蠶吸天氣).

…

나에게 소설 쓰기는 하늘의 명령(天命)에 따르는 '사업事業'이다. 사업은 경제적인 활동만을 의미하지 않는다. 《주역》에서는 사업을 이렇게 정의한다. '우주의 율동 원리에 따라 천하의 인민에게 실행하는 것이 사업이다.'

다산 정약용은 《대학공의大學公議》에서, 불교인은 마음 다스리는 것을 사업으로 삼지만 유학자는 사업으로써 마음을 다스린다고 했다. 선생에게 사업은 저술하기였고, 그것을 통해 정심正心을 얻곤 했다. 정심은 불교에서 말하는 깨달음(覺)이다. 물론 선생의 저술 행위는 주역에서 말하는 바로 그 사업이다.

나는 소설 《다산》을 1801년 신유사옥(벽파가 천주교를 내세워 정적을 숙청한 사건)으로 말미암아 죽을 고비를 간신히 넘기고 귀양살이를 하게 된 다산 정약용 선생이 기구하고 신산한 운명을 어떻게 무엇으로 이겨냈을까, 하는 데 푯대를 맞추어 썼다.

다산 정약용 선생은, 산에 비유하면, 수많은 준봉들을 푸른 하늘에 깊이 묻고 있는 보랏빛의 영검하고 웅대한 산이다. 그러한 산에 잘못 들어가면 길을 잃고 조난을 당할 수도 있다. 가령 다산 정약용과 사귄 이후 술병이 들어 40세에 요절한 아암 혜장 스님은 길을 잃고 조난을 당한 사람일 터이고, 다산 정약용을 따름으로써 속이 더욱 웅숭깊어지고 영혼의 체구가 커졌으며 자유자재의 실사구시적인 선승으로 이름을 드날리게 된 초의 스님은 다산이란 산을 잘 탄 사람일 터이다. 나는 초의 스님처럼 다산을 잘 타려고 무진 애를 썼다.

지금의 경기도 두물머리 하류 쪽 마재 소천이 고향인 다산 정약용 선생은 정적들의 공격으로 말미암아 경상도의 장기와 전라도의 강진에서 18년 동안 귀양살이를 한 다음 경기도 고향으로 돌아가 생을 마감했다. 선생의 정직하고 청렴하고 치열한 귀양살이 이전의 삶을 읽으면서 나는 '예가 아니면 말하지 않고 예가 아니면 보지 않고 예가 아니면 듣지 않고 예가 아니면 행동하지 않는' 자기 성찰에 투철한 참 선비 학자의 꿋꿋한 모습을 공부했고, 1801년 이후 18년 동안 갇혀 산 삶과 해배 이후 노년의 삶을 읽으면서는 갇혀 사는 사람의 아프고 슬픈 절대고독과 그 고독을 이겨내려는 고귀한 분투와 꿈꾸기와 도학자의 여유를 배웠다.

그리하여 나그네새처럼 서울살이 하던 나를 전라도 장흥 바닷가의 토굴로 끌고 내려와 가두어놓고 기르면서 선생의 사업을 흠모하고 본받으며 살아온 지 올해로 13년째다. 장편소설 《다산》은 그 결과물이다.

천지간의 영검한 큰 산인 다산 정약용 선생을 읽어내는 일은 나에게 하나의 구도 행각이다. 오래전에 나는 먼저 선생의 둘째 형인 송암 정약전 선생의 이야기를 장편소설 《흑산도 하늘 길》로 형상화했고, 다음은 선생의 제자인 초의 의순 스님의 이야기를 장편소설 《초의》로 그려냈으며, 선생의 후학인 추사 김정희 선생의 이야기를 《추사》로 써낸 바 있다.

그 세 소설을 쓰면서 먼발치로 읽어온 다산 정약용 선생을 이번에는 정면으로 두루 깊이 읽었다. 그 과정에서 나는 선생의 무지막지하게 드높고 넓은 세계 속에서 절망한 혜장 스님처럼 한동안 길을 잃고 절망하며 헤매었다.

선생의 큰 산 속에서 오랫동안 나의 길을 찾기 위해 헤매던 나는, 선생의 삶과 사상과 철학을 관통하는 아킬레스건 같은 생각의 끈을 찾아냈다. 그 끈이 나에게는 한 줄기 빛이었다.

선생은 어린 시절부터 주자학을 읽다가 성년이 된 다음 새로운 세계인 천주학의 여러 저서들을 읽고 환희했고, 하느님을 깊이 신앙하기까지 했다. 이후 나라에서 금할 뿐만 아니라 천주교가 조상의 제사를 지내지 못하게 한다는 이유로 천주학을 버렸고 정학으로 돌아섰다. 정학이란 공자·맹자·주자 등 성인들의 학문이다.

그런데 얼마쯤 뒤 선생은 주자학을 비판했다. 주자학을 비판하면 정적들이 사문난적이라 하여 죽이려 들 만큼 당시 주자학은 절대적임에도 불구하고 선생은 그것을 비판한 것이다. 비판의 밑바탕에 천주학이 깔려 있음을 나는 발견했다.

선생의 사상과 철학 속에는 주자학과 천주학이 공존·공생한다. 선생은 주자학을 비판하지만 외면하지 않고, 천주학을 버렸지만 그 요체는 가슴에 새겨 담고 있다. 옷감을 재단하는 가위에 비유한다면, 다산 정약용 선생의 사상과 철학은 주자학이라는 한쪽 날 위에 천주학이라는 다른 한쪽 날을 가새질러 포개고 그 한가운데 사북으로 박혀 있다. 선생은 주자학과 천주학이라는 양날의 거대한 가위로써 세상을 재단하여 읽어내고 새로이 디자인한 것이다. 그것이 선생의 삶의 모양새이고 모든 저서들이다.

서양의 새 문물을 받아들이기 시작하던 조선조 후기, 사실에 의거하여 진리를 찾는 '실사구시實事求是'의 삶을 살았던 다산 정약용 선생은 어둠 속에 깊이 잠들어 있거나 길을 잃고 헤매는 인민의 영혼을 일깨워주는 꼭두새벽의 쇠북소리이고, 잘못 흘러가는 역사의 물줄기를 바로 잡아주는 관개灌漑 사업이고 채찍이고 찬연한 빛이다.

고통을 비틀어 꼬면 빛이 되고 그 빛은 푸른 하늘 한복판으로 너울너울 날아가는 찬란한 새가 된다.

흰 구름 한 장이 지나가고 있었다
손암 정약전과의 만남

썰물 밀물이 홍수 진 강물처럼 비등하며 흐르는 진한 쪽빛 바다 한가운데 떠 있는 섬, 전라남도 신안군 도초면 우이도에서 그를 만났다. 우이도는 목포에서 12시 20분에 뜨는 보통 여객선으로 세 시간 반쯤을 달려서 이르게 되는 섬이다. 여러 개의 부속 도서를 거느린 그 섬의 서남쪽에 있는 돈목이라는 곳의 북쪽 연안에 드넓은 모래밭이 있고 동북쪽을 향한 산기슭에 모래밭 잔등이 펼쳐져 있다. 밀가루처럼 미세한 미색의 모래밭이 산기슭과 산마루 하나를 잠식하고 있는 그 잔등은 마치 사막의 모래산 일부를 옮겨놓은 듯하다.

우이도는 멸치와 젓갈새우가 많이 잡히는 곳이고 손암 정약전 선생이 유배살이를 하다가 운명한 곳이다. 대동여지도에는 '소흑산도'라 표기되어 있고 그 밑에 '본우이도'라 쓰여 있다. 지금의 흑산도는 '대흑산'이라 기록되어 있다. 조선조 후기에 천주학쟁이로 낙인찍힌 정약전 선생은 우이도에서 9년, 대흑산에서 7년을 갇혀 살았던 것이다.

나는 돈목의 민박집에서 하룻밤을 묵고 섬의 동북쪽에 위치한 '진리'란 마을로 가기 위해 길을 나섰다가 드넓은 모래밭에서 그를 만났다. 때마침 썰물이 져 있었으므로 타원형의 거대한 갯벌 밭이 드러나 있었다. 그것은 월드컵경기장 두셋쯤을 합쳐놓은 것만해 보였다. 그 갯벌 밭은 특이했다. 모래와 진흙의 비율에서 가는 모래가 차지하는 비율이 90퍼센트 이상인 듯 등산화를 신고 들어서는데도 밑창이 빠지지 않았다. 산기슭의 모래잔등은 돈목 연안의 특이한 궁형의 지형과 모래 많은 갯벌 밭과 그 섬을 비등하며 감돌아 흐르는 해류와 매서운 계절풍이 만든 작품이었다.

그는 텅 비어 있는 그 갯벌 밭을 바장이고 있었다. 하얀 한복 바지저고리 차림이었고, 알상투를 한 머리에 망건만 쓴 채였다. 나는 첫눈에 그가 손암 정약전 선생임을 알아보았다. 59세의 나이답지 않게 피부가 맑고 깨끗했다. 죽어 저승에 간 사람의 나이는 죽은 해까지 그가 먹었던 나이로 영원히 살게 된다는 말을 들었는데, 그를 보니 과연 그 말이 참이었다. 크지도 작지도 않는 체구에 얼굴은 갸름했는데, 코의 운두는 부드럽고 안존하게 솟아 있었고, 입은 굳게 다물고 있었고, 눈은 혼자 사는 숫사슴의 눈처럼 슬퍼 보였지만 고전적인 서책들을 많이 대하고 사색을 많이 한 만큼 그윽하고 향맑았다. 흰자위는 많고 검은자위는 흑진주처럼 영롱했고 무엇인가를 생각하고 있거나 그윽한 어떤 세계를 동경하는 듯싶었다. 얼굴에는 해질 무렵 산그늘이 서려 있는 포구처럼 우울한 기운이 느껴졌다. 머리털과 구레나룻과 수염은 반백이었는데 결이 부드럽고 고왔다.

나는 그를 향해 허리와 머리를 깊이 숙여 절을 하고 나서 말했다.

"여기서 손암 선생을 뵙게 되다니 감개가 무량합니다."

그는 눈을 거슴츠레하게 뜨고 나를 건너다보며 고개를 끄덕거렸다. 내가 어디 사는 누구이며 무엇을 하는 사람이고 또 그 섬에 왜 나타났는지를 이미 알고 있었다. 그는 자유자재한 하늘 혼령이었다.

그렇지만 나는 그가 나를 현상적으로 알고 있으리라 생각하고 나의 글쓰기의 삶에 대하여 설명했다. 설명이란 것은 설명하려고 하는 실체를 더욱 멀리 느껴지게 하기 마련이다.

나는 우주에 뻗은 나의 머리털 같은 비가시적인 뿌리들을 통해 얻은 이런저런 자잘한 이야기들을 날줄씨줄로 직조하여 전혀 새로운 큰 비유의 덩어리를 만들어냄으로써 '진리'에 접근하는 일을 하며 산다고 말했다. 그는 잠시 내 얼굴을 뜯어보고 나서 다시 고개를 끄덕거렸다.

내가 진리로 가기 위해 길을 나섰다고 말하자 "나도 그리로 가야 하네" 하고 그가 말했으므로 우리는 함께 산길로 들어섰다.

"처음 길인가?"

내가 그렇다고 하자 "높은 고개 둘을 넘어가야 하니까 지금 자네 예순다섯의 나이로는 좀 힘이 들걸세" 하고 그가 말했다. 그의 목소리는 푸른 계곡의 시냇가에서 조용히 분 대금의 저음이 일으킨 메아리 같았다.

"이 섬에서 귀양살이하신 손암 선생께서 다니시던 길을 알기 위해 나선 걸음이므로 힘들더라도 참아야지요. 저는 가파른 길을 갈 때 절대로 한꺼번에 많이 걷지 않습니다. 한 10미터쯤을 걷고는 최소한 5분 이상을 넉넉하게 쉬었다가 다시 10미터쯤을 가곤 합니다. 노루뼈 3년 고아먹듯이 더듬어야 할 선인들의 책을 대할 때나 소설을 쓸 때처럼 그렇게 가곤 합니다."

"그래 남을 깊이 읽으려는 사람은 성질이 급하면 안 되네. 내가 자네의 걸음에 보조를 맞추어줄 테니 천천히 가도록 하세."

그가 앞장서고 내가 뒤를 따랐다. 길은 동쪽 산마루를 향해 뻗어 있었다. 첫째 고개 마루에 올라섰을 때 그가 말했다.

"자네도 참으로 공허한 짓거리를 하고 사는 사람이로군. 왜 단박에 몇 마디로 사실을 말하려 하지 않고 거짓말을 얽어 큰 이야기 덩어리를 지어내는 짓거리를 평생 동안 하고 사는가? 참말도 다하지 못하고 죽어갈 짧은 인생인데?"

한심하다는 듯한 말투였다. 그의 생각은 역시 실사구시의 삶을 산 사람다웠다. 나는 잠시 숨을 멈춘 채 마른 침을 울구어 삼켰다. 너무 실다운 삶을 사는 사람들을 만나면 답답해진다. 견고하고 드높은 성벽이 느껴지는 까닭이다.

대개의 경우 신화에 대한 그들의 인식이 나를 답답하게 한다. 그들은 사실에 근거하지 않은 것을 인정하려 하지 않으므로 신화를 무시하기 마련이다. 신화의 시간은 역사의 시간이 아니고, 보통의 말로 표현할 수 없는 엄청난 진리를 표현하는 특수 양식이고, 진리 그 자체라기보다는 진리를 담아 키워내는 자궁이고, 우리가 궁극적으로 추구해야 할 우주적 시원의 참모습을 암시하는 것인데, 그들은 그것을 허황된 것이라고 일축한다. 소설이란 것도 실없는 놈들이 지껄거리는 허황된 거짓말이라고 폄하할 수도 있을 터이다.

"손암 선생께서는 제 삶이 실답지 못하다고 느끼실 터입니다. 제가 제 소설 속에 갇혀 살기 때문에. 저는 우주를 읽어낸 결과로써 비유 덩어리 이야기를 빚어 세상에 내놓곤 합니다. 우물 안 개구리 같다고 저를 우습게 여기지 마십시오. 사람들은 누구든지 자의나 타의에 의해서 갇혀 살게 마련입니다. 손암 선생께서도 타의에 의해 흑산도에 갇혀 사시다가 돌아가시지 않았습니까?"

그는 고개를 저었다.

"나는 그대와 다르네. 어찌할 수 없이 이 섬에 갇혀 살긴 했지만 나는 사실은 갇혀 살지 않았네."

"선생께서는 모순된 말씀을 하고 계십니다."

그는 나의 얼굴을 돌아보지 않고 차갑게 말했다.

"자네는 내가 갇혀 사는 모습을 구경하려고 왔군 그래."

"구경이라니요? 저는 선생을 인터뷰하러 왔습니다. 인터뷰란 취재의 대상이 되는 사람과 이런저런 이야기를 나눔으로써 그 사람의 깊은 삶을 측량하려는 것입니다."

"대담이건 취재건 결국 한 섬에 갇혀 사는 사람을 구경하기 아닌가. 사람도 한 개 한 개의 섬이야. 아니, 혼자 있는 것들은 다 섬이야. 정현종이란 시인이 재미있는 시를 썼더군. '사람들 사이에 섬이 있다. 그 섬에 가고 싶다.'"

사람들이 한 개 한 개의 섬이라는 말은 사실 석가모니가 한 말이라는 것을 나는 알고 있었다.

"죄송합니다만 저의 취재에 응해주십시오."

"응하고 말고 할 것이 무엇 있는가? 사람과 사람 사이에는 시퍼런 바다나 강이 흐르네. 그 바다나 강에는 풍랑이 일기도 하고 짙은 안개가 끼기도 하지. 그래서 우리는 의사소통을 하기 위해 상대 섬 가까이 다가가기도 하고 소리쳐 말을 하기도 하네."

"상대의 섬을 바라볼 수는 있지만 건너갈 수는 없으므로 우리는 그리워하거나 절망하면서 살지 않을 수 없다는 말씀으로 이해해도 좋겠습니까?"

그는 대답을 하지 않은 채 서남쪽 산봉우리를 향해 돌아앉았다.

말을 신뢰할 수 없다는 것인지도 모른다. 그렇다. 말은 우리를 절망하게 한다. 말은 그것을 뱉어낸 사람의 의지를 배반하고, 그 배반을 만회하려고 새로이 뱉어낸 말은 앞에 뱉어낸 말을 다시 배반한다. 의지와 그 의지를 드러내기 위해 뱉어낸 말은 서로 늘 괴리된다. 선승들은 말이 주는 절망 때문에 주장자를 내리치며 악 소리를 지르곤 했다. 소설가는 그 괴리가 가져다준 절망을 극복하기 위해 이야기라는 비유의 덩어리를 동원한다. 비유는 강을 건널 때 사용하는 뗏목하고 같다. 저편 언덕으로 건너다가 빠져 죽지 않기 위해 뗏목을 타고 노를 젓는다. 선승들의 방법으로 해체 논리를 만든 데리다는 참 영리한 사람이다.

이윽고 그가 말했다.

"몸은 흑산에서 살지만 마음은 현산玆山에서 살았다는 것이네."

"아, 네. 선생의 유배지인 흑산을 현산으로 명명한 것은 누구입니까?"

"우리 형제는 그때 한양에서 나장 하나와 나졸 둘의 감시를 받으며 내려오다가 나주 율정에서 하룻밤을 지내고 헤어졌지. 그 자리에서 아우가 나를 '현산'으로 부르겠다고 하더군. 흑산은 무섭다고 말일세. 그 말은 자기의 형이 흑산으로 가는 게 아니고 현산으로 간다고 생각하고 싶다는 뜻이었겠지."

"흑黑 자도 검다는 뜻이고 현玆 자도 검다는 뜻인데, 왜 흑산은 무섭고 현산은 무섭지 않다는 것입니까?"

"흑黑은 밑에서 불(火)을 지피자 굴뚝에 새까만 그을음이 생긴 모양을 나타낸 글자이고, 그것은 가시적이고 현실적인 어둠이나 검음을 나타내는 글자 아닌가. 그러므로 그것은 흑심·흑막·흑색선전같이 일차원적인 더러움과 무서움과 어둠을 뜻하게 되지. 그런데 현玆은 검음을 뜻하기는 하지만 黑과는 다르네. 오래전부터 사람들이 우리 형제가 말한 현산玆山을 자산으로 오독하고 있네. 내가 흑산 지방에서 나는 고기 무리를 중심으로 해서 만든 《현산어보》를 '자산어보'라고 오독하고 있어. 현 자는 대명사 '이'로 쓰일 때나 '흐리다'는 뜻으로 쓰일 때는 '자'로 읽네. 최남선이 쓴 독립선언문이 '우리는 자玆에 우리 조선이 독립국임과……' 이렇게 시작하지 않는가. 거기서 玆는 '이에'나 '이로써'로 번역해야 하네. 玆 자는 검을 현玄 자 둘을 병기한 글자 아닌가. 玄은 노자가 '우주를 구성하고 있는 비가시적인 신비하고 그윽한 원소'의 뜻으로 사용한 글자네. 그 玄이 가시적으로 나타난 것이 도道라고 노자는 말하지 않았는가? 내가 생각하기로 玄은 다만 자전에서 말한 대로 '검다' '검붉

다'는 뜻만이 아니라 감색, 진한 쪽색이나 하늘색의 뜻을 내포하는 듯싶네. 중국 사람들의 색깔 감각과 우리 민족의 색깔 감각이 다르네. 우리 선인들은 어린 시절에 《천자문》 공부를 할 때 '하늘 천 따 지 가마솥에 누른 밥' 하고 우스갯소리를 하곤 했지. 그것은 玄을 '검을 현'이라고 공부하지 않고 '감을 현'이라고 공부했음을 말해주는 것이네. '감색'은 반물색, 즉 검은빛을 띤 짙은 남색을 말하네. '곤색'이란 일본말이 들어오면서 감색이나 반물색은 뒷전으로 밀려났네. 또 玄을 '하늘 현'이라고도 하지 않는가. 자전 속의 '검을 현'에서의 검음은 아마 감색으로 인식해야 할 것이네. 그러니까 玆(현)은 '현묘하고 또 현묘한 검음'이라는 뜻의 글자이므로 현산玆山은 고차원의 신비하고 그윽한 시간과 공간을 뜻하네."

"매우 현학적이군요. 흑산을 이 세상의 일차원적인 더러움의 세상 혹은 지옥처럼 사람을 가두는 어둠의 세상을 말한다고 이해하고, 현산을 그윽한 하늘 세상이나 극락 같은 고차원적인 경지나 밝음의 시공으로 이해해도 좋겠습니까?"

"매우 가까운 접근이네."

"그렇다면 혹시 나주 율정에서 헤어질 때 선생께서 약용 아우에게 앞으로는 '다산茶山'이라 부르겠다고 하셨던 것 아닙니까? 현산에 대한 공부를 하고 나니까 다산이 현산과 상응하는 '그윽하고 향기로운 세상'으로 이해되는데요. 초의 스님 이야기를 소설로 쓰면서 '차와 선은 한 가지 맛'임을 공부하다가 생각한 것인데요. 차의 향기를, 저 쪽빛 하늘이나 초록색의 그늘 어린 산골짜기 시냇물 소리, 꾀꼬리나 휘파람새나 풀벌레들의 노랫소리와 풋풋한 풀꽃향기가 어우러진 세상, 혹은 우주적인 시원, 혹은 신화 그 자체라고 읽었는데, 다산이 바로 그러한 시공 아니겠습니까?"

그는 내 말에 대꾸하지 않고 하늘을 쳐다보기만 했다. 내가 말을 이었다.

"현학적이란 말을 하고 나서 생각을 하니까 선생의 삶 모두가 현학 그 자체인 듯싶습니다. 손암巽菴이란 호는 선생께서 흑산도로 들어가시면서 스스로 붙이신 것으로 알고 있는데, 그것은《주역》손巽 괘에서 가져오지 않았습니까? '손'은 '들어간다'는 것인데, 들어가면 오래지 않아 나오게 된다는 뜻을 내포하고 있습니다. 사람에게 이름이 운명에 큰 작용을 한다고 믿는 것도 따지고 보면 대단한 현학입니다. 그러고 보면 선생의 아버님이신 정재원 어르신께서도 매우 현학적인 분이셨던 것 같습니다. 첫째 본부인 소생이신 큰아드님을 약현若鉉, 그 부인과 사별하고 얻은 둘째 부인 소생인 둘째 아드님을 약전若銓, 셋째 아드님을 약종若鍾, 넷째 아드님을 약용若鏞이라 한 것이 그것입니다. 약若은 '비슷하다' '같다'는 뜻이고, 현鉉은 '황색의 솥귀'를 말하는데 그것은《주역》의 원형이정元亨利貞 가운데서 '이정'을 말합니다. 이정은 '순조롭게 올바름을 굳게 지켜 함부로 동요하지 않음'을 의미합니다. 또 손암 선생의 이름 정약전의 전銓 자는 저울질함을 뜻합니다. 선생이 젊으셨을 적에 중국에서 들어온《기하원본》에 심취하시고 매사를 실사구시적인 시각으로 판단하신 것이라든지, 물고기들의 족보를 과학적으로 기술하신 것은 아버님께서 지어주신 그 이름으로 말미암았다고 말할 수도 있습니다.

선생의 바로 손 밑 아우의 이름 정약종에서 종鍾 자는 '거문고' '음률 이름'을 뜻하기도 합니다. 한데 '눈물 흘릴 종'이라 말하기도 합니다. 그분이 천주학에 깊이 빠져들어갔다가 순교를 하게 된 것이 그 이름 때문인 듯싶습니다. 그 다음 아우의 이름 정약용에서 용鏞 자는 '큰 쇠북'을 말합니다. 산속의 절에 있는 큰 쇠북은 크게 울음 울어서 중생들을 미망으로부터 깨어나게 합니다. 다산 선생이 세상에 영원히 사라지지 않는 현란한 빛 무리를 폭죽처럼 쏘아 올려 놓으신 것이 그 이름 때문이라고 말해도 억지는 아닐 듯싶습니다."

"인간이 원래 현학적이네. 신이나 부처님을 신앙하고 절이나 교회나 사당을 짓고 탑 쌓고 철학하고 시 짓고 노래하고 악기 연주하고 춤추고 풍수지리설에 따라 집 짓고 무덤을 만들고 비석 세우고 제사 지내면서 축문 읽는 일들이 다 현학적이야. 기왕 현학 이야기가 나왔으니까 아주 이것을 말해주어야겠네. '골짜기의 신은 영원한데 그것을 그윽한 암컷이라고 한다. 그윽한 암컷의 문은 천지의 뿌리다. 골짜기의 신의 작용과 조화는 무궁무진하다.' 이것은 노자가 한 말이네. 골짜기의 신(谷神)을 여성의 성기에 비유하여 말하는 것이 이해하기 편할 듯싶네. 골짜기는 음인데 그것은 자궁을 뜻하고, 신은 질과 음핵을 말하는데 그것은 양이네. 자궁은 미련하고 둔하고 바보 같은 기관이네. 아기를 열 달 동안 담아 키워내면서도 힘들다는 말 한 마디도 하지 않지. 그것은 아기를 담고 있는 동안 온몸으로 영양을 섭취하도록 촉구하지. 암 세포가 퍼져도 느끼지를 못하다가 그것이 곪아 터지려 하고 다른 부위로 전이되려 할 즈음에야 어렴풋이 아픔을 느끼게 하네. 자궁이 그러한 데 비하여 질과 음핵은 성감대가 가장 잘 발달해 있는 곳이고, 여성에게 환희를 느끼게 하는 감성적인 부위네. 자궁이 여자를 어머니이게 하는 곳이라면, 질과 음핵은 여자를 요염한 여성이게 하고 성행위를 함으로써 쾌감을 느끼게 하면서 정자를 자궁 속으로 받아들여 잉태를 유도하는 신비한 부위 아닌가. 《주역》에서 '한 음에 한 양이 보태진 것을 도道라 이른다'고 하지 않았는가. 우주의 자궁 그리고 질과 음핵, 그것의 작용(조화)은 우주를 늘 새롭게 거듭나게 하고 무궁무진하게 하네. 현산이 바로 그곳이네. 현산은 그윽한 암컷의 문(玉門)처럼 거기 들어온 사람을 다시 태어나게 하는 곳이네."

"그 말씀을 부활 혹은 거듭난 삶이라고 이해해도 좋겠습니까?"

"자궁은 고향하고 같고 바다하고 같네. 존재하는 것들은 다 물처럼 순환하네. 바닷물은 증발하여 구름이 되고 그것은 비가 되어 산과 들에 뿌려진 다음 바다로 되돌아가지 않는가. 자궁은 여자의 몸속에만 있는 것이 아니고 바깥에도 있네. 남자들이 여자의 품속에서 포근함을 느끼는 것은 제 고향으로 돌아가는 까닭이네."

"그럼 여성이 남성의 가슴에 얼굴을 묻으면서 행복해하는 것은 무슨 까닭일까요?"

"여성은 물인데 남성을 만나면 그의 불씨로 말미암아 타오르게 되네. 그것은 승화야. 여성은 늘 자기를 있게 한 불씨 옆에 있으려고 하네. '우주를 구성하고 있는 비가시적인 玄이 가시적으로 드러난 것이 도'라고 한 노자의 말 속에 들어 있는 玄이라는 글자를 남성의 정자하고 똑같다고 말한 학자도 있지 않은가."

그는 우이도에서 앳된 첩을 얻어 살았고 그 첩과의 사이에 아들 둘을 두었다. 첩 얻어서 산 자기의 삶을 합리화하려는 저의가 그의 말 속에 들어 있다고 나는 생각했다.

"선생께서 사귄 분들은 대개 실사구시의 정신으로 세상을 산 지성인들이었고, 서양의 새 문물을 받아들였습니다. 선생이나 선생의 아우 다산은 천주학을 그런 차원에서 읽었으리라 생각합니다. 서양 신부 판토하D. Pantoja가 천주학과 중국의 사상을 기조로 해서 저술한 책 《칠극》에 '마귀가 사람의 도 지키려는 생각을 공격하기 위해 타고 오는 수레 가운데 하나가 음란이다. 여색을 탐하는 것은 입구가 좁은 우물과 같아서 들어가기는 쉬우나 나오기는 어렵다'고 한 대목이 있습니다. 또 하느님이 세상을 처음 열 때 아담과 이브를 만드시고 '너희는 한 몸이다'라 하셨다는 대목도 있습니다. 한 지아비는 오직 한 지어미만을, 한 지어미는 한 지아비만을 가지게 했습니다. 한데 선생께서는 경기도에 부인을 두셨으면서도 왜 유배 중에 첩을 얻어 사셨습니까?"

나의 물음에 그는 빙그레 웃었다.

"자네는 장흥의 바닷가에 지은 작가실 앞에 연못을 팠네. 물은 서편 골짜기에 있는 샘에서 플라스틱 대롱을 이용해 끌어들이고 어디선가 수련을 분양해다가 심고 비단잉어를 놓아 기르지 않는가? 내가 보기로 그 연못은 요凹 모양새인데, 그것의 모든 각을 두루뭉수리하게 깎아내고 동그랗게 만들었네. 첫눈에 이것은 자궁 한 가지다, 하고 느꼈네. 나는 자네가 토굴이라 이름 붙인 작가실 앞에 왜 그것을 팠는가를 짐작하고 있네. 바닷가에서 농로를 타고 자네의 토굴을 향해 가면서 보면 뒷산은 남자가 드러누운 채 가랑이를 벌리고 있는 형국이야. 가랑이 한가운데는 무성한 대밭이 있는데 그것은 발기한 남근하고 비슷하네. 자네의 토굴은 바로 그 남근 끝에 우뚝 서 있단 말일세. 자네는 그래서 그 남근 앞에 자궁을 파놓은 거야."

나는 얼굴이 뜨거워졌다. 현학적인 사람의 눈에는 모든 것이 현학적으로만 보인다.

"사람들은 지금의 흑산도 모래마을에 선생을 위해, 선생께서 당시 아이들을 가르치시던 서당 복성재를 복원하고 그 옆에 천주교회를 세워놓았습니다. 선생께서는 그 교회가 부끄럽고 부담스럽지 않습니까? 사실상 선생께서는 생전에 배교하시지 않았습니까?"

그는 고개를 끄덕거렸다. 아주 쉽게 내 말을 시인하고 있었다. 살아 있는 자와 죽은 자를 비교한다면 죽은 자가 훨씬 솔직한 모양이다.

"나는 하느님을 버렸다, 이 선언 이후로 하느님에 대한 신앙 행위를 일절 하지 않겠다, 예전처럼 조상신만 숭상하고 그분들에게 제사 지내는 일을 소홀히 하지 않겠다, 그러니 나를 의심하는 눈으로 보지 말아 달라…… 이런 것이 배교 아닌가? 당시에 배교를 한 것은 나뿐만이 아닐세. 내 자형 이승훈, 벗인 이가환, 내 아우 약용이 다 배교를 했지. 이가환은 세례를 받지는 않았지만 주위 사람들에게 신앙생활을 권했네. 그 결과 그의 친척들 대부분이 하느님께 귀의를 했지. 그러나 진산에서 일어난 일 하나가 우리를 견디지 못하게 했어. 진산 사는 윤지충이 내 외사촌 형인데, 그분이 당신 어머니의 신주를 불태워버린 일 때문에 세상이 발칵 뒤집혔네. 나라에서는, 천주학은 '효'의 기강을 무너뜨리고 풍속을 문란하게 하는 못된 학문이라고 몰아붙였네. 효의 뿌리가 흔들리면 '충'도 흔들리게 된다는 논리였지. 그리하여 나라에서는 천주학쟁이들을 줄줄이 잡아 들여 목을 베었네. 오죽하면 제일 먼저 중국에 들어가 영세를 받고 들어온 내 자형 이승훈이 배교를 했겠는가. 사리 판단이 빠르고 정확한 내 아우 약용은 상감께 자척自斥 상소를 올리기까지 했네. 과거 잘못과 그것에 대한 참회와 다시는 그러한 일을 하지 않겠다는 각오를 말하고, 그 잘못에 대한 벌을 내려달라고 청하는 상소 말일세. 아마 자네가 그 형편이 되었더라도 배교를 하지 않고는 못 견뎠을 것이네."

"이가환이란 분은 광주부윤과 충주목사 시절에 천주학쟁이들을 줄줄이 잡아다가 문초하고 곤장을 치거나 고을 밖으로 내치지 않았습니까? 그러한 포악한 다스림으로써 자기가 천주학에서 완전히 떠났음을 증명하려는 것이 아니었을까요? 그것은 한때 하느님을 숭앙했던 사람으로서 너무 잔인한 일이지 않았습니까? 자기 한 사람이 살기 위하여 그렇게 하기는 했지만, 이가환은 그 뒤 신유년에 붙잡혀 들어가 모진 고문을 당하고 감옥에서 숨을 거두었습니다. 기록을 보면 그때는 불 지짐 형벌을 당하면서도 신앙심을 굽히지 않았다고 되어 있습니다. 선생의 자형 이승훈은 1791년 교난이 일어나기 두 해 전에 평택현감이 되었고, 교난이 일어나던 해에는 교회를 공격하는 글을 지어 배교를 선언했습니다. 한데 주문모 신부가 입국했을 때 다시 참회하고 성사 받을 준비를 하던 중에 교난을 만나 예산으로 귀양 갔고, 또다시 교난이 일어났을 때 잡아 올려 고문을 하자 그는 또 배교를 선언했지만, 허위 선언이라며 목을 잘라 죽였습니다. 그 일에 대해서는 어떻게 생각하십니까?"

그는 곤혹스러워하였다.

"이가환은 내 절친한 벗으로 나 때문에 수없이 많은 곤욕을 당한 사람이네. 내가 과거 시험을 볼 때 시험관이었는데, 나를 장원급제시켰지. 그 일에 문제가 있다고 당시 정적들은 이가환을 모함하는 상소를 올렸어. 목만중의 사주를 받은 박장설이 앞장을 섰지. 시험 문제가 '오행五行'이었는데, 내가 쓴 답안이 천주학에 뿌리를 두고 있는 사행四行을 기조로 논리를 전개했다는 것이었네. 오행은 화수목금토이고 중국 사상의 근본 원리이지 않은가. 만일 오행이 흔들린다면 그 사상의 뿌리가 흔들리는 것 아닌가. 그렇게 되면 주자학이 무사할 리 없겠지. 우리 실사구시파 젊은이들을 아끼고 사랑한 정조 임금은 황공하옵게도 몸소 나서서 그 공격을 이렇게 차단하셨네. '사행을 기조로 시험 답안을 작성했다고 하는 모함은 한 번 조사해서 판단할 수 없다. 오늘 과거 답안지 전체를 보았다. 위아래로 여러 번 구절마다 자세히 보았지만 공격하는 자들이 말한 것처럼 애초에 의심할 바가 없고 오히려 그럴싸하기만 했다.' 자네도 역사를 읽고 알았겠지만 정적들의 공격 표적은 사실 내가 아니고 이가환이었네. 나는 이가환이 배교한 심정을 이해하네. 오죽했으면 그랬을까. 이가환이 누구인가. 성호 이익 선생의 종손 아닌가. 이승훈은 또 누구인가. 이가환의 생질이고 꿋꿋하게 순교한 약종이와 나의 자형이네. 이승훈은 거짓으로 천동설이 옳다고 말하고 살아나온 다음 구경꾼들에게 '내가 하늘이 돈다고 거짓말을 했음에도 불구하고 지금 지구가 돌고 있는 것을 어찌하겠소!' 하고 말한 사람처럼 살아남아 하느님의 존재를 사람들에게 증명하기 위해 배교 선언을 했을 거야. 예수의 제자 가운데서도 하룻밤 사이에 예수를 세 번이나 배반한 분이 있었네. 물론 이승훈의 배교를 전혀 달리 해석하는 측면도 있을 터이네. 개똥밭에 뒹굴어도 이승이 낫다고 더러운 한 목숨 비굴하게 살아 배기려고 그랬다는……. 그러나 나는 내 자형 이승훈이 성스럽게 순교했다고 생각하네."

"선생께서는 과거 시험에서 오행에 대한 논리를 어떻게 전개하고 결론은 어떻게 맺었습니까?"

"《주역》을 통해 이미 공부한 바 있으므로 나는 내 나름대로의 논리를 가지고 있었네. 거기다가 나와는 사돈 간인 이벽에게서 가져다 본 《천주실의》와 홍대용 선생의 저술을 통해 불·물·흙·공기(4행)에 대해 공부한 바 있었네. 일찍이 홍대용 선생은 4행이 옳다고 말했지. '쇠와 나무는 불과 땅과 물에서 생성된 것이므로 기본 원소에서 제외되어야 한다. 하늘은 기氣이고, 만물은 기의 찌꺼기이고, 불의 조화로 만든 것이 땅이므로 4행은 불·물·땅·공기여야 한다.' 중국의 오행설이 나름대로 탄탄한 의미를 가지고 있다면 서양의 4원소설도 그 나름의 합리성을 가지고 있네. 나는 4원소설을 응용하여 오행에 대한 논리를 남다르게 피력해야겠다고 마음먹었지. 먼저 음양오행의 상생과 상극으로 말미암아 운행되는 우주 질서에 대한 생각을 진술하고, 그것을 바탕으로 하여 다음과 같이 기술했네. '나무의 기氣는 어짐(仁)을 책임지고 맡아서 처리하며, 불은 예禮를 책임지고 맡아서 처리하며, 흙은 믿음(信)을 맡아 처리하고, 쇠는 의義를 또한 그렇게 하고, 물은 지智를 마찬가지로 그렇게 한다. 그러나 실사구시적인 시각으로 판단하여 나는 이렇게 말한다. 우주의 생성 처음에는 불과 물을 머금은 뜨거운 공기가 있었을 뿐인데 그것이 냉각되면서 땅이 되었다. 그 땅에서 쇠와 나무가 생겼다.'"

흥분된 어조였다. 숨결이 가빠졌고, 얼굴은 사과빛으로 상기되었고 콧구멍은 벌름거렸다. 그는 잠시 말을 멈추고 씨근덕거리다가 말을 이었다.

"《주역》을 깊이 읽어보면 오행이 물·불·땅(3행)에서 나왔음을 말해주네. 그러한 생각을 바탕으로 해서 나는 우주의 원리를 나무와 쇠에서부터 땅과 불과 물로 거슬러 따지고 논해갔고, 이렇게 결론 지었네. '내가 오행을 통해 논하고 결론을 내리려는 것은 어짊(仁)이다. 인간은 왜 어질게 살지 않으면 안 되는 존재인가. 그것은 인간이 물과 불과 땅, 즉 한 가지의 음, 한 가지의 양의 조화에서 몸과 마음이 났기 때문이다. 우주 시원의 물과 불은 땅을 만들고, 땅은 푸나무를 기르고, 푸나무는 동물을 키우고, 푸나무와 동물은 만물의 영장인 인간을 기른다. 먹이사슬의 꼭짓점에 자리한 인간은 두 발로 땅을 디디고 머리를 하늘로 두르고 산다. 땅을 디디고 산다는 것은 삼라만상 가운데 으뜸 존재이면서 땅의 기운을 빨아들이며 산다는 것이고, 하늘로 머리를 두르고 산다는 것은 하늘의 기를 빨아들여 신(완성)을 지향한다는 것이다. 인간의 육체와 정신 속에 들어 있는 기운은 애초에 인간을 만든 물과 불의 뜻을 향해 뻗어가지 않으면 안 된다. 그것은 현묘한 하늘 세계에 있고 하늘의 뜻은 어짊에 있다. 어짊이란, 위로는 효도(孝)하고 아래로는 사랑(弟)하고 가엾은 사람들을 불쌍하게 여기는 마음(慈)이다. 인간은 어짊으로써 새 세상을 열어가야 한다고 가르친 성인의 뜻이 거기에 있다. 모름지기 뜻있는 유학 선비의 사업은 정심(깨달음)에 이르기 위한 것이어야 하고, 정심은 효·제·자를 달성하기 위한 것이어야 한다.'"

그의 말이 내 가슴속에 뜨거운 기운을 불어넣고 있었다. 나는 달뜬 목소리로 말했다.

"식물의 몸과 인간의 몸은 정반대로 짜여 있습니다. 식물의 뿌리는 땅 아래쪽을 향해 있으면서 수분과 무기물을 빨아들이고 꽃은 하늘을 향해 핍니다. 인간의 머리털은 식물의 뿌리에 해당하는데, 그것은 하늘로부터 신적인 그윽함을 받아들이고, 식물로 치자면 꽃에 해당하는 생식기는 땅을 향하고 있습니다. 때문에 사람은 하늘과 땅의 기운을 받아 어질게 살아야 합니다."

"자네야말로 진짜로 현학적이구먼."

"그것은 모두 선생에게서 배운 것입니다. 선생의 가족사를 보면, 아주 많은 가족과 친척들이 천주학에 연루되어 죽거나 유배되고 벼슬살이로부터 멀어짐으로써 파문의 지경에 이르렀습니다. 손위 형인 약현의 사위는 황사영입니다. 청나라로 보내려다가 들통 난 백서로 말미암아 신유년의 엄청난 비극을 가져온 사람입니다. 자형 이승훈과 아우 약종은 목이 잘려 죽었고 그의 아내와 자식들은 유배되었습니다. 아우 약용은 강진으로 유배되었다가 풀려난 뒤 벼슬길에 나아가지 못하고 죽었습니다. 선생께서는 유배지인 고해절도를 벗어나지 못하고 운명하셨습니다. 그 삶을 후회하십니까? 그 삶에 대하여 '이제는 말할 수 있다' 식으로 확실한 것을 말씀해주실 수 없습니까?"

"한 성인이 이렇게 말했네. 자연은 어질지 않다고."

"공자의 어짊에 대하여 공격하고 자기의 무위자연의 도를 이야기하기 위해 노자가 한 말이지 않습니까?"

"하느님이 우주를 창조한 의지와 성인의 뜻은 물론 어짊에 있네. 하느님은 넉넉히 그러할 권능이 있음에도 불구하고 이 세상의 사악함을 보이는 대로 금방 징치하고 바로잡아 선으로 만들어놓으려 하지 않네. 밝음과 어둠이 서로 다툼으로써 교번하듯 선과 악, 부자와 가난, 강함과 약함도 그렇게 서로 다툼을 통해서 교번하도록 창조되었네. 진짜로 교활한 악(마귀)은 선(천사)이나 도(진리 아닌 진리나 정의)라는 가면을 쓰고 세상에 나타나 세상을 어지럽히는데, 아무런 인위적인 힘을 가하지 않더라도 결국 악은 진짜 선에 자리를 내주게 되네. 그것이 무위자연이네. 일견 노자는 매우 잔인한 사람으로 생각될 수도 있네. 하느님도 그러한 분으로 여겨질 수 있을 것이고. 사악한 자에게 처참하게 당하는 선하고 약한 자를 금방 구원하지 않고 바라보고만 있는 하느님은 얼마나 냉혹한가. 한데 우리는 그분을 냉혹하다고 말하고만 있을 일이 아니고, 우리의 의지, 어짊 혹은 선의지로 그것을 이겨내야 하네."

"저는 선생의 네 형제 사이의 우의에 대해서 제 나름대로 많은 생각을 했습니다. 이복형인 약현과의 사이에는 강줄기 하나가 놓여 있으므로 제쳐놓겠습니다. 약전·약종·약용 삼형제의 사이를 정신분석적으로 파헤쳐보면 미묘한 것이 발견됩니다. 세상에 태어난 모든 것들의 경쟁은 둥지 안에서부터 시작된다고 들었습니다. 인간 형제들 간의 경쟁은 어머니의 품에서부터 시작됩니다. 약전 선생이 먹던 젖을 두 해 뒤에 태어난 약종 아우가 빼앗아 먹었습니다. 다시 두 해 뒤에 태어난 약용이 약종에게서 그 젖을 빼앗았습니다. 약전의 가슴에 쌓여 있던, 어머니의 젖을 잃은 상실감으로 말미암은 분함을 복수해준 아우가 약용입니다. 그러므로 약전과 약용은 우군이 되고, 약종은 두 연합 세력 사이에서 소외되고 외로울 수밖에 없었습니다. 그래서 약전과 약용은 실체와 그림자처럼 세상을 살았습니다. 사람들은 자기 얼굴 이외에 또 하나의 얼굴을 가지고 사는 동물입니다. 사람들은 필요한 때에 감추어놓았던 또 하나의 얼굴을 쓰고 자기가 그 사람이라고 착각하며 살기도 합니다. 약전과 약용은 서로를 천재라고 생각하며 살았습니다. 약용은 약전에게서 삶을 제대로 살았는지 어쨌는지 증명 받으려 했고, 약전 또한 자기 삶을 약용에게서 증명 받으려 했습니다. 그렇기 때문에 강진에서 유배살이를 한 약용은 흑산도에서 유배살이하는 약전에게 저술한 것을 보내 그때마다 증명 받으려 했고, 약전 또한 그렇게 했습니다. 약전은 처음에 물고기들의 족보를 만들려고 계획할 때 물고기들의 그림을 일일이 그려 넣으려 했는데 약용이 그렇게 하지 말라고 해서 글로만 썼습니다. 약종은 약전·약용 두 형제 사이에서 소외되면서 고독을 느꼈고, 하느님과의 만남을 통해 해소했습니다. 약종이 천주학에 남다르게 깊이 빠져들어간 것은 소외와 고독 때문이었습니다. 천주교 박해가 심해지자 자형인 이승훈·정약전·이가환·정약용 등이 모두 배교를 했지만 정약종이 순교의 길을 택한 것은 그러한 까닭이었습니다."

그는 허공을 쳐다보면서 한동안 너털거리고 나서 말했다.

"자네는 마치 자네가 울타리 안에 가두어놓고 기르는 가축들의 살아가는 모양새를 내내 관찰하고 그 결과를 보고하듯이 자신만만하게 말하는군 그래."

"죄송합니다. 요즘 선생의 이야기를 장편소설로 쓰느라고 선생과 선생 주변 사람들의 삶을 깊이 읽다 보니 그렇게 되었습니다."

"어째서 하고 많은 사람들 중에 나를 소재로 선택한 것인가. 한동안 불교 쪽에서 소재를 구하더니…… 이제는 천주학쟁이를 소재로 쓰려 하는데, 그와 같은 태도를 소재주의라고 말하지 않는가?"

"다른 일들을 거들떠보지 않고 열심히 소설을 쓰며 살아오다 보니 저는 갇혀 살고 있었습니다. 저의 소설에 갇히고 제 이념이나 사상에 갇히고 제 신앙에 갇혀 있습니다. 그렇게 갇혀 살고 있다는 생각이, 하필 강진과 흑산도에서 갇혀 사신 정약용·정약전 두 선생을 동경하게 된 모양입니다."

"그렇다면 요즘 자네가 쓰는 소설들은 모두 갇혀 사는 것들에 대한 이야기라는 것인가?"

"그렇게 말씀하셔도 될 것 같습니다."

"일리 있는 말이군. 예로부터 권력을 잡은 자들은 자기와 뜻을 달리하고 반대하고 저항하는 사람들을 어떤 죄목인가를 씌워 가두어놓고, 그들을 미친 사람이라고 몰아붙여 가두고, 그들이 몸부림치고 발버둥치는 것을 구경하면서 히들거리네……. 사람은 천성이 가두어놓고 살기를 좋아하는 동물이네. 들이나 산에 살던 동물을 끌어다가 울안에 가두고 길들여서 가축으로 만들지 않았는가? 남자들은 밖에서 한 여자를 데려다가 집 안에 가두어놓고 자기 전용 성행위 대상으로 길들이고 반드시 자기 유전자를 내포한 자식을 낳게 하고, 또 그녀가 낳은 자식들을 가두어놓고 기르고 자기 설계에 따라 길들이고 키우려 드네. 여자들은 한 남자에게, 오직 네 유전자를 내포한 자식을 낳아주겠다고 꼬드긴 다음 잘 길들여서 밖으로 내보내 사냥을 해오게 하는데, 그 남편이라는 동물은 다른 곳으로 도망치지 않고 사냥을 해서 반드시 자기 여자에게로 오곤 하네. 가정을 이루고 산다는 것은 소속감을 가지고 산다는 것이고, 그렇지 않으면 고독해하고 흔들리면서 표류하네. 구성원과 대판 싸우고 가정을 뛰쳐나간 자는 얼마쯤 뒤 다시 그 노예의 삶이 그리워서 되돌아오곤 하네. 인간은 노예근성을 가진 동물이네. 사법고시를 보려고 작정한 사람은 그 시험에 자기를 가두네. 공자를 읽는 사람은 공자의 말씀 속에 자기를 가두고, 노자나 장자를 읽는 사람은 노자나 장자의 세계에 가두지. 부처님이나 하느님을 믿는 사람은 부처님이나 하느님의 세계에 자기를 가두고, 자기 속에 부처님과 하느님을 가두네. 그렇게 가두고 갇혀 살지 않으면 불안해하는 것이 사람이네. 동갑계를 조직하여 거기에 자기를 소속시키고, 문중에 가두고 동창회에 가두고 마을에 가두고 향우회에 가두고 고을에 성을 쌓고 가두고 또한 나라 안에 가두고, 절이나 교회나 성당에 가두네. 부처님은 중생 속에 자기를 가두고 하느님은 자기가 창조한 삼라만상 속에 자기를 가두네."

"그렇다면 하느님이나 부처님도 사람하고 똑같다는 이야기네요?"

"아, 그러고 보니 그렇네. 아마 노예근성을 가진 사람들이 생각해낸 것이니까 그렇기도 하겠지……. 좌우간 타의에 의해서 갇히는 것이 동물이고, 자기를 가둘 줄 알고 자기 속에 갇힐 줄 아는 것이 사람이네.

동물은 자기를 가죽 속에 가둘 뿐이지만 사람은 옷과 숭고한 생각 속에 자기를 가두고 자기를 신神으로 기르는 동물이네."

"그렇습니다. 성인의 말씀 속에 자기를 가두고 길러야 군자가 됩니다. 저는 정약용 선생과 정약전 선생이 각각 강진과 흑산도에 유배살이를 한 까닭으로 오늘의 정약용과 정약전이 되었음을 압니다. 만일 두 선생께서 벼슬길이 벌판 한가운데의 탄탄대로처럼 트였더라면, 그리하여 정승까지를 순탄하게 지내시면서 누릴 광영 다 누리고 사셨다면 그 많은 저술을 남기지 못했을 것이라 생각합니다. 정약전 선생께서도 흑산도에 유배되지 않았다면 어떻게 《현산어보》라는 책을 지으셨겠습니까? 제가 싸움개들의 짖는 소리 요란한 서울을 버리고 장흥 바닷가 마을에 토굴을 짓고 그 속에 저를 가두기로 작정한 것은 감히 두 분 선생님을 거울로 삼고 따르려 한 까닭입니다."

그는 고개를 끄덕거렸다. 그의 얼굴은 쓸쓸해 보였다. 눈길은 한없이 깊고 푸르른 창공 속으로 뻗어가 있었다. 그 눈길 속에는, 네 스스로가 스스로를 가두고 산다 하지만 네가 죽음을 눈앞에 둔 채 짊어지고 산 우리 형제의 참담한 절대고독을 어떻게 감히 짐작이나 할 수 있단 말이냐, 하는 말이 담겨 있었다.

"결국 따지고 보면 그대도 이 섬에 갇혀 사는 나를 구경하러 왔을 거야. 방죽 연잎사귀 위에 앉아 있는 개구리에게 돌멩이를 던져 희롱하듯 자네는 지금 나에게 이런 말 저런 말을 던져보고 있질 않은가."

"희롱하듯이 물음을 던진다고 하심은 지나치십니다. 상처 받은 조개가 진주를 만들듯이 사람의 무게와 값은 아픈 시대가 만들 터입니다.

아픈 시대로 말미암아 진주가 되신 선생님을 공부하러 온 저를 가상하게 여기시고 깊이 감추어두신 말씀을 허심탄회하게 들려주십시오."

그는 거듭 고개를 끄덕거렸다. 내가 물었다.

"선생의 아우 약용이 전라도로 이사하겠다는 뜻을 전해왔을 때 선생께서는 장문의 편지를 써서 막으셨습니다. 그 편지에, 전라도에서 나고 자란 저로서는 이해할 수 없는 부분이 있습니다. '자네는 호남 양반 씨족 가운데 쇠미를 이기고 일어서는 집안을 몇이나 보았는가. 호남은 살 만한 곳이 아님을 평일에 보고 들어 잘 알았지만, 유배살이하면서 더욱 확실하게, 권모술수 음양 향배의 풍속이 있어 자손을 기를 만한 곳이 아님을 알았네……. 천하에 부자 될 사람은 있어도 반드시 부자 되는 땅은 없네. 호남은 거지가 없고 경기도에는 넉넉하게 사는 집이 없던가.' 선생의 편지로 미루어보건대, 선생이 정치판에 계실 당시에도 '호남의 똑똑한 놈들 무릎 꺾어 주저앉히기' 같은 것이 있었던가요? 예로부터 호남은 팔도 사람들이 다 미워한 곳 아니었습니까? 고려 태조가 호남에서 인재를 등용하지 말라고 한 이후 조선조에서도 그랬던 것 아닙니까? (일설에 의하면, 고려 태조는 호남에서 인재를 등용하지 말라고 명한 바 없는데 그의 사후 어느 왕 때에 누군가가 정적을 몰아내기 위해 조작했다고 합니다.) 정여립 사건은 일종의 호남 인물 쓸어내기 아닙니까? 만일 선생께서 요즘의 정치판에 계신다면 그러한 일에 동참하지 않았을까요?"

"개 짖는 소리 시끄러워 바닷가로 내려와 자기를 철저하게 가두고 도인처럼 살겠다고 한 사람이 왜 바글바글 끓는 시장바닥 사람들의 일에 신경을 쓰는가? 지긋지긋하니 정치판 이야기는 더 하지 마세. 역사적으로 볼 때 한반도 정치판의 밀어내기는 삼족을 멸해서 싹 쓸어내버리는 잔혹한 전통을 가지고 있네. 오죽 지긋지긋했으면 내 아우 약용은 자식들 가운데 한 놈도 벼슬길에 나아가지 못하게 막았겠는가. '호남이 자손 기를 만한 곳이 아니라'고 한 내 말이 자네를 비롯한 많은 사람들의 속을 상하게 했다면 용서하게나. 이승을 하직하고 이제 와 생각하니 살아 있을 때 내 마음이 매우 소졸했네. 우주는 한 구덩이인데 어떻게 전라도와 경기도와 경상도와 충청도와 함경도와 평안도에 차별이 있을 수 있겠는가."

"흑산도에 사시면서 물고기들의 족보를 만드셨던데, 그것들 하나하나를 읽어보면 선생께서 그 일을 아주 즐기면서 하셨구나 하는 생각이 들더군요. 한데 그것들 가운데서 선생님을 가장 흥분시킨 것, 가장 신명나게 했던 것은 무엇입니까?"

"승률조개네."

"아, 역시 그렇네요. 저는 그것을 외워버릴 정도로 읽고 또 읽었습니다. '밤송이조개에 비하여 털이 짧고 가늘며 빛깔은 노랗다. 창대가 말하기를, 지난달 한 조개를 보았는데 입 속에서 새가 나왔다고 한다. 머리와 부리가 이미 형성되어 있고, 머리에 이끼 같은 털이 나오려고 한다. 그게 이미 죽었는가 하고 만져보니, 늘 그렇듯이 움직인다. 그 껍질 속의 모양을 보지는 않았지만, 이것이 변해서 파랑새가 된다는데 흔히 말하는 율구조栗逑鳥다. 내가 경험해본 바 과연 그러하다.' 저는 그 대목을 읽으면서 아, 이런 일이 있었구나, 하고 소리쳤습니다. 그리고 《산해경》이 떠올랐습니다."

그는 한동안 고개를 끄덕거리고 나서 목소리를 높여 말했다.

"그 조개를 살피러 다니는 동안 나는 내내 흥분에 휩싸여 있었네. 시詩를 생각했고,《예기》의 〈악기〉 편 한 대목을 떠올렸네. '사람의 깨끗하고 현명한 노랫소리는 하늘을 본뜨고, 종소리 북소리의 관광하고도 장엄한 소리는 땅을 본뜨고, 다섯 음계의 마지막과 처음은 네 계절을 본떴으며, 춤추는 자가 빙글빙글 도는 것은 바람과 비의 변화를 본뜻 것이다.' '땅의 기운은 올라가고 하늘의 기운은 내려와 서로 절차탁마하고 감동함으로써 만물의 싹이 생기는데, 이를 고동시키는 데는 뇌성벽력으로 분연히 일어나게 하고 비바람과 사철로써 움직이게 하며, 해와 달의 빛을 따뜻하게 하여 만물이 만들어지게(化成) 한다.' 대지에 살고 있는 모든 것들, 그리고 우리의 삶은 시를 향해 날아가고, 시는 음악을 향해 날아가고, 음악은 우주 근원의 시공으로 날아가네. 우주 근원의 시공은 무용 그 자체야. 노자가 말한, 인간을 거듭나게 하는 우주의 자궁 말이야. 음악이 우주 시원을 향해 날아가는 것은 성인의 어짊, 즉 하느님의 원융한 의지 속으로 날아가는 것이네."

나는 맞장구를 쳤다.

"파랑새가 어느 날 문득 조개(흑산) 밖으로 날아가는 그 황홀한 자유자재! 그 파랑새가 날아가는 곳이 선생께서 살고 계시는 현산입니다. 제 말이 맞습니까?"

그의 얼굴은 상기되어 있었다. 그는 고개를 몇 차례 끄덕거리고 나서 말을 이었다.

"그렇네. 승률조개의 삶은 아름답고 성스러운 음악과 무용의 뜻을 가장 잘 함축하고 있었네. 나는 몇 날 며칠 동안 썰물이 질 때마다 갯벌 밭으로 나가 그 조개를 살펴보곤 했네. 위에서 내려다보고 손바닥 위에 올려놓고 보고 엎어놓고도 보았어. 조개 아래쪽에 밑구멍이 뚫려 있었는데 그것이 입이고 항문인 듯싶었지. 새가 되어 나오고 들어갈 때는 필시 그 구멍을 통했을 테지."

"요즘 어패류학자들의 눈으로 볼 때 그것이 과연 합당한지 어쩐지 알 수 없지만, 저는 〈승률조개〉라는 제목으로 시 한 편을 썼습니다."

"한번 읊어보시게."

내가 읊었다.

그 파랑새는
심연 속에 둔 자기의 밤송이 같은 조개 속으로 들어가기도 하고
바다를 버리고 창공으로 날아가기도 한다
나도 그러고 싶다.

"그 시 대부분이 내 《현산어보》에 기술되어 있는 것을 차용했고, 맨 끝에 '나도 그러고 싶다'만 자네의 말이로군."

"오해하지 마십시오. 승률조개가 선생님의 삶과 꿈, 구속과 초월, 일차원적인 삶과 해탈에 대하여 다 말해준다고 읽은 저의 독법 자체가 시인 것입니다."

그는 한동안 고개를 끄덕거리고 나서 말했다.

"갇혀 사는 사람은 하느님으로부터 축복 받은 사람이네. 꿈꿀 수 있

으므로.”

그의 얼굴에 해 저물 녘의 산그림자 같은 그늘이 어려 있었다.

“아, 네!” 하며 나는 그의 슬픈 표정과 꿈꾸는 듯한 형형한 눈을 건너다보았다. 그가 말을 이었다.

“나는 상어 기름에 불을 붙이고 살았는데, 접시에 그 기름을 부어놓고 불을 붙이려면 심지가 있어야 하네. 꿈꾸기 위해서도 심지가 필요하네. 나는 그 섬에서 세 가지 심지를 가지고 있었는데, 하나는 우렁이각시 같은 앳된 첩이고 다른 하나는 잡곡으로 빚은 술이고 또 다른 하나는 사업, 말하자면 물고기 족보를 만드는 일이었어.”

“첩이 어떻게 꿈꾸게 했습니까?”

“나는 흑산도에 들어서는 순간부터 공포와 불안에 떨었네. 내 뒤를 따라 금방 내 정적들이 보낸 사약이 당도할 것만 같은 불안과 공포를 그 여자가 해소해주었어. 그녀의 품속에 얼굴을 묻으면 자궁 속에 들어간 것처럼 편안해졌고 곤히 잠들 수 있었네. 한데 낮에는 술이 있어야 했지. 그래서 그 여자에게 술을 빚으라고 했어. 그 여자는 술을 아주 잘 빚었고 나의 보신을 위해 물질을 하여 전복이나 문어 따위를 잡아다 밥상에 올렸네. 술에 취하면 갇힌 삶을 즐길 수 있었어. 한데 어느 날 강진의 아우가 술병으로 죽은 스님의 이야기를 편지에 담아 보냈지. 그때부터 나는 가능하면 술을 절제하면서 일을 하기 시작했네. 물고기들의 족보를 만들기 시작한 거야. 스님들은 정심(깨달음)에 이르기 위해 좌선을 하지만 유학 선비는 일을 통해 정심에 이르고 정심에 이르기 위해 일을 하는 법이니까. 일을 하되 그 일을 즐겨야 하네. 어부들이 고기

잡이를 즐기고 자네 같은 소설가가 소설 쓰기를 즐김으로써 그 소설을 통해 정심에 이르듯이."

"선생께서는 우이도에서 첩을 얻어 6년간을 사시다가 7년째 되던 해에 멀고도 험한 바다를 건너 대흑산으로 들어가셨고, 거기서 7년을 사시다가 그 대흑산을 버리고 다시 우이도로 돌아와서 3년을 더 사시다가 거기에서 운명하셨습니다. 그렇게 옮겨 사신 까닭이 있으십니까?"

"순조 새 임금님이 친정을 하자마자 대사면령을 내림으로써 나는 해배될 줄 알았지. 한데 해배가 절망적이라는 아우의 편지를 받고 더 깊이 들어갈 결심을 했네."

"더 깊이 들어가면(巽 괘) 더 빨리 해배될 것이라는《주역》원리에 대한 믿음 때문이었습니까?"

"그런 생각이 깔려 있기도 했지만, 내 정적들로부터 멀리 달아나겠다는 생각이 더 크게 작용했네."

"그럼 왜 다시 우이도로 나오실 생각을 하였습니까?"

"강진 아우의 죄가 더 가벼우므로 나보다 더 빨리 해배되리라 여겼네. 해배된 아우가 나를 만나기 위해 강진 구강포에서 배를 타고 대흑산까지 험하고 먼 뱃길을 달려올 것을 생각하니 견딜 수가 없었어. 배를 한 번도 타보지 않은 아우가 멀미를 심하게 하는 모습, 미친 불바람으로 말미암아 난파를 당할지도 모른다는 불안이 나를 날마다 불 지짐 고문을 했네."

"대흑산 모래마을 사람들은 선생을 우이도에 빼앗기지 않으려고 잠을 사로자며 지켰다고 들었습니다. 대흑산에서의 삶이 어떠했길래 그곳 사람들이 그렇게 선생을 좋아했습니까?"

"소흑산(우이도)과 대흑산 두 곳에서의 내 삶은 많이 달랐네. 우이도에서는 병조좌랑을 산 양반 선비로서 훈장 노릇을 하며 살았고, 때문에 무척 외로웠네. 섬사람들이 접근하려고 하지 않아서 말이야. 그래서 대흑산에 가서는 우이도에서의 외롭게 살았던 것을 거울 삼아 갯투성이들하고 그냥 터놓고 살았어. 물론 거기서도 우이도에서처럼 훈장질을 하기는 했지. 그런데 거기서는 초상이 나면 조문을 가고 혼례식에는 부조를 갔지. 마을 사람들하고 마주앉아 술도 마시고 윷놀이도 하고 갯제를 지낼 때는 풍물을 치면서 보리때춤을 추기도 하고 멸치잡이 배를 타고 뱃전을 두들기면서 멸치 떼를 몰아주기도 했어. 모래밭에서 씨름도 하고 술에 취하면 엎드려서 팔뚝씨름도 했어. 태풍 올 때 배 끌어올리는 울력이 나면 나가서 같이 그 힘든 울력을 했어. 배를 끌어올릴 때는 양쪽 뱃전 밑으로 사람들 칠팔 명씩이 엉덩이를 들이밀고 들어가 누워서 두 발바닥으로 뱃전 시울을 걷어 올리면서 배를 뭍 쪽으로 미는데, 나도 사람들하고 함께 울력을 했네. 이장이 말렸지만 기어이 했어. 그렇게 격의 없이 지내자 사람들이 너도나도 고기 잡아다 주고 술 걸러다 주고 생일 지낸다고 초대하고, 이런저런 다툼이 일어나면 판결해달라고 부르고……. 대흑산에 와서는 병조좌랑 벼슬을 살았음을 앞세워 그 어떤 사람한테도 하대하지 않고 꼬박꼬박 경어를 썼지. 동갑내기들하고는 서로 말을 트기도 했어. 동갑내기들은 나를 향해 '어야, 좌랑 성님, 자네가 이러고저러고 안 했는가잉' 하고 말하곤 했어. 그렇게 살던 내가 우이도로 가겠다고 하니까 동네 사람들이 모두 나서서 막았지. 그래서 꾀를 냈네. 창대를 시켜서 우이도 문순득이한테 한밤에 실러 오라고 통기를 했어. 그래 가지고 도망치듯이 밤배를 탔네. 바다 한가운데까지 갔는데 마을 사람들이 뒤쫓아왔어. 내 동갑내기들이 앞장서서 우리 가족이 탄 배를 대흑산으로 끌고 갔네. 내가 그들에게 통사정을 했지. '내 사정 좀 봐주소. 금방 강진 아우가 해배되어 이 못난 형을 만나러 올 터인데, 그 아우는 아직 배를 한 번도 타보지 않아서 멀미를 지독하게 할 것이고, 그때 기상이 나빠서 불바람이 불지도 모르고, 그 아우가 불상사를 당할까 염려되기도 하고……. 그 아우를 우이도까지 오게 할 수는 있어도 대흑산까지 오게 할 수는 없어서 내가 그리로 이사하려는 것이네.' 그렇지만 동네 사람들은 내 말을 아랑곳하지 않고 우리 식구가 탄 배를 끌고 갔네."

"그래도 결국에는 우이도로 이사를 하시지 않았습니까?"

"이튿날부터 나는 동네를 돌아다니면서 한 사람 한 사람을 만나 내가 어째서 우이도로 이사 가려 하는가를 말하고 허락해달라고 통사정을 했지. 그랬더니 강진 아우에 대한 나의 사랑에 감복한 사람들이 그로부터 6개월 뒤 마을 회의를 연 다음 나를 보내주었네. 그때 마을 사람들은 나를 보내면서 모두 울었어. 아낙네들은 서운하다고 호박 주고 자반 주고 콩 주고 미역 주고……."

"그런데 지금 선생께서는 왜 흑산도에서 사시지 않고 우이도에서 살고 계십니까?"

"이제 고백하건대 내가 우이도에서 만난 첩이 천주학쟁이의 딸이었네. 내가 처음 우이도에 들어섰을 때 첩은 고아였지. 아버지는 농어잡이 배를 타다가 죽고 어머니는 물질을 하다가 죽었다더군. 그녀의 아버지는 한 집에서 머슴살이를 했는데, 은밀하게 천주님을 함께 믿으면서 양반집 청상과부와 정분이 나서 도망쳐 우이도로 들어온 것이었어. 이 섬에서 첩과 나의 만남은 그 마을 이장이 중매한 것이지만, 사실은 그 아이가 먼저 제 발로 나를 찾아왔었네. 밤마다 물질한 것을 몰래 가져다 주곤 했어. 한데 그곳 이장이 눈치를 챘는지 어쨌는지 중매 절차를 밟아주었고 그 아이의 집에 살림을 차렸네. 그 아이와 나의 만남은 하느님의 뜻인 듯싶어. 내 감히 말하건대, 그 아이의 품이 숫처녀 몸으로 그 위대한 분을 낳으셨다는 마리아의 품처럼 고귀하게 느껴졌네."

"선생께서는 왜 천국에 가지 않고 이 섬에 계십니까? 한때 배교를 했을지라도 흑산에 와 사시는 동안 참회하고 다시 하느님께 귀의하신 셈이지 않습니까?"

"천국은 우주 그 자체이고 그곳에서의 삶은 자유자재하네. 나는 우이도에서 죽었고 강진 아우의 지시에 따라 경기도로 시신을 옮겨갔지만 내 영육은 수 억천만 개의 원소(玄)가 되어 이 우주 안 모든 곳에 고루 흩어져 있네. 공기 중에 흩어지고 비 되어 뿌려져서 강물 되어 흐르고 지하수로 흐르고 꽃으로 피어나고 곡식과 채소 속으로 슴배어 들어갔네. 자네가 나의 삶에 대하여 관심을 가진 것은 내 원소를 먹고 마신 탓이야."

"선생의 천국에서의 자유자재함을 보니까 하느님께 귀의한 사람이 가난한 마음이 되어 천국에 이른다는 것과 석가모니께 귀의한 사람이 해탈하여 극락에 이른다는 것은 결국 같지 않겠는가 하는 생각이 드는데 제 말씀이 맞습니까?"

"세상의 모든 진리는 여러 얼굴을 가진 것처럼 보이지만 결국 하나로 돌아가는 것일세. 수천 개의 강물이 바다로 흘러들지만 결국 똑같은 바닷물이 되어버리는 것처럼."

나는 짙푸른 하늘을 쳐다보며 생각했다. 玄 자는 '하늘 현'이라 하기도 한다고 자전에 쓰여 있다. 한데 정약전과 정약용이 사용한 '현산'이란 말에서는 하늘 玄 자 둘이 나란히 붙어 있다. 그 현산은 '깊고 깊고 드높고 드높은 하늘'에 있는 산이다. 하늘 한가운데에 눈길을 묻은 채 소리쳐 물었다.

"'결국 하나로 돌아가는 것'이 현산입니까?"

한데 그는 대답하지 않았다. 나는 그의 표정을 살피기 위해 하늘에 묻고 있던 눈길을 그에게로 던졌다. 그는 어디론가 사라지고 없었다. 그가 엉덩이를 걸치고 있던 바위 엉설 밑의 마른 풀섶 속에 자줏빛 오랑캐꽃 한 송이가 나를 향해 웃고 있었다. 가까이 가서 들여다보자 그것이 에밀레종처럼 커지고 하늘 쪽에서 메아리처럼 새벽 산사의 쇠북소리 같은 긴 울음이 들려왔다. 그 울음에 취한 채 고개를 들자 바야흐로 산봉우리 저쪽으로 흰 구름 한 장이 지나가고 있었다.

…

나는 전남 장흥 안양 바닷가에 허름한 해산토굴을 짓고 그 속에 나를 가두고 산다. 스스로를 한 시공 속에 잘 가두고 살면 영원을 살 수 있다는 확신을 다산 정약용과 손암 정약전 형제를 통해서 얻었다. 타의에 의해 강진과 흑산도에 각각 갇혀 산 그분들이 스스로의 몸뚱이를 가두고 영혼을 자우자재하게 풀어놓는 지혜를 따라 살지 않았다면 오늘의 수미산 같은 다산과 손암이 있었을까.

흑산도에 가서 하늘 길을 보았다. 그 섬에 갇혀 살다가 그 섬 밖으로 한 반짝도 내디디지 못한 해 죽어간 정약전 선생이 찾아낸 자유의 길은 하늘로 가는 길뿐이었다. 통곡하지 않고는 따라 밟아갈 수 없는 그 길, 그 하늘 길이 좋아 선생이 밟아 다닌 족적을 찾아 흑산도와 우이도(소흑산도)를 부지런히 드나들고 그 참담한 갇힘과 슬프도록 아름다운 자유자재의 길을 동경한 결과 소설《흑산도 하늘 길》이 태어났다.

타의에 의해 갇히거나 자의에 의해 갇히되 스스로의 영혼을 자유자재하게 풀어놓는 지혜를 터득하여 실천하는 자는 영원을 살 수 있고, 그렇지 못한 자는 노예의 삶을 살다가 소멸할 수밖에 없다.

꽃의 있음을 들어 달의 없음을 증명하리

추사 김정희와의 만남

꽃 지면 열매 있고

달 지면 흔적 없어라

이 꽃의 있음을 들어

저 달의 없음을 증명하리.

있음이면서 없음인 그 무렵의

그것이 실제 그 사람의 참모습인데,

탐욕과 미망 속에 허덕이는 자는

자취에만 집착하네.

내가 만약 그 사람의 자취라면

왜 세간에 남아 있겠는가.

오묘하고 상서로운 모습이 휘날리면서

진리의 빛살이 나부끼고 산봉우리는 짙푸르구나.

이 시는 추사 김정희 선생이 금강산 여행 중 마하연암에서 하룻밤 머물며 이승을 떠난 한 율사를 위하여 읊은 것인데, 깊이 읽으면 마치 추사 자신의 모습을 읊은 듯싶다.

…

나는 천재를 싫어한다. 천재의 눈을 마주보고 있으면 내 눈동자가 뚫리는 듯 아리면서 정수리와 가슴이 시리다. 천재의 형형한 눈빛은 방사선이나 레이저 광선 같은 파장이고, 그 파장은 순식간에 내 몸과 마음이 구석 저 구석을 속속들이 누비고 다니면서 아프게 탐색한다. 그들의 눈빛이 누빈 내 몸과 마음으로 한겨울 숭숭 뚫린 창구멍처럼 황소 같은 찬바람이 들랑거린다. 내가 만난 추사 김정희의 눈빛도 그러했다.

하늘의 이치를 따라 흘러가고 구름 속을 노닐다

천재의 형형한 눈빛이 지겹지만, 그러나 나는 추사와 깊은 인연을 맺지 않을 수 없었다. 인연은 묘하다. 오래전에 들었다. 지나가다가 옷자락을 한 번 스치는 것은 전생에 오백 매듭 이상의 인연이 있어야 이루어질 수 있다고. 추사와 나와의 인연은 보통으로 두터운 것이 아니다. 추사에 관한 기록들을 구해서 읽어내고, 그의 발걸음 닿은 곳을 좇아다니고, 추사의 삶을 소설로 형상화해내느라 두 해 동안을 내내 나부댔다.

잠자리에 들면서도 추사 생각, 산책을 하면서도 여행을 하면서도 밥을 먹으면서도 추사 생각을 했다. 새 한 마리 날아가는 것, 벌레 한 마리 기어가는 것, 먼 바다에서 달려오는 파도, 흘러가는 구름 한 장을 추사의 눈으로 보고, 들꽃 한 송이에서 풍기는 향기를 추사의 코로 냄새 맡고, 솔바람소리·풍경소리·염불소리·버들 숲에서 우는 꾀꼬리 소리를 추사의 귀로 들으면서 추사의 뇌파로 사유했다.

그러다가 추사가 되는 꿈을 꾸었다. 추사가 되어 청나라 연경의 친구들이 벌인 송별연에 참여하고 나오다가 갓신을 잃어버린 꿈을 꾸고, 제주도에 위리안치된 꿈을 꾸고, 집 주위의 밭 언덕에 지천으로 피어 있는 수선화를 농부들이 김매듯 뜯어 죽이는 꿈도 꾸며 안타까워했다.

그런 어느 날 한낮에 잠을 자다가 선잠을 깨어 밖으로 나갔는데 토굴 마당가의 감나무 숲 그늘 아래 평상에 연한 회갈색의 삿갓을 쓰고 잿빛의 도포를 걸치고 갈색의 나막신을 신은 조선조의 70대 초반 늙은 선비 한 사람이 앉아 바다를 내려다보고 있었다. 소동파와 추사 김정희의 '삿갓 쓰고 나막신 신은 모습 그림'을 연상시키는 오동통한 체구의 늙은이.

뒷산의 뻐꾹새 울음소리가 흘러와 마당에서 메아리쳤고 처마 끝의 풍경이 바다와 들판을 건너온 남풍에 챙그렁 챙그르렁 자지러지는 소리를 내고 있었다. 내가 다가가 노인에게 말했다.

"처음 뵙겠습니다. 어르신은 어디서 오신 누구십니까?"

그가 내 목소리를 듣고 고개를 돌렸다. 순간 나는 소스라치게 놀랐다. 작달막하고 강단진 그의 얼굴은 창백한데, 수염이 억새꽃처럼 희었고 주름살 깊은 얼굴의 살갗에는 보라색 저승꽃들이 피어 있었다. 콧등과 양쪽 볼에 얽은 자국이 스무 남은 개 있었다.

"나는 추사일세."

자그마한 독 안을 울리고 나오는 듯싶은 목소리에 쇳소리가 들어 있었다. 나는 그 목소리와 말투와 형형한 눈빛에서 냉철한 명석함과 오만함을 읽었다.

"아니, 추사 선생께서……?"

"이 토굴의 주인이 오래전부터 추사에 미쳐 있다고 해서 왔네. 그런데 그대는 왜 멀리 사라지고 없는 나에게 집착하는가?"

"산이 거기에 있으므로 그 산을 올라 눈앞에 피어 있는 꽃의 있음을 들어 지고 없는 달의 없음을 증명하려 하는 것입니다."

나는 산에 미친 사람들이 두고 쓰는 말과 추사가 어디에서인가 읊은 시 한 구절을 편집해서 대답했다.

"하아, 그렇다면 추사라는 산은 자네라는 바다가 여기 있어 이리로 흘러 들어온 셈이네."

추사의 말에 농弄이 담겨 있었다.

"그러시다면 선생께서는 제 바다 안에서 새로이 거듭나셔야 합니다."

추사의 눈길이 내 두 눈 속으로 깊이 파고들었다.

"자네, '내 눈빛이 하늘의 별을 만든다'는 투로 이야기하는 것을 보니 유식학에 빠져 있군 그래."

나는 진저리치며 대꾸했다.

"그렇습니다. 요즘 저는 제 눈빛으로 추사를 만들고 있습니다."

추사는 미리 준비해 온 말을 나에게 던져주었다.

"나, 추사는 60대 후반에서 70대 초반까지 잠깐 과천 청계산 밑의 초당에서 머물렀는데 항상 짙푸르면서도 텅 빈 하늘(太虛)의 이치를 따라 흘러가고(天理流行) 구름 속을 노닐었네."

학문보다 영원한 예술

나는 마당 가장자리에 서 있는 감나무와 동백나무와 공작단풍나무와 철쭉나무와 호두나무와 대나무 들을 둘러 살폈다. 그 잎사귀들이 맥없이 늘어져 있었다. 그것들의 맥없는 모습들이 추사의 출현과 연관이 있다고 생각되어 추사에게 말했다.

"추사 선생께서 어머니의 배 속에 들어 있는 동안 충청도 예산 일대의 푸나무들은 가뭄에 시달리듯 맥없이 늘어져 있었는데 선생께서 '응아' 하고 어머니의 자궁 밖으로 나오는 순간 그 푸나무들이 예전처럼 활기를 되찾았다고 들었습니다. 그것은 어머니 배 속의 선생께서 그 일대의 지기地氣를 모두 흡입했기 때문일 거라는데 사실일까요? 그리고 지금 저 짙푸른 하늘이 전라도 장흥·안양 일대 모든 푸나무들의 기를 한데 모아 추사의 영을 가시적으로 드러내놓는 것 아닐까요?"

추사가 코를 찡긋하면서 말했다.

"자네는 흘러 다니는 허랑한 말이나 기록들을 믿는 모양이군."

"소설가는 흘러 다니는 말이나 기록(역사)의 행간에 서려 있는 숨은 그림 같은 서사, 그 출렁거리는 파도 같은 우주의 율동을 빨아먹고 삽니다."

"나는 내 벗들이 나에게 보낸 편지나 나의 저서, 청나라에서 들여온 경전들을 깡그리 태워버린 바 있네."

"추사 선생이 분서焚書를 하시다니요?"

"사람은 가시적인 것만으로 판단하는 미욱한 동물이야. 나는 그것들을 태움으로써 나를 미친 듯이 탄핵하는 자들의 눈에 내 사랑하는 친지들의 모습이 보이지 않게 하고 싶었네."

"경학의 흔적들은 남기지 않았으면서 왜 그림이나 글씨들은 남기고 떠나셨습니다. 왜 말 아닌 글씨로써 이야기하려 하셨습니까?"

추사가 대답했다.

"입으로 뱉는 '말'은 타고 다니는 말(馬)이란 짐승하고 같고, 글씨나 그림은 몸의 율동이니까."

"글씨나 그림으로써 어려움을 극복하려 했다는 말씀이십니까?"

"그래. 제주도에서 말 다루는 태우리에게 들었는데, 말이란 짐승한테는 쓸개가 없다고 하더군. 그런 까닭으로 말은 사람을 태운 채 깊은 강이나 가시밭길이나 화살 총탄이 빗발치는 전쟁터도 무서워하지 않고 줄달음질친다더군. 그런데 밤에 헛것을 보면 등에 탄 주인을 떨어뜨려 버리고 저 혼자서만 살려고 달아난다고 말이야."

"말(言)이나 말(馬)이나 마찬가지로 주인을 배반한다는 말씀이십니까?"

"그러하네."

"추사 선생께서는 제자들에게 말로 된 경전 공부를 등한시하고 침묵을 앞세운 참선만을 가르친다고 백파 스님을 공격하지 않았습니까?"

"말과 말 아닌 것은 둘이 아니네."

"왜 경전들만 태우고 글씨나 그림은 태우지 않았습니까?"

"학문보다는 예술이 영원하네."

되돌아가다

"추사 선생께서는 저에게 미욱하다 할지 모르겠습니다만, 저는 추사에 대한 기록들을 가지고 추사를 읽을 수밖에 없었습니다. 여섯 살 되시던 해, 한양 월성위궁의 종손으로 양자를 가신 선생께서는 생부인 김노경의 명을 따라 입춘 날 대문에 '입춘대길立春大吉' '건양다경建陽多慶'을 써 붙이셨는데, 영의정이던 채재공이 지나가다가 그 글씨를 보고 선생의 양아버지에게 '저 글씨로 보아 글씨 쓴 아이의 앞날이 순탄치 않을 것 같소이다. 글씨를 쓰게 하기보다는 시문 짓기를 가르치는 것이 좋을 듯싶습니다' 하고 예언을 했다는데 그때 대문간에 붙인 글씨가 대관절 어떤 모양새였습니까?"

추사는 잠시 먼 하늘을 바라보고 있다가 말했다.

"혹시 서울 봉은사의 경전 판각 저장하는 전각의 현판 '판전版殿'을 보았는가?"

"네, 물론 가 보았습니다. 추사의 최고 최후 명품이라고 하지요. 해서나 예서라고도 할 수 없고, 행서라고도 할 수 없고, 전서라고도 할 수 없고…… 그 모든 서체를 아울러놓은 듯싶은 모양새의 글씨 말입니다."

"아마 그와 비슷했을 거야."

"71세의 추사가 쓴 글씨가 여섯 살 때 쓴 글씨와 비슷하다는 것은 무엇을 말함일까요?"

"모든 것은 되돌아가네."

"아이 적의 마음으로 되돌아간다는 것인가요? 태초 시원의 미분화 상태로 되돌아간다는 것인가요? 가장 순수하고 고졸한 아름다움은 하늘처럼 텅 비운 마음에 있다는 것인가요?"

추사는 하늘을 바라보면서 입을 다물었다.

천재는 없다

나는 어떤 한 사람의 속마음을 깊이 읽고 싶으면 그의 아픈 구석을 이 방법 저 방법으로 공격해야 한다는 것을 경험으로 알고 있었다.

"대개 이 시대 사람들은 추사 선생이 오만한 천재인 까닭으로 말년을 불행하게 보낸 것이라고 평가합니다. 선생의 삶과 예술을 다룬 한 평전은, '추사 김정희 선생의 고모할머니뻘(김정희의 조부와 십촌 간)인 정순왕후가 영조 임금의 두 번째 아내이고, 증조모가 영조 임금의 따님이고, 증조부가 부마(사위) 월성위다. 월성위의 종손인 추사 김정희는 임금과 안팎으로 친척인데다 태어나기를 대단한 천재로 태어났고, 24세에는 동지부사인 생부 김노경을 따라 청나라 연경을 다녀온 당대의 기린아로서, 젊은 날을 내내 부귀하고 화려한 삶을 누린 까닭으로 오만하고 타협할 줄 몰라 세상으로부터 많은 미움을 받아 제주도 유배 9년, 북청 유배 2년의 신산한 삶을 살게 된 것'이라고요. 그 평가에 대해서 하실 말씀이 있으십니까?"

추사는 어처구니없어하며 말했다.

"내가 '오만한 천재'였다는 평가는 하나만 알고 열을 모르는 유치한 시각일세. 천재라는 말이 나왔으니 하는 말인데, 미안하지만 나는 천재가 아닐세. 흔히 추사를 명필이라 말하고, 추사의 글씨를 천재의 글씨라고 하는 사람이 있다고 들었는데, 그것은 실없고 허랑한 소리네. 이 세상에 타고난 천재는 없네. 내 평생, 붓글씨를 쓰기 위하여 먹을 갈고 또 간 까닭으로 닳아져서 밑구멍이 뚫린 벼루가 몇인 줄 아는가. 추사라는 한 남자가 평생 글씨를 쓰면서, 닳아져 못 쓰게 되어버린 몽당붓이 몇 백 자루나 되는 줄 아는가? 천재는 없고 신을 향한 도전이 있을 뿐이네. 사람은 남자건 여자건 내 손으로 세상을 바꾸어놓겠다는 의지와 열정을 가져야 하는 법일세. 세상을 바꾼다는 것은 물의 흐름, 바람의 흐름을 바꾼다는 것이고, 세상을 비치는 햇살의 색깔을 바꾼다는 것이네. 검게 보이던 세상을 밝고 희게 보이게 한다는 것이고, 무지갯살을 일어나게 하여 더욱 아름답게 보이게 한다는 것이네. 그 짓을 나는 경전 읽기와 글씨 쓰기로써 해온 것이네."

추사는 마른 입술에 침을 바르고 나서 말을 이었다.

왕권 강화와 세도정치의 틈바구니에서

"그리고 오만해서 타협할 줄 모르기 때문에 말년에 들어 신산한 삶을 살았다는 견해에 대하여 말하겠네. 역사를 읽되 문자에 걸리지 말고 행간에 숨어 있는 것들을 깊이 확철하게 읽을 줄 알아야만 추사의 말년을 분명히 읽을 수 있네. 내가 살던 당시 조선 후기 사회는 이기理氣 논쟁을 벌이던 성리학파가 제 값을 다하지 못하고, 임금의 친척이 되어 세도를 부리는 쪽으로 흘러갔네. 그들 보수 세력에 반발하여 실사구시와 온고지신, 이용후생으로 살 만한 가치가 있는 세상을 만들고자 하는 북학파(개혁 세력)가 생겨났네. 당시의 보수 세력을 대표하고 이끌어가는 사람들은 — 오늘날 대한민국 세상에서도 개혁 세력이 하는 일에 계속 딴죽을 거는 보수 집단이 있지 않은가 — 임금의 외척인 안동 김씨를 중심으로 한 일파로서 왕권을 무력화시키고 정권을 좌지우지했으므로 세상은 속속들이 썩어갔네. 개혁 세력을 이끄는 사람들은 홍대용·박지원·박제가·김정희·조인영·권돈인 등의 북학파로서 왕권을 강화하고 청나라를 통해 서양의 근대 문물을 받아들이려 하였네. 요즘 사람들은 그들을 '실학파'라고 부르더군."

흥분한 추사의 코가 벌름거렸다. 추사는 마른 입술에 침을 바르고 나서 말을 이었다.

"정조 임금이 의문의 죽음을 당한 다음 어린 나이에 임금이 된 순조 임금은 안동김씨 일파에게 주눅이 들어 장인인 김조순에게 모든 것을 맡겨버렸지. 그런데 그 아들인 덕인(효명) 세자가 아주 영민했네. 덕인 세자는 할아버지 정조 임금이 못한 일을 이룩하고자 왕권을 강화하고 서양의 근대 문물을 받아들이려고 북학파와 가까이 하였네. 덕인 세자는 정조 임금 못지않게 영민하고 현명하고 당찬 인물로서, 당시 조선 사회의 새 희망이었네. 덕인 세자는 밤에 미복 차림으로 여항을 돌면서 뜻있는 젊은 서얼들을 만나고, 그들 가운데 씩씩한 젊은 무인들을 휘하에 거느렸네. 그 젊은이들 중 대표적인 인물이 연암 박지원의 손자 박규수였네. 박규수 밑에는 여항의 뜻있는 젊은이들이 다 모여들었지. 덕인 세자를 범상치 않게 본 순조 임금은 19세의 덕인 세자에게 대리청정을 명했네. 왕권을 손에 쥔 덕인 세자는 당시 규장각 대교인 나에게 조언을 들으며 안동김씨 중심의 세도정치를 무력화시키고 왕권을 강화하기 시작했네. 그러자 안동김씨 일파는 나를 눈엣가시로 생각했네. 덕인 세자가 대리청정을 하는데도 그러한데 만일 장차 임금이 되어 친정을 하게 되면 추사가 중책을 맡게 될 것이고, 추사로 말미암아 자기들이 모두 도태되고 죽게 될 것이라고 걱정하며 반격할 기회를 노렸네. 그런데 그때 덕인 세자가 22세에 급사를 했고, 안동김씨 일파는 일차적으로 덕인 세자의 병을 돌본 내의원의 사람들을 죽이거나 유배 보내고 나서 덕인 세자의 대리청정 시절에 중용된 대신들을 공격하여 유배 보내거나 죽였으므로 덕인 세자를 따르던 의식이 뚜렷한 젊은이들은 뿔뿔이 흩어졌네. 안동김씨 일파는 그때 덕인 세자를 올바르게 이끌어가는 일(보도輔導)과 시강(세자에게 하는 강의)을 맡았던 추사의 생부 김노경을 제거하기 위해 김우명을 사주하여 탄핵 상소를 하게 했네. 김우명과 추사는 보통의 악연이 아니었네. 추사가 충청우도 암행어사로 나갔을 때 비인 현감으로 있는 김우명의 실책과 비리를 파헤쳐 봉고 파직시킨 바 있었네. 순조 임금은 할아버지인 영조 임금의 따님 후손인 김노경을 보호하고 나섰네. 그러자 안동김씨 일파는 순조 임금을 협박했고, 그것이 부사과 윤상도의 '박종훈 신위 유상량에 대한 탄핵 상소'로 불거졌네. 윤상도를 사주한 것은 대사헌을 지낸 김양순이었네. 김양순은 안동김씨 일파의 우두머리인 김조순의 사주를 받은 것이지."

추사는 슬픈 눈으로 허공을 쳐다보면서 잠시 뜸을 들였다가 말을 이었다.

"출세에 눈이 먼 윤상도의 상소문은 사실상 순조 임금에 대한 협박용이었네. 상소문 가운데 '임금을 정당한 도리로 인도하게 하는 것이 성현의 가르침인데도 박종훈 그는 바로 그것을 뒤집었다'는 대목이 그것일세. 순조 임금은 발끈 화를 냈지. 임금의 도리를 제대로 다하지 못한 자기를 몰아내고 죽일 수도 있다는 협박(역모의 기도)으로 받아들인 것이지. 그러나 순조 임금은 '그렇지만 윤상도의 뒤를 캐려 들면 더 큰 일이 일어날 것 같으므로 그를 추자도로 유배 보내라' 하고 일을 끝내려고 들었지. 그러자 안동김씨 일파는 순조 임금의 말에 밑이 저려 윤상도의 배후를 캐서 발본색원하자고 억지를 쓰며 추사의 아버지 김노경과 역적 윤상도를 함께 끌어다가 국청을 열자고 들이댔네. 자기들이 사주한 윤상도와 함께 김노경을 역적으로 몰아 죽이겠다는 것이었지. 김노경이 국청에 끌려 들어가 고문을 당하다가 역적으로 몰린다면 그 자식인 추사 김정희도 살아남지 못할 것 아닌가. 순조 임금은 김노경을 더 보호해줄 수 없음을 알아차리고 먼 고금도로 유배하라는 명을 내렸네."

광기 어린 탄핵 정국에서 보낸 고난의 삶

살구나무에 주렁주렁 열린 열매들이 노랗게 익어 있었다. 어치 스무남은 마리가 우르르 몰려들어 경쟁하듯이 열매들을 공격했다. 그들은 향기롭게 익은 것들만 골라 쪼아 먹었다. 나는 극성스러운 그들에게서 광기를 느끼고 "우우!" 하고 소리쳐 쫓았다. 그들은 삼나무 가지로 달아나서 내 눈치를 살피고 있었다. 내가 딴짓을 하기만 하면 다시 몰려들어 살구를 공격할 심산이었다.

추사는 말을 이었다.

"순조 임금이 돌아가시고 어린 헌종 임금이 뒤를 잇자 안동김씨의 수장인 김조순의 아들 김좌근은 일가 형인 김조근의 딸을 어린 헌종 임금의 왕비로 삼았네. 순조의 아내이자 김좌근의 누님인 순원왕후가 수렴청정을 하면서 세상은 더욱 확실하게 안동김씨 일파의 것이 되어버렸네. 그런데 추사의 오랜 벗인 조인영(시호가 효명인 덕인 세자 장인의 동생)이 어린 헌종 임금을 올바르게 이끄는 보도의 책임과 시강을 맡았는데, 그는 순원왕후의 수렴청정이 끝난 다음 헌종 임금이 친정을 하려면 임금의 보도와 시강을 당대 최고의 지성인이자 북학파인 추사 김정희에게 맡겨야 한다는 말을 했네. 그리고 조인영은 추사에게 힘을 실어주기 위하여 추사를 청나라 연경에 사은사로 보내려고 동지부사로 임명하게 했네."

내가 추사의 말에 몰두해 있는 동안 어치 떼가 다시 살구나무 위로 우르르 몰려들어 부리로 열매를 찍어 파먹고 있었다. 나는 다시 그들을 쫓았고 그들은 또 삼나무 가지로 달아났다.

추사가 말을 이었다.

"내가 청나라 연경의 친구들을 머지않아 만나게 된다는 기쁨에 들떠 있을 때 안동김씨 일파가 나를 확실하게 죽여 없애려고 나섰네. 대사헌 김홍근이 '역적 윤상도와 김노경의 국청을 열어야 한다'고 탄핵 상소를 했네. 윤상도가 추자도에 유배된 지 10년 뒤이고, 내 아버지 김노경이 해배되어 돌아와서 돌아가신 지 3년 뒤의 일이었네. 그들은 눈 깜짝할 사이에 추자도의 윤상도를 끌어다가 국청을 열고 문초를 하기 시작했네. 임금을 협박하는 상소문을 누가 써주면서 상소하라고 하더냐고 고문하자 윤상도는 허성을 댔고, 허성을 고문하자 대사헌을 지낸 바 있는 김양순을 댔네. 김양순을 고문하던 자들은 김양순의 입에서 안동김씨 우두머리인 김조순·김좌근·김조근의 이름이 나올 것을 두려워한 나머지 '만일 김정희가 상소문을 써주었다고 불면 살려주겠다'고 귀띔을 했네. 김양순은 살아나려고 '추사 김정희가 상소문을 써주었다'고 말을 하기는 했지만 곤장을 맞고 죽어버렸네."

추사는 내 눈을 빤히 들여다보며 말을 이었다.

"사람들의 광기를 아는가. 작은 광기는 사냥을 하고 큰 광기는 전쟁을 일으키네. 2002년 월드컵 열풍이 한반도를 휩쓸었을 때 나는 광기를 생각했네. 모든 스포츠는 광기 어린 경기들일세. 그것의 역사는 로마의 원형경기장에서 벌어진 죄수들의 검투, 노예 출신 장사와 황소와의 경기에서부터 시작되었네. 예수가 살아 계실 적에 사람들이 한 간음한 여인을 돌로 쳐 죽이려고 들었지. 그들은 손에 손에 돌멩이 한 개씩을 들고 '저년을 쳐 죽여라!' '그렇다, 죽여라!' '죽여라!' 하고 소리쳤네. 그때 예수가 '죄 없는 자는 이 여인을 돌로 쳐라' 하고 말했고 그들은 돌을 버렸다고 기록되어 있네. 사람뿐 아니라 동물들도 광기를 가지고 있네. 어느 농장에서 돼지를 놓아 먹이는데, 한 돼지의 꼬리가 다른 돼지들의 그것과 달리 반대쪽으로 꼬부라져 있었네. 그것을 본 다른 돼지가 그 이상스러운 꼬리를 물어뜯었고, 옆의 다른 돼지들이 덤벼들어 한 번씩 물어뜯었어. 상처 입은 돼지는 비명을 지르며 달아났지만 모든 돼지들이 거듭 공격을 했으므로 결국 피투성이가 되어 죽고 말았네. 내가 살았던 조선조 후기의 정국은 광기 어린 탄핵 열풍으로 들끓었고, 마침내 의금부는 나를 국청으로 끌어들였네. 국청으로 끌려 들어간 내가 살아나서 제주도로 유배된 것은 두 벗인 권돈인과 조인영 덕분이었어. 그런데 어찌하여 사람들은 추사가 오만한 까닭으로 사람들의 미움을 사서 유배되는 불행을 당했다고만 말한단 말인가?"

내가 물었다.

"그렇다면 추사 선생의 삶은, 한마디로 말하여 세상을 올바로 바꾸어 놓으려다가 보수 반대파들에 당한 고난의 삶이라고 요약할 수 있겠습니까?"

그는 대꾸하지 않고 하늘을 쳐다보았다.

북학을 만나다

"흔히 말하기를, 추사 김정희는 24세 때 아버지 김노경을 따라 청나라 연경에 가서 근대의 신문물을 대하고 온 다음부터 — 요즘 세상에 미국이나 영국이나 프랑스 유학을 다녀온 젊은이들이 국내파를 깔보듯이 — '그것의 원산지에서는 전혀 그런 모양새가 아니야. 너는 굴절되어 들어온 것을 잘못 알고 있는 것이야' 하고 국내파들을 거만스럽게 폄하하고 꾸짖었다고 합니다. 특히 추사 선생께서는 동국진체를 완성했다는 평을 받을 뿐 아니라 이미 명필로 알려진 원교 이광사의 글씨를 무시하고 폄하했습니다. 또 국내에서 대단한 선승으로 알려진 당시 50대의 해붕 스님을 찾아가 그의 공空 사상을 공박하고 깨부수려 들었고, 국내의 스님들이 참선을 배우려고 구름같이 몰려들곤 하는 백파 스님에게 달려가 경전을 도외시한 참선 수련의 실없음을 공박한 바 있습니다 — 훗날 제주도에 유배되었을 때는 백파 스님과 편지로 논전을 벌인 바도 있습니다. 당시 백파 스님은 추사의 행실을 두고 '저 사람은 반딧불로 온 산을 태우려고 드는군' 하고 빈정거렸다는 기록이 있습니다. 그것은 당시 30대 초반 천둥벌거숭이이던 선생의 오만방자한 행위이지 않았습니까?"

나의 물음에 추사가 말했다.

"그것은 당시 청나라를 통해 조선 땅으로 들어온 실사구시의 북학에 대해서 잘 모르는 사람들이 하는 소리일세. 원교 이광사의 글씨는 술집 작부가 요조숙녀 차림을 하고 다소곳한 체하는 것인데 사람들은 속고 있었네. 그의 글씨는 한나라·당나라 때의 왕희지·미우인·저수량 등의 글씨들이 이렇게 저렇게 굴절되어 들어온 것을 굴절된 줄을 모르고 임모하여 익힌 결과물이므로, 그것이 순 조선식의 명필이라는 잘못된 인식을 내가 바로잡으려 한 것이네."

추사는 마른 입술에 침을 바르고 나서 말을 이었다.

"불교에는 경전을 읽고 또 읽음으로써 점차 깨달음을 얻어가는(점수漸修) 수행 방법이 있고, 화두를 머리에 굴리면서 면벽참선을 함으로써 단박에 깨달음을 얻는(돈오頓悟) 수행 방법이 있네. 내가 생각하기로, 경전 공부를 통한 수행을 부지런히 하다가 앞이 막히면 그때 가서 해야 하는 수행이 단박 깨달음의 방법일세. 그런데 선승이란 자들이 제자들에게 경전 공부는 시키지 않고 면벽 좌선부터 시킴으로써 경전 무식쟁이를 만드는 우를 범한 것이야. 나는 그것을 경계하고자 한 것이었네."

내가 따졌다.

"한민족의 명나라가 만주 몽골의 청나라에 망하자 이 땅의 성리학자들은 중화 문화가 단절되었다고 생각하고 오직 세상에서 조선만이 중화 문화의 정통을 이어받았다고 생각했습니다. 그래서 미술계에서는 겸재 정선 등 조선에서만 볼 수 있는 그림(동국진경)이 나타났고, 글씨 쪽에서는 옥동·이서·한석봉·백하·윤순에서 원교 이광사로 이어지는,

조선에서만 볼 수 있는 글씨(동국진체)가 나타났습니다. 그런데 추사 선생이 청나라 연경에 다녀온 다음 이광사의 동국진체를 깨부수려 한 것은 신 모화사상 때문이라고 말할 수 있지 않겠습니까?"

추사가 담담한 목소리로 말했다.

"먼저 내가 살던 조선 후기의 시대 상황을 더 확실하게 말해야겠네. 임금의 친척을 중심으로 한 족벌이 하늘을 나는 새도 떨어뜨리는 세도를 부렸으므로 조선 후기 사회는 일종의 세도정치 암흑기였네. 중국의 정통을 이어받았다는 성리학은 명목상의 지도 이념으로 전락했고 현실과 유리되었네. 그리하여 학문은 텅 빈 껍데기가 되었고, 정치 지도의 근간인 예禮도 형식만 남은 허례가 되어버렸고, 파당 싸움의 도구로 전락했네. 그때 뜻있는 젊은이들 사이에 공허한 성리학 자체에 대한 회의를 품고 청나라에서 일어난 고증학을 받아들여 현실을 개혁하려는 움직임이 일어났네. 그것이 북학이네. 역대 임금들 가운데서 가장 영명하고 지혜로운 임금 정조는 북학파를 대거 기용하였는데 박제가·유득공 등이 그들이네. 내 친아버지 김노경은 양반이면서도 서얼인 박제가·유득공 등의 북학파들과 뜻을 함께하였으므로 어린 나의 교육을 서얼 출신인 박제가에게 맡겼던 것이네. 내가 서얼인 박제가의 제자라는 사실을 생각한다면 나를 신 모화사상에 젖은 사람이라고 하는 말이 옳지 않음을 알 수 있을 것이네. 나는 북한산의 '무학대사 비석이라고 알려진 것'을 답사한 결과 '진흥왕 순수비'라고 밝힌 바 있고, 북청에 유배되었을 때 당시 함경도 관찰사로 부임해온 침계 윤정현에게 부탁하여 '함경도에 있는 진흥왕 순수비를 강계로 옮겨 세우고 비각을 세움으로써 후세들로 하여금 중국과의 국경을 분명하게' 한 바도 있고, 또한 대조영의 발해 나라를 찬양하는 시도 쓴 바 있네."

기괴하고 고졸한 글씨

나는 추사의 글씨에 대하여 물었다.

"언제부터인가 이 땅의 사람들은 누군가가 기괴하게 글씨를 쓰면 '추사체 같다'고 말해버립니다. 선생 글씨의 특징을 기괴함과 고졸古拙(예스러우면서 못나 보이고 서투름)함에 있다고 말하는데 무슨 뜻입니까? 선생께서 창안하여 남기신 '추사체'는 일부러 남과 달리 독특하게 기괴하고 고졸하게 쓴 글씨입니까?"

추사가 대답했다.

"억지로 기괴하고 고졸하게 쓰려고 하는 것, 그것은 진실로 기괴함과 고졸함이 아니네. 사실상 기괴함과 고졸함이란 것은 내 몸의 우주 속에 들어 있네. 가령 금강산의 기괴함과 고졸함은 우주라는 자연 속에 들어 있는 기괴한 모습, 고졸한 모습이 드러난 것이네. 글씨는 붓이 쓰는 것이지만 사실은 붓이 쓰는 것이 아니네. 원래 먹물 속에 그 글씨가 들어 있었지. 붓은 먹물을 묻혀 종이 위를 지나갈 뿐이지만 종이에 영원히 남은 것은 먹물이네. 나는 먹물 속에 들어 있는 글씨를 물이 흐르듯 꽃이 피듯 종이 위에 꺼내 건져놓았을 뿐이야."

"말씀이 어렵습니다. 좀 더 쉽게 말씀해주십시오."

"5천 권 이상의 책을 읽음으로써 내 머리 속에 형성된 서권기書卷氣와 문자향文字香, 하늘과 땅으로부터 얻은 영감을 가지고, 벼루 열 개를 구멍 내고 붓 천 자루를 몽당붓으로 만드는 미치광이같이 꾸준하게 연습을 한 사람만이 먹물 속에 숨어 있는 글씨를 꺼내놓을 수 있는 법이네. 말하자면 머리에 들어간 수많은 책의 기운이 글씨로 나타난 것이야."

"원교 이광사를 가리켜 동국진체를 완성시킨 명필이라고들 말합니다. 한데 선생께서는 그의 글씨를 '술집 여자가 요조숙녀 차림을 하고 춤추는 것'에 비유해 말합니다. 또한 이광사의 저서인《글씨 쓰는 비결》의 잘못된 점들을 지적했습니다. 선배인 원교 이광사를 무시하고 폄하했는데, 혹시 선배의 혁혁한 명성을 시기 질투한 것이 아닙니까?"

"내가 살던 조선조 후기의 내로라하는 서예가들 대부분은 청나라에서 흘러들어온 왕희지·왕헌지 등의 글씨본(서첩)들이 모두 굴절된 것인데 굴절된 줄을 모르고 임모함으로써 일가를 이룬 사람들이었네. 그런데 나는 청나라의 옹방강 선생의 석묵서루에서 실제 한나라·당나라의 비석을 탁본한 글씨들을 보고 나서 조선에 들어와 있는 모든 서첩들이 어처구니없이 굴절된 채로 흘러들어온 가짜임을 알아차렸네. 귀국한 다음 조선에 산재한 신라 시대의 비석들을 찾아다니면서 탁본을 했는데, 그것들은 제대로 된 글씨의 원류(저수량의 글씨체)였네. 나는 중국에서 보고, 그리고 가지고 들어온 제대로 된 비첩과 조선에 산재한 비석의 글씨들을 바탕으로 잘못 흘러가고 있는 조선 땅의 글씨 경향을 바로잡으려 한 것이야."

세한 속에 얻은 신묘한 깨달음

"줄기가 없지만 칼 같은 잎사귀와 봉이나 흰 코끼리의 눈 같은 꽃으로 기품을 드러내는 난초가 도학자 풍이라면, 줄기가 튼실하고 헌걸찬 소나무는 유학자 풍입니다. 「세한도」는 대단한 명품입니다. 그 그림을 그리게 된 내력을 말씀해주십시오."

나의 말에 추사가 대답했다.

"소나무가 지맥 속에 뿌리를 깊이 뻗고 짙푸른 하늘을 푸른 가지로 떠받친 것을 보면 공자의 모습이지만, 그것이 드리우고 있는 거무스레한 그림자를 먼저 보고 짙푸른 하늘에 우듬지를 묻고 사유하는 자세를 보면 석가모니의 모습이네. 하늘과 달과 별과 구름과 안개와 바람과 새들과 소통하는 소나무의 몸은 신화로 가득 차 있네. 나는 문득 겨울 한파와 적막과 침잠 속에서 다사로운 몸피를 둥그렇게 키우고 있는 우주의 시원을 형상화해보고 싶은 충동이 일었네."

내가 물었다.

"유배된 다음에도 변함없이 잘해주는 역관이나 제자인 이상적에게 은혜를 갚는다는 생각으로 그려준 것이라고 알려져 있는데요?"

추사가 대답했다.

"그렇다 할지라도 「세한도」에는 당시의 내 처지(실존實存)가 다 함축되어 있네. 그 그림을 잘 들여다보시게. 고추 맛보다 더 매운 설 전후의 찬 바람이 몰아치자 모든 짐승과 새들은 모습을 감추고 푸나무들은 죽은 듯 말라 적막하건만 건장한 소나무만 푸른 가지를 뻗은 채 우뚝 서서 제 몸을 지탱하기 힘들어하는 늙은 소나무 한 그루를 부축하고 있네. 그 부축으로 말미암아 늙은 소나무는 간신히 푸른 잎사귀 몇 개를 내밀고 있네. 그 두 나무 옆에 집 한 채가 있는데, 그 집은 마음을 하얗게 비운 채 유마 거사(《유마경》 속의 주인공)처럼 사는 외로운 사람의 집이네. '세상의 모든 중생들이 앓고 있는데 어찌 깨달은 자가 앓지 않을 수 있겠느냐' 하며 칭병하고 누운 채 문병 오는 사람들에게 불가사의한 해탈의 진리를 설하는 유마 거사. 그는 문병 온 손님들에게 깨달음의 세계를 보여줄 심산으로 거실을 텅 비워놓았네. 세한 속에서 얻은 불가사의한 해탈의 무한 광대하고 둥근 깨달음(원각圓覺)은 텅 빈 하늘을 흡수지처럼 빨아들인 신묘한 힘일세. 수미산을 겨자씨 속에 넣고, 세상의 모든 바닷물과 강물들을 한 개의 털구멍 속에 다 쑤셔 넣을지라도, 수미산과 겨자씨와 사해의 물과 털구멍들이 모두 끄떡도 안 하는 그 신묘한 힘은 공자와 맹자의 어짊과 안빈낙도와 노장의 무위와 다르지 않네. 그 힘은 그 집의 주인으로 하여금 장차 병에서 일어나 중생들과 더불어 살게 할 터이네."

가슴이 뜨겁게 부풀어 오른 내가 말했다.

"아, 그래서 저는 그 「세한도」를 보고 시 한 편을 썼는데, 읊어보겠습니다."

나무

인도의 한 왕자가

푸른 우듬지를 하늘로 쳐들고 있는 나무를 보며

'나무(南無; 그곳에 이르게 해주십시오)'라고 말하라고 가르쳤지만
나는, 그곳에 이르려면
'나(我) 무(없음--无)'가 선행되어야 한다고 말한다.
어디에 이르게 해달라는 나무인가
그곳은 내가 나를 텅 비운 채 돌아갈 태허
그 푸른 하늘의 시공이다.

추사는 코를 찡긋했다.

나는 추사의 두 눈을 빤히 들여다보며 물었다.

"「세한도」에 그려진 소나무 네 그루가 사실은 추사 선생이 유년 시절을 보내신 예산 향저 근처에 서 있던 소나무들 아닙니까?"

추사는 빙그레 웃기만 했다.

유마 거사의 불이선을 닮은 난

"추사 선생의 또 하나의 명품인 「불이선란」에 대해서도 한 말씀 해주십시오."

"상여도 덮지 않은 한 어부의 널이 쓸쓸하게 청계산 기슭으로 가는 것을 보고 온 이튿날 나는 문득 난을 치고 싶었네. 하얀 종이를 펼쳐놓고 먹을 갈고 붓을 들었네. 한동안 흰 종이만 들여다보았네. 머리와 가슴 속에 아무것도 담겨 있지 않고 오직 하얀 텅 빈 시공만 있었네. 그 시

공은 하얗게 눈 덮인, 신들의 세상 같았네. 내가 걸어 나온 태초의 시원의 태허만 있었네. 그 속에서 난초 한 촉이 솟아 나왔네. 그것은 분명 난초인 듯싶은데 난초가 아니었어. 그 난초가 말했네. '그대는 나를 그리되 나를 그리지 말고 그대의 태허 같은 텅 빈 마음을 그리시게.' 나는 '아, 그렇다' 하고 속으로 부르짖었지. 가슴이 떨려 숨을 깊이 들이쉬고 내쉬기를 거듭했네. 점차 떨리던 가슴이 가라앉았네. 고요 속에서 붓을 들고 태허의 텅 빈 시공 속에다 마음 한 자락을 그어갔지. 마음은 오른쪽으로 뻗어가는 숨결이었네. 그 숨결은 한 번 굽이치고 다시 굽이치고 또 다시 굽이치다가 태허 속을 비수처럼 찔렀네. 다음 잎사귀는 첫 번째의 마음을 싸고 돌면서 마찬가지로 세 번 굽이치며 첫 잎사귀의 모가지 근처까지 뻗어가다가 몸을 틀어 먼 산의 가슴을 찔렀네. 그 다음 잎사귀들은 줄줄이 굽이치며 뻗어 오르다가 땅을 향해 고개를 떨어뜨렸네. 그리고 호리호리한 꽃대를 그렸지. 잎사귀들과 상반되게 왼쪽을 향해 뻗어간 꽃대 끝에 봉의 눈도 아니고 흰 코끼리의 눈도 아니고 메뚜기의 주둥이와 활짝 편 날개 모양새도 아닌 꽃 한 송이가 향기를 토해냈네. 그것을 쳐놓고 나서 탄성을 질렀네. 내가 친 것이지만 내가 친 것이 아니었어. '신이 나의 손을 빌려 친 것이다. 신명이 난초를 쳤지만 그것은 난초가 아니고 난초가 아닌 것도 아니다.' 그 난초는 하나의 세계를 형상화하고 있었네. 자기만 아는 어떤 속병인가를 앓고 난 듯 가냘프지만 가냘프지 않고, 외롭지만 외롭지 않고, 어떤 세계를 통달한 듯했네. 유마 거사의 불가사의한 해탈의 경지, 이것이 「불이선란」이네. 태허 속에 영근, 보이지 않던 어떤 생각의 알맹이와 보람과 희한한 세계의 발견으로 인한 환희가 들끓었네. 난생 처음으로 무지개를 본 소년의 가슴처럼."

왜 추사인가

"선생께서는 서얼 자식 상우를 두셨습니다. 과거 시험도 치를 수 없고 아버지를 아버지라고 부르지도 못하는 슬프고 천한 자식을 왜 두셨습니까? 당시의 양반으로서 너무 잔인한 일 아니셨습니까?"

추사는 난처해하면서도 당당하게 말했다.

"한 여인을 사랑한 결과일세."

"부인을 두고 어찌 다른 여인을 또 사랑한 것입니까?"

"난초 꽃을 사랑하는 마음은 수선화를 사랑할 수도 있네."

"요즘 사람들이 자식을 교육시키는 데 어떤 문제가 있다고 보십니까?"

"내가 〈인재설人才說〉이라는 글에서 이렇게 쓴 바 있네. '모든 사람이 아이였을 적에는 대개 총명한데, 이름을 기록할 줄 알만 하면 아비와 스승이 경전의 주석과 과거 시험에 응시할 자들을 위하여 모아놓은 어려운 어구 풀이들만을 읽힘으로써 그 아이를 미혹시키는 바람에 종횡무진하고 끝없이 광대한 고인들의 글을 읽지 못하고 혼탁한 흙먼지를 퍼 먹음으로써 다시는 머리가 맑아질 수 없게 되는 것이다.' 이것은 글로벌 세상에서 우리 후세들의 영혼이 너무 가볍게 단세포화하는 것을 경계한 것이네."

"아, 네, 이 시대 사람들은 5천 권 이상의 책읽기와 벼루 열 개를 구멍 내고 붓 천 개를 몽당붓으로 만든 부지런을 통해 얻은 신통과 향기로움의 결과로 아름다운 추사체를 만들어낸 선생의 말씀을 명심해야 할 것 같습니다."

뜻밖에 추사가 나에게 물었다.

"자네는 글로벌 시대에 왜 추사에 집착하는가."

내가 얼떨결에 대답했다.

"추사와 그의 시대를 읽어보면 아주 슬프고 절망적인 현실과 광기 어린 삶을 만나게 됩니다. 청나라로부터 근대 문명을 받아들여 개혁하려는 북학파인 추사를 지긋지긋하게 탄핵 공격하여 죽이려 하는 세력이 있습니다. 그들은 오늘날 이 땅의 어떤 거대한 보수 집단하고 같습니다. 역사는 반복됩니다. 저는 '추사와 그의 시대 이야기'를 통해 그 반복되는 슬픈 일—광기 어린 정국, 혹은 마녀사냥 같은 탄핵—을 나 스스로 각성하고 경계하고 싶었습니다."

추사는 시들해진 얼굴로 마당 가장자리에 피어 있는 연보라색의 초롱꽃 한 송이를 보고 있었다. 그가 돌아가고 싶어 한다는 것을 알아차린 내가 물었다.

"오신 김에 오탁악세를 살아가는 사람들에게 한 말씀 해주십시오."

추사는 말없이 턱으로 먼 하늘을 가리켰다. 나는 추사의 턱이 향하고 있는 하늘을 바라보았다. 하늘은 텅 비어 있었다. 저 하늘이 어떻다는 것인가, 하고 생각하다가 그의 시 한 대목 '꽃의 있음을 들어 달의 없음을 증명하리'가 떠올라 추사에게로 눈길을 옮겼다.

추사가 앉아 있던 평상은 비어 있었다. 어디로 가셨을까, 하고 주변을 두리번거렸지만 추사의 모습은 어디에도 보이지 않았다. 재빨리 하늘을 쳐다보았다. 하늘은 끝 간 데 없이 깊고 짙푸르렀다. 추사가 하늘이 되어 있었다.

핏빛 노을로 타오르고 있었다

원효와의 만남

한여름, 어웅한 골짜기에 두껍게 깔아놓은 융단 같은 원시림에서 바람이 청치마 자락을 펄럭거리며 치올라온다. 진저리를 치면서 무등산 자드락길을 걸어 올라간다. 몸을 흔들면서 흐르는 것들은 다 뱀의 혼령에 씌어 있다. 차가운 물살, 바람결, 사위어가는 메아리의 꼬리, 요염한 여인의 눈 흘김에는 죽어간 수억천만 뱀의 넋이 슴배어 있다. 때문에 그들의 흐름에 살결이 닿을 때면 오소소 소름이 돋는다.

무등산에 주석하고 있는 원효 스님을 만나기 위해서 간다. 1400년 전의 신라 사람 원효.

아침부터 나는 두통에 시달렸다. 식전에 심장활성제 건위제로 포도주 한두 잔을 마실 뿐 취하게는 마시지 말라는 유경험자의 경고를 무시하고 새곰하면서 순하고 향긋한 맛에 이끌려 알코올 13도짜리 세 병을 한 미녀 술꾼과 나누어 마신 것이었다. 위장병으로 고생을 많이 한 이력 때문에 나는 독한 술을 싫어한다. 두통이 좀 있을지라도 위장에 부담을 주지 않는 술을 선호한다.

포도주로 인한 두통은 특이하다. 엎질러진 포도주를 훔쳐놓은 휴지덩이가 머리에 꽉 차 있는 듯싶고 움직이면 머리 내부가 헝클어진 듯 출렁거리고 가슴이 우둔거리고 눈앞이 아득해지고 신경안정제나 항히스타민제를 복용한 것처럼 자꾸 졸음이 온다.

녹색 숲이 햇살을 되받아 퉁기면서 출렁거리는 7월 하순의 한낮, 두통을 무릅쓰고 무등산을 올라갔고, 서북쪽 기슭에 자리하고 있는 원효사 마당 가장자리의 늙은 느티나무 그늘 아래에서 그를 만났다.

한 걸음 앞의 풀섶 옆에 노을빛의 산나리 꽃 한 송이가 그와 나를 번갈아보며 생글거리고 있었다.

나는 원효를 신화 속에 박제된, 초지 보살의 경지에 올라선 큰스님으로서가 아니라 한 사람의 보통 인격체로서 깊이 읽고 사귀고 싶어 오래 전부터 두루 찾아 헤매던 터였다.

…

처음 그를 신화로 읽은 이는《삼국유사》의 저자 일연 스님이다.

원효가 하루는 시장으로 나가 떠돌이 광대 패들과 더불어 '자루 빠진 도끼를 나에게 달라. 내가 자루 되어 그 도끼로 하늘을 떠받칠 기둥을 깎겠다' 하고 노래했다. 사람들이 모두 그 노래의 뜻을 알지 못했는데 오직 태종 무열왕(김춘추)이 알아차리고 신하에게 '원효가 귀부인을 얻어 현명한 인재를 낳고자 함이다' 했다. 그때 요석궁에 홀로된 공주가 있었다. 왕의 명을 받은 왕궁의 관리가 원효를 데리러 가니 원효는 문천다리를 건너오고 있었는데 옷이 흠뻑 젖어 있었다. 궁의 관리가 원효를 요석궁으로 데리고 가자 공주는 옷을 갈아입히고 함께 잠자리에 들었다.

김춘추와 김유신이 당나라 군사를 불러 들여 백제와 고구려를 차례로 무너뜨리던 때였다. 신라 땅의 모든 젊은이들과 군수물자들이 전쟁터로 실려 나가던 판국이었다.*

전쟁이 한창이던 그 판국에 원효는 분황사의 승려임에도 불구하고 여자 생각이 동하여 전쟁으로 말미암아 과부가 된 요석 공주하고 동침이나 하고 싶어 한 스님이었다고, 일연은 《삼국유사》에 기록하고 있는 것이다.

일연은 원효를 오독誤讀한 것이다. 그 오독을 바로잡으려고 나는 원효를 찾아 나섰다.

---

* 제2차 세계대전을 일으킨 일본은 그 전쟁을 '대동아 공영을 위한 성스러운 전쟁'이고 천황 폐하의 뜻이라고 대대적으로 선전하면서 일본과 식민지 조선의 젊은이들과 군수물자들을 징발했는데 김춘추와 김유신도 그와 비슷한 짓을 했으리라고 나는 생각한다.

…

마음을 함부로 드러내지 않는 사람의 내부를 깊이 읽을 수 있는 꾀가 내게 있다. 목표한 상대를 사정없이 모독하여 골나게 만들면 된다. 나는 원효를 골나게 만들 질문 한 개를 준비했다.

“기독교 성경에 창조주께서 원형 남자 아담의 갈빗대 하나를 떼어내 원형 여자 이브를 만들었다는 이야기가 나옵니다. 때문에 세상의 모든 남성들은 늘 불완전(부족)의 가슴앓이에 시달리다가 한 여성을 만나 사랑을 나눔으로써 완성된다는 논리를 도출해낼 수 있습니다. 그 논리에 원효를 대입하면 원효는 요석 공주로 말미암아 완성된 것입니다.”

…

멀지 않은 숲에서 날아온 뻐꾹새 소리가 절 마당을 어지럽게 맴돌고 있었다. 뻐꾹새는 한여름 땡볕 속에서 무단히 소리쳐대는 것이 아니다. 남의 둥지에서 자라고 있는 자기 새끼를 향해 ‘너는 내 새끼다, 이 어미의 목소리를 잘 듣고 익혀라’ 하고 소리쳐대는 것이다.

그는 헌칠하게 큰 키에 통통한 체구가 듬직했는데 하체보다는 상체가 더 길어 보였다. 나는 늘 하체보다 상체가 더 긴 사람은 형이상학적이고, 상체에 비하여 하체가 더 긴 사람은 형이하학적이라는 착각을 하며 산다. 세상에 착각하지 않고 사는 사람이 있을까.

세워놓은 달걀 모양인 원효의 얼굴은 70대 초반으로 보였지만 살갗에 검버섯 하나도 생기지 않은 홍안이었다. 반백의 머리털은 짧고, 눈썹은 반백인데 숱이 많고 콧수염과 턱수염은 한 뼘쯤 길었으며 반백이고 구레나룻은 쑥대처럼 길었다. 코는 통마늘처럼 덩실 컸고 구멍이 까맸지만 운두는 매부리처럼 높지 않고 밋밋했으며, 눈두덩이 보송보송한 눈은 거슴츠레했고, 입술은 두꺼웠고, 아랫입술이 윗입술을 살짝 덮고 있었다.

나는 문득 요석 공주를 생각했다. 저 몸 저 얼굴의 어떤 부위가 과부인 요석 공주의 마음을 그토록 꼼짝 못하게 사로잡았을까.

나는 보통의 스님에게 하듯이 합장을 하고 너스레 떨듯 "아이고, 원효 스님을 여기서 뵙습니다" 하면서 땅바닥에 넙죽 엎드려 삼배를 했다.

원효는 황송하게도 나와 맞절을 했다.

"저는 장흥 안양 바닷가의 토굴에서 소설을 쓰고 사는 한승원입니다. 오래전부터 원효 스님을 흠모해왔습니다."

"자네가 살고 있는 땅 이름 '안양安壤/安良'이 극락이라는 말하고 동의어라는 것을 알고 있는가?"

나는 동문서답을 했다.

"원효 스님의 얼굴에 진달래꽃이 만발해 있습니다."

"자네는 바야흐로 포도주 두통에 시달리고 있지 않은가."

내가 머리를 숙이면서 뒤통수를 쓸자 원효가 말했다.

"자네 아직 두통 일어나지 않게 술 마시는 비법을 터득하지 못했군 그래."

"술과 선이 한 가지 맛(酒禪一味)이라는 것입니까?"

“시간(法)을 안주로 마시면 그 경지에 이르게 될 것이네.”

“시간이란 놈은 세상에서 가장 무서운 파괴자 아닙니까?”

“물론 그놈은 두통도 파괴하네.”

…

우리는 무등산의 서북쪽 골짜기를 향해 나란히 앉았다.

무등산은 암컷 산이다. 웅숭깊은 골짜기 한가운데에서 발기한 음핵陰核(클리토리스) 같은 봉우리 하나가 솟아 있다. 저 거대한 음핵 밑의 음험한 질과 궁합이 맞을 양물은 어떤 것일까. 원효사의 법당을 관(龜頭)처럼 머리에 쓰고 있는 봉우리 아닐까.

무등산의 암상으로 인해 나는 가슴이 달떴다.

“원효 스님의 발자취가 어려 있는 곳이면 모두 가 보았습니다. 태어나신 경산의 불등마을, 머리를 깎으신 영축사, 사미 시절을 보내신 바 있는 반고사, 혜공 스님을 만나신 포항의 오어사, 《화엄경소》를 쓰신 분황사, 공주님하고 인연을 맺으신 요석궁, 떠돌이 광대 패들과 어울려 무애춤을 추신 왕경 서라벌의 시장, 의상 스님과 함께 당나라 유학을 가시려다가 중도에 하룻밤을 묵으신 당항성 근처의 땅막, 말년을 보내신 혈사, 관세음보살을 친견했다는 의상을 만나려고 거쳐 가신 동해변의 들판과 의상대와 홍련암, 스님께서 답답하시면 오르내리신 경주 남산을 속속들이 찾아다녔는데, 결국은 여기서 스님을 뵙습니다. 스님께서는 왜 태어나신 경산 불등마을이나 경주 남산이나 그 인근의 큰 절들을 다 제쳐놓고 하필 전라도의 이 조그마한 절에 머물고 계십니까?"

그가 말했다.

"모든 것은 이름을 따라 존재하는 법이니까."

"저의 생각은 늘 선입견을 따라 일어나곤 하는데요?"

"나도 선입견에 휘둘리는 수가 있네. 시방 이 한승원이란 소설가가 《아제아제 바라아제》의 순녀나 《초의》에 나오는 가짜 털보 초의를 대하듯이 나를 대하면 어찌할까 하고 은근히 불쾌해하고 있네."

내가 슬쩍 눙쳤다.

"원효 스님을 보자마자 요석 공주를 떠올렸습니다. 《삼국유사》에 보면 원효 스님께서 삼국 전쟁이 한창일 때 시장에 나가 '자루 빠진 도끼를 나에게 주려는가. 내가 그 도끼로 하늘을 떠받칠 기둥을 깎으련다' 하고 노래했다고 기록되어 있는데, 사실입니까?"

원효가 고개를 끄덕거렸다.

"태종 무열왕 김춘추가 말한 대로라면, 원효 스님의 그 노래를 '전쟁으로 인해 과부가 된 요석 공주를 나에게 주면 그 자궁의 자루 노릇을 해서 무너지려 하는 신라 하늘을 떠받칠 큰 인재를 낳게 하겠다'는 뜻으로 풀이할 수 있는데, 옳은 풀이입니까?"

원효는 고개를 젓고 나서 말했다.

"하늘이 무너지려 한다는 것과 자루 빠진 도끼는 당시 전쟁 상황에 빠져 있는 신라 사회를 말하네. 중생을 도탄에 빠지게 하는 삼국 전쟁을 중단해야 한다고 주장하는 지성인이 없는 당시의 신라 사회는 진리라는 자루가 빠져버린 도끼 아닌가. 그것을 더 깊이 읽는다면, 자루가 빠져버리고 없는 도끼는 '눈(胚芽)을 잃어버린 우주적인 씨앗'을 말하네."

"아, 원효 스님께서는 시방 유식론唯識論에서의 '아뢰야식(無沒), 영원히 소멸되지 않는 우주적인 씨앗'의 '눈'을 말하고 계시는 것입니까? 우주를 창조하는 종자가 도끼이고 눈이 자루라는 것입니까? 그것을 요즘 한창 연구되고 있는 줄기세포라는 것과 같은 것으로 인식해도 좋겠습니까?"

원효는 빙그레 웃으면서 고개를 끄덕거렸다. 그 웃음을 대하자 원효 스님은 아득하게 높은 곳에 계시는 듯싶었고 나는 까닭 없이 숨이 가빠졌다. 문득 나는 빈정거리고 싶어졌다.

"오래전에 이렇게 들었습니다. 원효 스님께서는 젊은 시절부터 이미 초지보살의 경지에 올라 있었다고요."

그는 빙긋 웃으면서 산정을 쳐다보았다. 이미 내 속을 깊이 뚫어보고 있었다. 웃음으로 인해 가늘어진 그의 눈매를 주시하며 내가 말했다.

"초지보살은, 자기를 사랑하는 사람이 찾아오는 경우에 제 모습을 바꾸어 직립으로 서 있는 나무나 가로 누워 있는 바위나 활짝 핀 꽃으로 그를 맞이한다 하고, 그로 하여금 자기 향기를 가슴으로 맡게 하고, 체취를 귀로 듣게 한다고 들었습니다."

원효 스님이 코를 찡긋하고 나서 대답했다.

"그것은 중생들을 놀라게 하거나 희롱하는 오만한 자들의 번쩍번쩍하는 현학이네. 나는 현기증 나게 달리곤 하는 '말'을 타고 다니지 않고 느린 '소'를 타고 다니네."

긴장한 내 신경이 거문고의 줄처럼 켕겼다. 돌팔매질처럼 팽팽 내닫는 우리 둘의 선문답 같은 말로 말미암아 나는 숨가빠하면서 물었다.

"말(馬)은 말(言)이고 소(牛)는 소疏이고, 말(言)은 관념이고 소疏는 풀이 혹은 비유적인 표현이다, 이렇게 이해해도 되겠습니까?"

원효 스님은 빙그레 웃기만 했다. 나는 공손하게 합장을 하고 말을 이었다.

"시詩로 이야기하지 말고 산문으로 이야기하자는 뜻으로 그 말씀을 받아들여야 한다는 것입니까? 해체를 주장한 '데리다'가 말했듯, 진리에 도달하는 지름길은 비유 그 자체니까요."

원효 스님의 눈길은 꽃으로 가 있었다. 그의 눈길이 꽃을 피어나게 하고 있었다. 모든 것은 눈을 통해 나오고 눈을 통해 들어간다. 꽃이라는 이름도 저 눈에서 나온 것이다.

'모든 것은 이름을 따라 존재하는 법'이라는 말을 생각하며 물었다.

"원효 스님의 어린 시절 이름은 무엇이었습니까?"

"새벽이었네. 한자로 기록하다 보니 시단始旦·서단曙旦이라고 했겠지. 서당誓幢이라고 기록된 것도 보이는데, 그것은 새벽이라는 말의 방언을 소리 나는 대로 기록한 것이네."

"원효 스님의 할아버지 이름은 '불커'나 '불거'나 '불큰'일 듯싶습니다. 고려 때 일연 스님은 《삼국유사》에서 고유명사인 경우에 한자의 뜻말과 이두吏讀를 섞어 기록했습니다. 가령 김춘추의 큰딸을 '고타소古陀昭'라고 기록한 것이 그것입니다. 예 고古 자에서 '예'를 취하고, 비탈지다는 뜻의 타陀 자에서 자음 'ㅂ'을 취하고, 비치다는 뜻의 소昭 자에서 '비'를 취하면 '예삐'가 됩니다. 고타소는 '예삐'로 읽어야 합니다. 장보고의 어린 시절 이름인 궁복弓福은 활보이고, 원효 대사께서 그의 어머니의 장례를 치러준 바 있는 사복蛇福은 뱀보이고, 김춘추의 첫째 사위인 품석의 부하 죽죽竹竹은 독독 혹은 댁댁입니다. 원효 스님의 할아버지는 적대공赤大公 혹은 잉피공仍皮公이라고 적혀 있는데, 붉을 적赤 자와 큰 대大 자에서 각각 불과 커(혹은 '큰')를 따 읽어야 합니다."

원효가 말했다.

"불커 할아버지는 당신의 아들을 담날, 즉 다음날이라고 이름 지었고, 아버지는 내 이름을 새벽이라고 지으신 거지."

"아하!" 나는 탄성을 질렀다.

"원효 스님 가족 삼대의 이름은 아주 재미있는 고리(環中)로 연결되어 있군요. 할아버지가 '불커'로서 어두운 밤을 살았다면, 아버지는 '담날'로서 앞으로의 희망을 안고 있는 것이고, 손자는 그 미래 세상의 새벽을 열고 있습니다."

그가 말했다.

"승원이라는 자네 이름도 세상을 좋은(勝) 쪽으로 (소설로써) 열어가는 본원(源)으로 보는 것이 좋을 듯싶네."

나는 잠시 속으로 키득거리고 나서 불쑥 말했다.

"원효 대사의 할아버지의 이름에 대하여 한 가지 음험한 이설이 있습니다. '불'은 남근을 말하고, '커'는 크다는 것이므로 '남근이 큰 남자'라는 뜻이라는 설 말입니다."

원효는 고개를 하늘로 쳐들고 소처럼 웃었다.

"그래, 그래, 《화랑세기》에 한 임금은 남근이 너무 커서 남녀관계에서 곤란한 일을 당하곤 했다는 기록이 있네."

그가 내 저의를 눈치 채지 않도록 나는 근엄한 목소리로 말했다.

"원효 스님의 고향 마을은 불등을촌佛登乙村 혹은 불등촌·불지촌佛地村·발지촌發智村·불땅고개로 기록되어 있습니다. 제가 경산 불지촌에 가서 보니 불땅고개는 별로 드높은 고개가 아니고 전체적으로 약간 번번하면서 도도록한 벌판이었습니다. 한길을 중심으로 둘로 나뉜 마을은 여근처럼 우묵한 데 자리 잡았고 그 양쪽으로는 불두덩 같은 언덕이 있었습니다. 그 땅의 형세가 여성의 성기와 같아서 원효 대사 같은 성인이 태어난 것 아닐까요?"

그가 코를 찡긋하며 말했다.

"소설가들은 다 세상의 모든 것을 성性이라는 안경을 끼고 보는가? 우주를 하나의 거대한 자궁으로 생각하는 까닭인가?"

나는 악동처럼 가학加虐이 발동했고, 원효를 헐뜯기 시작했다.

"《삼국유사》에 보면, 원효 스님의 어머니께서 불등 마을 북쪽 밤골 사라밤나무 아래에서 스님을 낳다가 숨을 거두었다고 기록되어 있습니다. 그것은 석가모니의 탄생 설화와 비슷하지 않습니까? 혹시 원효 스님을 성스러운 존재로 만들려고 한 사람들이 꾸며낸 이야기 아닐까요?"

"내 아버지는 나마(지방관리) 벼슬을 하였는데 강직하고 청렴하여 많은 녹을 받지 않았네. 어머니가 만삭의 몸으로 손수 사라밤을 주우러 다니셨는데 거기서 나를 낳다가 산후가 나빠 돌아가셨다고 들었네."

"석가모니는 어머니의 옆구리를 뚫고 나왔으므로 태어나자마자 고아가 되셨고 일찍이 '하늘 위 하늘 아래에 오직 내가 우뚝 서 있을 뿐(天上天下 唯我獨尊)임'을 깨달으셨습니다. 그것은 신神을 거부한 절대고독의 존재로서의 실존이지 않습니까? 원효 스님께서도 그와 같이 고아가 되셨으므로 일찍이 절대고독을 깨달으신 것입니까?"

"자네의 아들 둘과 딸이 다 소설을 쓰는데, 그들의 초기 작품의 주인공들 거의가 고아이고 참담한 절대고독의 삶을 살더군. 자네 부부가 아들딸을 따스한 품에 안아 키웠음에도 불구하고 그들이 고아 의식을 가지고 있음은 무엇을 말하는 것인가. 사람이 홀로서기를 한다는 것은 절대고독의 삶 속으로 들어간다는 것 아닌가?"

"원효 스님의 집 주위에 있는 사라밤나무는 어떤 밤나무입니까?"

"경상도 지방에서는 쌀을 살이라고 하네."

나는 '사라'를 '쌀'로 알아들었다. 그렇다면 쌀밤나무다.

"원효 스님께서 출가하신 다음 사시던 집을 절로 만들었는데 그것을 초개사初開寺라 이름 했다고 기록되어 있습니다. 원효 스님께서 직접 그리 하신 것입니까?"

"내 아버지 담날이 살던 집은 압량현의 관청이었네. 신라 초기에는 제사와 정치가 한 집 안에서 이루어졌네(祭政一致). 그 관청은 백성들을 다스리기도 하고 산신과 제석帝釋과 부처님에게 제사를 모시기도 하는 곳이었네. 나마인 아버지는 현의 제사장이자 우두머리였고 어머니는 일종의 무녀로서 비손하는 여인이었네. 그러므로 아버지가 돌아가신 뒤 외아들이던 내가 부처님께 귀의하고 나자 그 집은 훗날 절이 되어버렸네. 그 절의 이름을 '도천산 제석사'라 한 것은 우연이 아닌 듯싶네."

"요석 공주와의 사이에 낳은 아드님의 이름이 설총薛聰인 것으로 미루어 원효 스님의 속가 성씨가 설薛 씨인 듯싶은데 그렇습니까?"

"신라의 모든 인민들과 마찬가지로 나의 할아버지와 아버지와 나에게는 성이 없었지. 고려 사람들이 내 아들 총에게 설 씨 성을 붙였고 설 씨의 비조로 삼았네."

"스님께서는 세속 나이 몇 살 때 출가하셨습니까?"

"열다섯 살 때네."

"할아버지 불커의 사당이 적대연赤大淵 옆에 있었다고 하는 것을 보면 할아버지가 지방민들과 후세 사람들에게 추앙을 받은 듯합니다. 아버지 담날은 시라의 17관등 가운데 11번째인 나마 벼슬을 지낸 분이십니다. 그런데 원효 스님께서는 왜 아버지의 벼슬을 물려받아 편하게 살지 않고 출가하여 고행의 길을 걸으셨습니까?"

"신라에는 신분·계급(골품) 제도가 있었지. 나는 성골·진골의 왕족 다음의 육두품 신분으로서, 기껏 17관등 중 6위인 아찬 벼슬까지밖에 오를 수가 없었네. 때문에 육두품의 서민들 가운데 영리하고 똑똑한 자들 중에는 신분 제도에 불만을 품고 당나라로 건너가는 사람들이 많았네. 당시 신라에서 신분 제도에 관계없이 크게 출세를 할 수 있는 길은 두 가지가 있었네. 하나는 화랑이 되어 활동하다가 군대에 들어가 공훈을 세우고 장군이 되어 기를 펴고 사는 길이고, 다른 하나는 승려가 되어 당나라나 인도에 유학 가서 득도하여 돌아와 황룡사의 백고좌 법회에 참여함으로써 큰스님의 대접을 받으며 사는 길이었네."

"출가하신 동기나 목적이 출세에 있었다는 것입니까?"

원효는 잠시 고개를 저어 보이고 나서 말했다.

"출가의 직접적인 원인은 이복누님의 죽음에 있었네. 어머니께서 나를 낳고 돌아가시자 아버지는 새어머니를 얻었는데, 그녀는 나에게 이모가 되는 여자였지. 남편이 전쟁터에 나가 전사한 까닭으로 과부가 되어 있던 이모는 홀아비가 된 제부와 재혼해 내 젖어미가 된 것이네. 그것은 그분들의 불륜이 아니고 당시의 혼인 관습이었네. 새어머니에게 두 살 난 딸이 있었는데, 나는 그 누님이 먹어야 할 젖을 빼앗아 먹고 자란 것이지. 그 누님은 나로 말미암아 젖배를 곯아서인지 내내 몸이 쇠약했고, 그로 인해 앓다가 죽었네. 나를 보살피고 사랑해준 그 누님의 죽음으로 말미암아 나는 줄곧 부채감에 시달렸고, 사람은 왜 죽는가에 대한 슬픈 회의가 생겼네. 또 밖으로는 백제와의 전쟁이 끊일 날 없었고, 거기에 흉년까지 들어 인민들은 굶주렸는데, 일찍이 수자리 나가 있던 작은아버지가 전사를 했네. 내 아버지의 소망은 내가 화랑의 우두머리인 풍월주의 눈에 띄어 화랑의 낭도가 된 다음 전쟁터에 나가 공훈을 세우고 장차 장군이 되어 으스대면서 살기를 바랐네. 그러한 아버지마저 전사하자 나는 마음에 크나큰 혼란이 일어났지. '사람들은 왜 같은 민족끼리 딴 나라를 만들어 살면서 땅 빼앗기 전쟁을 하는가' 하는 의문에 사로잡혔고, 나아가 사춘기 시절의 삶에 대한 슬픈 의문이 꼬리를 물고 일어났네. 왜 사는가, 어떻게 사는 것이 잘사는 것인가, 이런 고민에 사로잡혀 있을 때 나의 큰아버지께서 낭지 스님을 찾아가라고 권했으므로 그 말씀을 따른 것이네."

"스님께서 머리를 깎으신 곳은 어디입니까?"

"영축사였네."

"반고사磻高寺라는 절에서 사미 시절을 보냈다고 기록되어 있는데 영축사에서 왜 반고사로 갔습니까?"

"반고사는 태화강과 화랑들의 훈련장이 내려다보이는 곳에 자리 잡고 있는 절이었는데 낭지 스님께서는 나로 하여금 그 시끄러운 곳에서 마음 다잡는 수도를 하게 하려고 그러신 듯싶네."

"스님께서는 반고사에서 저술 활동을 하기 시작했는데 오래지 않아 서라벌의 분황사로 가신 것으로 기록되어 있습니다. 그 까닭은 무엇입니까?"

"대안 스님의 권고 때문이었네. 대안 스님은 어떤 사람을 만나거나 일을 당하면 주장자로 땅을 치면서 '대안! 대안!' 하고 말하는 소탈한 재야의 큰스님이었네."

무등산 머리로 흰 구름장 하나가 걸쳐지고 있었다. 원효는 그 구름을 바라보며 가슴을 크게 벌리고 심호흡을 한 다음 말을 이었다.

"당시 신라 불교에는 두 개의 큰 파벌이 형성되어 있었네. 하나는 황룡사에 뿌리를 두고 있는 스님들이고 다른 하나는 이 절 저 절에 흩어져 있는 스님들이네. 황룡사 스님들은 모두 당나라 유학을 다녀온 스님들이고, 그 밖의 스님들은 비유학파였지. 따지고 보면 황룡사는 스님들이 수도하는 절이 아니고 정부청사였던 셈이네. 임금과 그를 둘러싼 대신들이 어떤 일을 위해 정치적인 결단을 내린 다음 그것을 시행하려면 반드시 백고좌 법회를 열어 신령들과 부처님에게 고했네. 백고좌 법회에는 황룡사에 뿌리를 둔 모든 스님들이 참여하고, 그들은 임금이 시행하려는 일에 협력하는 것은 물론, 그 일이 잘 시행되도록 신라 안의 모든 행정기관과 절에 촉구했네. 황룡사의 백고좌 법회에 참여하는 스님들은 말하자면 제도권 안의 유학파인데, 준엄할 정도로 권위적이었으므로, 자기들이 주관하는 백고좌 법회에 대중들을 교화하는 데 앞장서는 대안·혜공·혜숙·원효 따위의 비유학파 스님들을 끼워주지 않았네. 비유학파의 대표 격인 대안 스님은 황룡사 유학파 스님들을 우습게 여기고, 그들 속으로 들어서려 하지 않고, 중생들을 전쟁터로 몰아넣는 김춘추·김유신과 영합하는 황룡사의 스님들의 반대쪽에 서서 그들이 하는 일에 제동을 거는 세력을 규합하려고 꿈꾸었지."

"바로 그 어지러운 시대를 산 원효 스님의 행적에 납득하기 어려운 부분이 있습니다. 하나는 시장에서 떠돌이 광대 패나 거지들과 어울려 무애춤을 추면서 '하늘이 무너지려 한다. 나에게 자루 빠진 도끼를 주면 하늘을 떠받치겠다' 하고 노래했다고 기록되어 있습니다. 다른 하나는 전쟁으로 말미암아 한창 어지러운 신라 사회를 외면하고 당나라로의 도피성 유학을 떠나려고 시도했다가 되돌아온 것으로 기록되어 있습니다. 왜 그러셨는지 말씀해주십시오."

원효의 얼굴에 홍조가 번지고 콧구멍이 커졌다. 잘못된 기록에 대하여 해명할 기회가 왔다는 사실로 인해 그는 흥분해 있었다. 흥분을 자제하느라 몇 차례 심호흡을 하고 나서 천천히 입을 열었다.

"시장에 나가 노래하고 춤춘 것에 대해서는 나중에 이야기하기로 하고, 당나라 유학에 대해서 먼저 이야기하겠네. 내가 당나라 유학을 가려고 시도한 것은 두 번이네. 한 번은 650년에 의상하고 함께 인도에 다녀온 현장 스님의 문하에 들어가 신 유식학唯識學을 공부하고 돌아오자고 하면서 육로로 갔지. 그런데 요동에서 고구려 군사들에게 첩자라는 오인을 받고 잡혀 죽을 뻔했는데 한 불제자의 은덕으로 풀려났네."

"두 번째 유학은 660년에 가시려 한 것으로 기록되어 있습니다. 백제가 망하고 멀지 않아 고구려와의 전쟁이 시작되려 하는 때인데 원효 스님께서는 당나라로 건너가려 하셨습니다."

원효가 말했다.

"실제사라는 절의 도옥 수좌가 백제와의 성전에 살신 종군하겠다고 나섰지. 전쟁을 주도하는 세력은 도옥을 앞세우고 대대적으로 선전을 하면서 승려와 젊은이들을 전쟁터로 몰아넣으려 했네. 그때 나는 분황사에서 《화엄경》의 〈십회향품〉을 풀이하고 있다가 그 소식을 들었네. 〈십회향품〉은 깨달은 사람이 깨닫지 못하는 중생들에게 자기가 수확한 모든 것을 되돌려주는(회향) 부분이야. 중생들은 전쟁터로 끌려가 죽어가는데 편안하게 절에 들어앉아 《화엄경》 풀이나 하고 있는 나는 무엇인가. 유마는 '중생들이 앓고 있는데 어찌 깨달은 자(보살)가 앓지 않을 수 있느냐'고 칭병하며 문병 온 모든 깨달은 자들을 질타하지 않았는가. 보살이 누구인가, 자기가 깨달은 참된 삶의 길을 중생들에게 되돌려주어야 하는 사람이지 않은가. 그래서 대안 스님과 함께 시장으로 달려가서 떠돌이·광대 패·거지들, 김춘추·김유신 등에게 불만을 가진 사람들과 더불어 반전反戰 시위를 벌인 것이야."

"스님께서 외친 노래 '하늘이 무너지려 한다. 자루 빠진 도끼를 나에게 달라'고 한 것, 덩실덩실 추었다는 무애춤은 무슨 뜻을 가지고 있습니까? 그 뜻을 서라벌 사람 그 어느 누구도 알지 못하는데 오직 임금인 김춘추만이 알아차리고 '원효 스님이 여자 생각이 동하여 저러하므로 요석궁으로 모셔다드려라' 하고 명령했다고 기록되어 있습니다. 《삼국유사》의 기록에 의하면 김춘추가 '자루 빠진 도끼'를 '남편 없는 여자'로 해석한 것입니다."

원효가 말했다.

"《삼국유사》를 집필한 일연은 나보다 589년이나 뒤에 세상을 산 스님이네. 일연은 떠돌아다니는 이야기로 내 행적을 기록한 까닭으로 나를 욕되게 기록한 부분이 많네. 자네는 그 기록의 행간을 깊이 읽지 않으면 안 되네. 그때 내가 '하늘이 무너지려 한다'고 말한 것은 '조그마한 나라로서 당나라의 군사들을 빌려다가 백제와 고구려를 무너뜨리려 하는 신라의 멸망할지도 모르는 암담한 장래'를 걱정한 것이네. 당나라가 어떠한 나라인가? 백제와 고구려를 삼키지 못해 배앓이를 하는 나라 아닌가? 동해변 쪽의 작은 나라인 신라는 백제와 고구려가 방벽 노릇을 해주기 때문에 편안하게 살아온 나라인데, 그 방벽이 없어진다면 거대한 당나라와 국경을 마주한 채 싸우지 않으면 안 되네. 또 당나라는 백제와 고구려를 무너뜨리고 그것들을 신라에 넘겨주지 않고 통째로 삼킬 것이 뻔했네. 마지막에는 신라마저 삼키려고 들 것이야. 나는 그것을 걱정한 것이었지. 그 후의 역사는 내가 걱정한 쪽으로 흘러가지 않았는가? 백제와 고구려의 광대한 옛 땅을 당나라가 모두 삼켜버리지 않았는가? 그런 뒤에는 신라까지 삼키려 했으므로, 신라는 먹히지 않으려고 당나라와 피나는 전쟁을 치르지 않을 수 없었네. 죽을 둥 살 둥 모르고 치른 그 전쟁의 결과로써 신라는 고구려의 옛 땅을 다 내주고 겨우 청천강 이남만 차지했을 뿐이네."

"오늘날 중국이 고구려의 역사를 자기들의 것으로 삼으려고 하는 것도 같은 맥락에서 이해해도 되겠습니까?"

원효가 고개를 끄덕거렸다. 여기서 내가 따지고 들었다.

"제가 이해할 수 없는 것은 당나라와 전쟁을 앞두고 있는 시점(660년)에 대사가 다시 당나라로의 유학길에 오른 것입니다. 이때는 바닷길을 통해 당나라로 가려고 지금의 경기도 화성의 당항성 앞 바다로 갔습니다. 이때도 여덟 살 아래인 의상 스님과 함께 갔습니다. 의상은 진골 출신이고 원효는 육두품 출신이지만 당시 두 분은 지성적인 스님으로 알려져 있는데 그러한 두 분이 전쟁을 앞둔 때에 도피성 유학을 가려 한 것을 어떻게 해석해야 합니까?"

원효가 말했다.

"그것은 요석 공주가 뒤에서 작용한 결과이네. 요석 공주는 나를 죽음의 자리에서 구하기 위하여 당나라로의 유학을 강권했지. 요석 공주는 아버지 김춘추에게 통사정을 하여 유학의 길을 터주었고, 의상을 도반으로 붙여주었고, 당나라로 가는 사신의 배를 탈 수 있는 기회를 주선했네. 어찌할 수 없이 나는 자의 반 타의 반으로 유학길에 올랐던 것이네."

"당시 신라의 스님들이 출세하는 길은 당나라나 인도로의 구법求法 여행을 다녀오는 것이므로 신라의 스님들은 모두 그 유학의 꿈을 꾸었을 터입니다. 때문에 스님들은 밀항을 하여 당나라에 입국하곤 했겠지요. 요즘 사람들의 최대 최고의 꿈이 미국 유학이듯 당시 신라에서는 당나라로의 유학이 그러했다고 들었습니다. 한데 원효 스님께서는 일단 당항성 근처에까지 갔다가 되돌아왔습니다. 물론 그날 밤 시체 넣어두는 땅막 안에서 흉흉한 귀신의 꿈을 꾸었다고 하기도 하고, 갈증이 나서 달콤한 물을 마시고 이튿날 보니 그것이 해골에 담긴 물이었으므로 크게 깨달아 '모든 것은 마음의 조화(一切唯心造)다. 나는 당나라에 가지 않겠다' 하고 말하며 되돌아오고 의상 혼자서만 당나라로 갔다고 하는데, 그 참 내막을 말해주십시오."

원효가 말했다.

"내가 해골에 담긴 물을 마시고 깨달았다는 것은 훗날 사람들이 지어낸 잘못된 것이네. 우리는 사신들의 배가 떠나는 날을 기다리느라고 땅막 안에서 이틀 밤을 지냈는데, 첫날밤은 그곳이 시체 넣어놓은 땅막이라는 사실을 알지 못한데다 서라벌에서 거기까지 걸어간 노독으로 말미암아 떠메어가도 모를 만큼 달게 잤네. 한데 이튿날 아침 일어나 보니 유골들하고 나란히 자고 있었던 거야. 전쟁으로 인해 성 근처에는 인가가 없어졌으므로 이튿날 밤도 거기에서 마찬가지로 잤는데 나는 귀신에게 희롱당하는 악몽에 시달려 깊은 잠을 이룰 수가 없었네. 눈을 감은 채 누워 있다가 문득 일어나 밖으로 나와서 반짝거리는 별들을 보며 나는 새로운 세계가 환히 열리는 환희를 맛보았네. 하늘의 별빛이 사람의 눈을 만드는 것이 아니고 사람의 눈이 별빛을 만드는 거야. 당나라의 선각자 현장이나 지엄을 만나지 않아도 나는 넉넉하게 마음의 실체를 얻은 것이었어. 그렇다면 구태여 도탄에 빠져 허덕이는 신라 중생들을 외면하면서까지 유학의 길에 오를 까닭이 무엇인가. 신라 중생들과 더불어 삶과 죽음을 같이해야겠다, 하고 과감하게 발걸음을 돌렸어. 내 마음의 실체를 깨닫고 나자 나는 죽음이 두렵지 않았어. 서라벌로 돌아가 고구려와의 전쟁 반대 시위를 하다가 전쟁에 미친 사람들에게 죽임을 당해도 좋다고 생각했지. 그 길이 진정으로 진리를 향해 나아가는 것이라고 생각했네. 그 길을 향한 나의 발걸음을 막을 수 있는 것은 아무것도 없었네. 그 자체가 '걸림 없음(無碍)'이었어."

"내가 돌아와 반전 시위를 한다는 말이 신라 전역에 퍼지자 여기저기서 군중들이 벌떼같이 모여들었네. 당황한 대신들은 나를 죽이자고 모의를 했네. 이차돈처럼 죽여서 전쟁에 이용하자는 것이었지. 그런데 김춘추가 그것을 막았네. 내 뒤에는 요석 공주가 있었네. 요석은 내가 시위하는 시장으로 쫓아다녔지. 따지고 보면 김춘추는 두 가지 효과를 노리고 나를 요석궁에 연금한 것이야. 하나는 나를 불국토 조성을 위한 성스러운 통일 전쟁으로 인해 과부가 된 요석 공주와 관계를 맺은 파렴치한 파계승으로 만들어 소문내려는 것이고, 다른 하나는 나를 자기의 사위로 삼아 이용하려는 것이었네. 김춘추는 정략적인 결혼을 일삼아 온 사람 아닌가. 임금이 되기 위하여 김유신의 누이동생 둘을 다 아내로 삼았고, 자기의 첫딸 예삐를 진골 출신인데다 무예에 뛰어나고 부하들을 많이 거느린 품석에게 시집보내지 않았는가. 또 김춘추는 김유신과의 사이를 더욱 공고히 하려고 자기의 딸 지소(김유신의 생질녀)를 김유신에게 선물로 주었네. 김춘추는 전쟁으로 인해 불안해진 민심을 수습하기 위해 인민들에게 대대적으로 추앙을 받던 나를 둘째 사위로 삼아버린 것이야. 나는 백제와 고구려를 멸망시키려고 일으킨 전쟁이 끝날 때까지 요석궁에 연금이 되어 있었네."

"강제로 연금되었다면서 어찌하여 요석 공주와의 사이에 총이라는 아들이 태어났습니까? 만일 참으로 불제자로서 민중들의 추앙을 받으려면 계율을 철저하게 지키면서 전쟁 추진 세력에 저항했어야 하지 않습니까?"

"모든 것을 다 훌훌 벗고 털어버리고 싶었네. 거칠 것 없는 맨살이 되고 싶었네."

"모든 것이라니 어떠어떠한 것들 말입니까? 저처럼 둔한 자는 손에 확실하게 잡혀주어야 알아듣습니다."

"내가 반전 시위를 한 것은 승려로서 안락한 삶을 누려야 한다는 교만, 많은 저술을 남겨 역사 속에서 추앙 받는 승려가 되겠다는 명예욕, 죽음이라는 공포 따위를 모두 벗어던져버린 결과 아닌가. 요석궁에 연금이 되고 나서는 승려라는 신분마저도 거추장스러웠네. 말하자면 확실하게 자유자재한 존재, 초탈한 사람이 되고 싶었네."

…

빼꾹새가 목청을 높여 울고 있었다. 확철한 생각 하나가 나를 사로잡았다.

"저는 원효 스님의 삶에서 아주 기묘한 모순을 발견했습니다."

"기묘한 모순이라고 했는가?"

원효가 나의 두 눈을 응시하며 되물었다. 그는 불쾌해하고 있었다. 내가 비수를 던지듯 그를 향해 말을 뱉었다.

"저는 우주를 하나의 자궁으로 봅니다. 사람들이 태어난 고향도 자궁이고 석가모니의 불법의 세계도 자궁일 터입니다. 원효 스님께서는 자유자재한 삶을 이야기하시지만 그것은 관세음보살의 자궁 안에서의 자유자재일 뿐입니다. 달리 말한다면 그것은 요석궁, 즉 요석 공주의 자궁 안에서의 자유입니다. 김춘추를 중심으로 한 전쟁 주도 세력이 원효를 이차돈처럼 죽여 이용하려 할 때 그것을 막은 것이 요석 공주이고, 당나라 유학을 강권한 것도 요석 공주입니다. 또 유학을 뿌리치고 서라벌로 돌아와 다시 반전 시위를 하자 김춘추는 원효를 요석궁에 가두었습니다. 이후 원효는 전쟁이 끝날 때까지 요석궁 밖으로 나가지를 못했습니다. 그것은 요석 공주의 자궁 속에 갇혀 산 것 아닙니까? 또한 물론 지금 원효사에서 주석하고 계신 것도 우주라는 자궁 속, 요석의 자궁 혹은 관세음보살의 자궁 속에서 살고 있는 것 아닙니까?"

원효가 빙긋 웃으면서 말했다.

"자네가 쓴 모든 작품을 분석해보면 자네는 어머니 콤플렉스가 많은 사람이네. 그것은 자네가 영원히 어머니의 자궁에서 벗어나지 못하는 사람이란 것을 증명해주네. 모든 시어머니의 자궁은 며느리가 물려받는 법이므로 자네는 자네 아내의 자궁 속에 갇혀 살고 있는 것이지. 또한 자네는 지금 자네의 해산토굴에 갇혀 살고 있고, 자네의 생각이라는 자궁 속에 갇혀 살고 있네."

내가 말했다.

"서정주라는 시인이 연꽃과 그 꽃을 다녀가는 바람을 시로 쓴 바 있습니다. 그것은 인연이라는 것의 덧없고 슬픈 시공을 표현한 것일 터입니다. 분명하고 뚜렷한 듯싶은 그 인연이란 것은 사실상 없는 허상입니다. 인연이란 것이 실제로는 없었던 것이라는 생각마저도 없는 것입니다. 그 서정주의 말법은 석가모니에게서 배운 것입니다. 그 말법대로 한다면 원효는 한 오라기의 바람이고, 요석 공주는 연꽃입니다. 참으로 허망한 짓임에도 불구하고 원효 스님은 평생 동안 요석 공주의 자궁 속에 갇혀 산 것입니다. 요석 공주를 조금 달리 말한다면 원효 스님을 치마폭으로 가려주기 위해 현신한 관세음보살의 세계인데, 그것을 달리 말한다면 품 혹은 모성성母性性입니다."

원효는 고개를 쳐들고 껄껄거리고 나서 말했다.

"자네의 논리대로 한다면 아미타 세상도 하나의 거대한 자궁, 우주의 원형이라고 말할 수 있겠네."

"말씀 잘하셨습니다. 스님들은 대개 모두가 아미타 세상으로 가는 지름길을 중생들에게 선전하고 그리로 가는 큰 수레(大乘)를 마련하여 그들을 태우고 가려고 합니다. 의상 스님의 경우 그것을 시詩의 방법으로 선전하려 하고 원효 스님의 경우 산문으로 홍보하려 한다고 말하고 싶은데 어떻습니까? 원효 스님은 200여 권의 저술을 했는데 의상 스님은 「화엄일승법계도華嚴一乘法系圖」와 그에 연관된 책 한두 권이 있을 뿐입니다. 의상 스님은 부처님의 진리를 회문시回文詩 비슷한 것으로 모두 다 표현했다고 자부하는 것 같은데, 그것에 대하여 원효 스님은 어떤 생각을 가지고 계십니까?"

원효가 말했다.

"모든 법문은 중생 교화를 위한 것이네. 중생들은 알아듣지 못하고 오직 공부를 할 만큼 한 사람만 알아먹을 수 있는 법문은 그 격이 떨어질 수밖에 없네. 석가모니 부처님이 수많은 비유를 동원하여 설법을 한 까닭은 비유야말로 진리에 도달할 수 있는 가장 적합한 말법이기 때문이지. 의상의 「화엄일승법계도」를 보면 공부를 깊이 한다고 한 나마저도 잘 알아먹을 수 없는 말들로 가득 차 있어. 해체解體를 말한 데리다라는 사람도 진리에 도달할 수 있는 지름길은 비유에 있다고 하지 않았는가? 내가 경전들을 풀이(疏)하는 투로 저술한 까닭이 거기 있네."

…

"잠깐 실례하겠습니다."

나는 방광이 부풀어 있었으므로 화장실로 달려가서 오줌을 누었다. 나에게 오줌 누는 일은, 바야흐로 하고 있는 일에 굵은 획을 그을 수 있는 계기를 마련해주곤 한다. 바둑을 두다가 꾀꼬리 소리처럼 기통 찬 수가 떠오르지 않을 경우 오줌을 누러 간다. 심호흡을 거듭하며 하늘을 쳐다보고 남근 끝에서 뻗어나가는 오줌 줄기를 보면서 원효를 헐뜯을 가닥을 추슬러가지고 그의 옆으로 돌아왔다.

"흔히들 《금강삼매경》이 총체성을 띤 이 세상 최고의 경전이라고 말합니다. 《금강삼매경》 자체와 그것을 논하는 책을 원효 스님께서 저술했다고 하기도 하고, 다른 사람이 저술한 것을 원효 스님이 새롭게 해석했다고 하기도 하는데, 그것에 대하여 말씀해주십시오."

"그것은 내가 쓴 경전이네. 내 이전 시대에 저술된 모든 '경전의 풀이'에는《금강삼매경》을 인용한 것이 전혀 없는 것, 그것이 그것을 증명해 줄 것이네."

"《금강삼매경》에는 재미있는 설화가 붙어 있습니다. 애초에 그 경전이 사람에 의해 저술된 것이 아니라는 설화입니다. 그 설화를 제가 간략하게 말씀드린다면 이렇습니다. 왕후가 병들어 있는데 그 어떠한 약도 효험이 없으므로 약을 구하려는 사절단이 당나라로 갑니다. 중도에 사신의 우두머리가 용궁의 사신을 따라가서 용왕을 배알합니다. 용왕이 사신의 우두머리에게 말합니다. '이《금강삼매경》은 신라의 대안 스님만 부部를 나눌 수 있고, 원효 스님만 설할 수 있다.' 그리고 용왕은 그 경전을 도둑맞지 않도록 사신의 다리 살갗을 찢고 그 속에 넣어 꿰매 보냅니다. 사신이 돌아오자 신라 문무왕은 원효 스님에게 그 경을 황룡사에 나와 설하게 합니다. 이때 원효 스님은 소를 타고 설법을 하러 오는데, 무뢰배들이 도중에 그 원고를 도둑질해갑니다. 원효 스님은 사흘간 말미를 얻어 소를 타고 다니면서 두 뿔 사이에 경전을 놓고 원고를 다시 써서 설법을 합니다. 이때 원효 스님이 황룡사 백고좌 스님들 앞에서 말합니다. '전에는 황룡사의 백고좌 법회에 하나의 서까래로서 참여하고자 해도 끼워주지 않았는데 이제는 대들보로서 이 경을 설한다.' 그런데 그 설화 내용이 매우 애매모호합니다. 그 경전을 용왕이 주었다는 것, 무뢰배들이 원고를 훔쳐갔다는 것, 왜 하필 소를 타고 갔는가 하는 것, 소의 두 뿔 사이에 놓고 원고를 작성했다는 것들이 다 이상합니다. 그 내막을 알아듣기 쉽게 말씀해주십시오."

원효가 말했다.

"고려 때 일연이라는 중은 참답게 사실적인 글을 쓰는 산문가라고 말할 수도 없고 역사가라고 말할 수도 없네. 《삼국유사》는 떠돌면서 흘러 내려온 이야기들을 증명 없이 모두 신화적으로 기록하고 그 마지막에 자기의 게송 하나씩을 붙여놓았네."

"《삼국유사》를 읽을 때는 신화의 껍질을 벗기면서 읽어야 한다는 것입니까?"

"내가 그 껍질을 벗겨 보여주겠네. 왕후가 병들었고 구약 사절이 당나라로 약을 구하러 갔다는 것은 사실이네. 고구려의 옛 땅을 반에 반쪽도 못 되게 차지한 채 전쟁을 마무리 지은 신라의 문무왕은 나태해졌고 상대등 흠돌이 제공한 색녀에게 빠져 있었네. 왕실과 대신들과 서라벌 귀족들은 퇴폐해졌네. 장군들은 도독이 되어 향락을 누렸고, 왕궁 주변에서는 차기 임금의 자리를 놓고 세력 다툼이 일어났네. 정명 태자를 밀어내고 인명 왕자를 태자로 세우려는 세력을 이끄는 흠돌이 김유신의 누이인 문명태왕후를 싸고돌자 문무왕의 첫 부인이자 정명 태자의 어머니 자의왕후는 심장병이 생겼네. 양쪽 세력은 영향력이 있다 싶은 대신들을 하나씩 불러다가 자기 쪽을 밀어주면 장차 상대등을 주겠다든지 시중 자리를 주겠다든지 병부령 자리를 주겠다든지 대각간 자리를 주겠다든지 하고 약조를 했네. 중국이나 아라비아 쪽에서 들어온 보석이나 비단들을 선물하고 은자를 은밀하게 안겨주었네. 황룡사 스님들은 독살이 절 하나씩을 가지고 있고 한낮에도 유곽을 드나들었네. 바야흐로 신라는 환락의 천지가 되어갔네. 왕궁 안에서 그러한 신라 사회를 제일로 슬퍼한 이가 정명 태자였지. 그 정명 태자와 소장파 승려들이 아버지인 문무왕에게 고하여 재야에 있는 깨끗하고 뜻있는 스님들을 제도권(황룡사) 안으로 들어오게 하고, 대중 교화를 위해 평생을 바친 대안 스님에게 황룡사에서 설법을 하게 했네. 그런데 대안은 도리질을 하고, 자기 대신 내가 나서야 한다고 했네. 대안 스님은 그 무렵 내가《금강삼매경》의 저술을 마쳤음을 알고 있었지. 정명 태자와 대안 스님은 내가 황룡사에서《금강삼매경》을 설법하도록 은밀한 작전을 폈는데, 그것이 구약 사절단을 당나라에 보내고, 그 사절단으로 하여금 용궁에서《금강삼매경》을 구해왔다고 꾸며대게 한 것이었네."

"원효 스님께서는 왜 말이 아닌 소를 타고 황룡사로 갔으며, 누가 설법할 원고를 훔쳐갔습니까? 또 소의 뿔과 뿔 사이에 놓고 원고를 집필한 것은 무얼 말합니까?"

"아까 내가 말하지 않았는가? 말(馬)은 말(觀念)이고 소(牛)는 소疏(풀이)라고."

아하, 나는 속으로 부르짖었다. 어떤 사실이 사람들의 입에서 입으로 전해지다 보면 그것은 얼룩덜룩한 보자기로 감싸이게 된다. 그 보자기가 신화라는 것이다. 인간은 신화 놀이를 즐긴다. 무엇이든지 신화라는 보자기로 감싸 보관하고 싶어 한다.

나는 자신만만하게 말했다.

"그렇다면 소의 뿔(角-覺) 두 개 가운데 하나는 사람이 본래부터 가지고 있는 착한 깨달음(本覺 ; 불성)이고, 다른 하나는 후천적인 공부를 거쳐 점차 천천히 깨닫고 이해하여 우주의 깊은 뜻을 얻어가는 것(始覺)을 말하는데, 그것이 신화적으로 포장된 것이라고 이해해도 좋겠습니까?"

얼떨떨한 채 지껄인 나의 이 말은 나에게 환한(廓徹) 길 하나를 열쳐주었다. 원효와 그의 시대는 신화 속에 묻혀 있다. 그 신화의 옷 벗부터 벗겨야 한다.

"《금강삼매경》은 어떤 것인지 간단하게 말씀해주실 수 없으실까요?"

"간단하게 말해달라니? 자네, 우주를 한 입에 간단히 삼키려 하는군. 그래, 한두 마디로 뭉쳐서 던져줄 터이니 얹히지만 않도록 삼켜보게나. 깨뜨림이 없되 깨뜨리지 않음이 없고, 세움이 없되 세우지 않음이 없으니 이야말로 이치가 없는 지극한 이치요, 지극한 이치가 아니면서 큰 이치인 것이 《금강삼매경》이네. '진실로 그렇지 않으면서 그것이 그러하다' 하는 것은 '고리'하고 똑같네. 뫼비우스의 띠가 그것이네. 장자의 〈제물론〉에 '환중環中'이란 말이 나오네. 그것은 옳고 그름이 반복되어 서로 한없이 이어지기 때문에 고리라고 했으니, 고리의 중심은 비어 있네. 옳고 그름을 이 고리로 삼아서 중심을 얻는다면 옳음도 없고 그름도 없게 된다는 것이네."

"금강이란 것을 중생들이 알기 쉽게 단 한 마디 비유로 말한다면 무엇일까요?"

"그대, 성질 급하기가 번갯불에 콩 구워 먹을 사람이구먼 그래. 그래 말해줌세. 금강은 꽝! 꽈당! 하는 벼락 치는 소리 같은 것이네. 벼락 소리는 의혹을 깨뜨리는 것이고, 모든 선정禪定을 뚫어버리네. 모든 보배

(眞理)는 구멍을 뚫어야 목걸이나 귀걸이나 코걸이나 배꼽걸이나 팔찌 따위를 만들 수 있네. 세상의 모든 법을 다 깨뜨려버리고 가장 바르게 생각하는 것(正思)이 그것이네."

"걸림 없음, 즉 '무애無碍'라는 것도 그와 같이 생각하면 되겠습니까? 세상의 모든 우김질하는 법을 다 깨뜨려버리고 가장 참된 진리를 향해 나아가려 하는 몸짓이 무애이지 않습니까?"

"'아가타'라는 약이 있는데 만병통치 해독제네. 큰 자비로 가득 찬 부처님께서는 진리 쪽으로 통할 뿐 막힘이 없으시네. 널리 중생을 구제하려고 살아 퍼덕거리는 진리를 설명하네. 모든 것을 한 가지 맛(一味)의 도로써 설하시고, 깨달음의 세상으로 작은 수레(小乘)을 혼자서 타고 가시지 않고 큰 수레에 중생들을 모두 싣고(大乘) 가시네. 한 가지 맛이란, 모든 중생을 부처님의 경지에 들게 하고, 중생들과 더불어 세간의 더러움으로부터 벗어나 함께 해탈한다는 것이네."

"일승一乘이란 무엇입니까?"

"순리에 따르는 것이네. 마치 한 차례 비를 맞으면 온갖 풀이 다 무성해지는 것과 같이, 각자의 다른 성정에 따라 가장 참된 진리의 비에 적셔져서 두루 충족하게 되니, 깨달음(극락)의 싹이 삐죽삐죽 자라게 되네."

나는 원효의 말이나 태도가 교만하다고 느껴졌으므로 "진리를 말해주는 사람, 계율을 말해주는 사람은 교만하여 바다에 물결이 인다고 했습니다" 하고 공격했다.

원효가 말했다.

"모든 것은 사라져 없어지네. 사라져 없어진다고 생각하는 마음 또한 사라져 없어지네."

…

내가 물었다.

"《삼국유사》에 사복蛇福이라는 인물이 있는데 그 사람과는 어떤 관계였습니까?"

그가 말했다.

"그 사람은 뱀보인데 내가 늘 다니면서 설법을 해주었네."

내가 말했다.

"하체를 쓰지 못하는 장애인인 까닭에 두 손을 이용하여 배로 기어다닌 사람이었습니까? 자기 어머니의 장례를 치르기 위해 원효 스님을 불러들인 뱀보는 스님께 자기 어머니를 가리켜 자기들에게 공부할 경전을 실어 날라준 늙은 암소라고 말했습니다. 그 늙은 암소가 죽었으므로 이제는 경전 실어다주고 먹여줄 사람이 없어졌습니다. 원효 스님과 함께 장지로 간 뱀보가 어머니의 시신을 묻을 구덩이 속으로 함께 들어가버렸다고 기록되어 있습니다. 그것은 그가 자살했다는 것 아닙니까?"

원효가 중얼거렸다.

"나무아미타불 관세음보살."

내가 물었다.

"원효 스님께서 '나지 말지어다, 그 죽음이 괴롭다. 죽지 말지어다, 그 남(태어남)이 괴롭도다' 하고 그 어머니의 죽음을 애도하자 사복이 그 말이 번거롭다고 하여 원효 스님께서 고쳐 말하기를 '죽고 삶이 모두 괴롭도다'라고 했다는데 그때 불쾌하지 않았습니까?"

원효가 말했다.

"나무아미타불 관세음보살."

"참회라는 것은 무엇입니까?"

"탐욕과 교만과 질투와 복수의 어둠(迷妄) 속에서 불(깨달음)을 밝히는 것과 같으므로 중생들은 그 빛을 이용하여 길을 찾네."

…

"《삼국유사》에 보면 원효 스님이 동해변에서 관세음보살을 친견했다고 소문난 의상 스님을 찾아가는 도중에 관세음보살이 현신한 여인에게 두 번이나 무안을 당한 기록이 있습니다. 스님께서 낙산사의 남쪽 교외에 이르렀을 때 흰 옷을 입은 여인이 논에서 벼를 베고 있었습니다. 원효 스님이 희롱 삼아 벼를 달라고 하자 여인이 흉작이어서 줄 수 없다고 대답합니다. 얼마쯤 가자 다리 밑에서 또 한 여인이 월경대를 빨고 있었습니다. 원효가 마실 물을 달라고 하니 그 여인이 월경대 빨래의 핏물을 떠주었습니다. 원효가 그 물을 버리고 손수 깨끗한 물을 떠 마시자 소나무 위에서 파랑새 한 마리가 원효 스님에게 말했습니다. '미음과 우유를 섞어 쑨 죽을 마다한 화상아!' 하고 놀렸습니다. 그 죽은 부처님의 곡진한 말씀을 상징합니다. 그 소나무 아래는 그 여인이 신던 짚신 한 짝이 떨어져 있었습니다. 스님이 절에 도착하여 보니 소나무 아래에서 본 신 한 짝이 금당 문 앞에 놓여 있었고, 그것을 보는 순간 자기를 희롱한 여인들이 다 관세음보살의 진신임을 알아차렸습니다."

원효는 대답하지 않고 산정에 얹혀 있는 흰 구름장만 보고 있었다. 그의 모습이 민망스러워 내가 말했다.

"어떤 사람은 말하기를, 그것은 의상 스님을 따르는 사람들이 원효 스님을 물 먹이는 설화, 말하자면 의상 스님이 친견한 관세음보살을 원효 스님은 끝내 친견하지 못했다는 설화라고 말합니다. 과연 그 말이 옳습니까?"

원효가 말했다.

"어리석은 자에게 꿈 이야기를 하면 그것을 곧이곧대로 믿어버리는 법이네(痴人說夢). 꿈 이야기는 하나의 방편이고, 그것을 이용하여 달(진리)을 말해주려 하는데, 어리석은 자는 진리를 떠올릴 수 있는 감수성 자체가 없으므로 그 방편만을 곧이곧대로 믿어버리는 것이네."

내가 물었다.

"그럼 원효 스님께서 관세음보살이 현신한 여인에게 두 번이나 무안을 당했다는 그 설화를 어떻게 읽어야 합니까?"

원효가 대답했다.

"자네는 어디에다 이런 글을 쓴 적이 있네. 토굴에서 한창 작업을 하고 있는데 예고 없이 불쑥 찾아와서 '차 한 잔 얻어 마시고 싶어 왔습니다' 하고 말하는 무례한 사람들이 있다고. 그때 자네는 그 사람들이 자네를 시험하려고 현신한 관세음보살의 화신인지도 모른다고 생각하고 정성을 다해 차를 내고 묻는 말에 대답을 해준다고 했네."

나는 어색하게 웃으면서 말했다.

"언제인가부터 그렇게 살고 있습니다."

"동해변으로 의상을 찾아가는 도중에 두 여인에게 무안을 당했다는 이야기는 신화로 포장된 것일 뿐, 달(眞理) 그 자체는 아니지. 신화는 달을 가리키는 손가락질(方便)인 거야. 그것은 깨달음의 길을 찾아가는 원효라는 사람의 중얼거림으로 읽어야 하네. 하나는, 벼 베는 여인의 고혹蠱惑스러움에 흔들리는 마음을 다잡으려는 몸부림이고, 다른 하나는 깨끗함과 더러움을 분별하려는 마음에 대한 꾸짖음이야. 그러한 몸부림과 꾸짖음의 과정을 거쳐야만 관세음보살(깨달음)을 친견하게 된다는 가르침으로 이해하게나."

…

"원효 스님의 원효 스님다움은 화쟁和諍에 있다고 들었습니다. 화쟁이란 무엇입니까? 문자 그대로 해석한다면 우김질을 그치게 하고 서로를 화합하게 하는 것입니다. 저는 그것을 쇳덩어리가 서로 부딪쳐 쨍그렁거리는 소리를 멈추고 조용해진다는 뜻(和錚)으로도 해석할 수 있고, 서로 싸우던 것을 멈추고 화해한다는 뜻(和爭)으로 해석할 수도 있다고 생각합니다. 어떤 한 문제(진리)를 가지고 양 종파가 서로 우김질을 할 때 그들은 각자 그것을 아전인수 격으로 해석하면서 우겨댈 것입니다. 그때 원효 스님이 나서서 이쪽도 옳고 저쪽도 옳다는 식으로 두루뭉수리하게 화해시키는 것이 '화쟁'입니까?"

원효는 고개를 저었다.

"아전인수 격으로 해석하여 우기는 이설異說들을 무조건 너도 옳고 그대도 옳다고 끌어안아 회통會通시키는 것은 화쟁이 아니네. 화쟁에는 칼 같은 비판 의식이 담겨 있지 않으면 안 되네. 각기 다른 경전들은 서로 다른 논리가 있을 수 있지만 그것들이 도달하는 궁극은 같으므로 한데 물론 회통시켜야 하지. 그러나 경전의 말씀을 해석하는 데 팔을 안으로 굽는 식으로 해석하는 오류와 편견은 확철하게 척결함으로써 쟁송을 멈추게 해야 하네. 그것이 화쟁이네."

"좀더 쉽게 말씀해주십시오."

"어떤 사람은 원천이나 원류를 바라보면서 곁가지 흐름(지류)이라고 말하고, 어떤 사람은 잎사귀를 잡고서 줄기라고 말하며, 어떤 사람은 옷깃을 잘라서 소매에 붙이고, 어떤 사람은 가지를 잘라서 뿌리에 두르면서 자기가 옳다고 하는데, 그런 것들을 광정匡正시키는 것, 가령 원류를 원류라고 분명하게 말하도록 하는 것이 화쟁이네."

"화쟁은 결국 어디를 향해 나아가는 것입니까?"

"부처님의 광명, 우리 우주의 원형元型이 그 목적지야. 그곳에는 싸움(우김질)이 있을 수 없네(無諍)."

"말씀이 어렵습니다. 쉽게 풀이해주십시오."

"영산강물 한강물 섬진강물 압록강물 대동강물 모두 바다로 흘러 들어가지만 그들은 그 안에서 나는 대동강물이다, 한강물이다 하고 우김질하며 싸우지 않네."

"화쟁은 일심으로 가는 방편이라고 하는데 일심이란 무엇입니까?"

"당항성 옆의 땅막에서 첫날밤을 달게 잤지만 안치된 유골 옆에서 잤음을 알아차린 이튿날 밤에는 악몽에 시달린 것과의 차이지. 말하자면 모든 것은 마음 하나에 달려 있네. 마음의 참모습을 깨닫는 순간이 부처가 되는 순간이야. 그것이 일심이네. 마음 아닌 다른 곳에서는 진리를 찾을 수 없네."

…

"원효 스님께서는 중생을 극진히 사랑했다고 들었습니다. 어느 정도였습니까?"

"이승에서 산다는 것은 전생에 진 부채를 갚기 위함이네. 그런데 그 부채를 알지 못한 채 소박함과 정직함을 잃고 삿되고 잘난 체하고 교만한 사람들을 깨닫게 하는 일, 그들로 하여금 그림자 하나 없고 투명한 맑은 경지에 이르게 하는 일을 평생 함으로써 내 빚을 갚으려 했네. 그러다가 마지막에 떠나가면서는 내 한 몸뚱이를 어둠 속의 중생들에게 돌려주고 갔네."

"좀 더 자세하게 말씀해주십시오."

"젊은 시절부터 나에게는 산개들이 따랐네. 머리를 깎기 위해 영축사를 찾아갈 때도 그렇고, 혼자서 만행을 할 때도 그랬네. 그래서 죽음을 앞두고 유언을 했지. 나 죽은 다음 뒷산 산개들에게 내 육신을 던져주라고. 요석과 총은 내 유언을 따랐으므로 나는 그들에게 부채를 일부나마 갚을 수 있었네."

나는 머리에, 음습하고 칙칙한 어둠과 한 늙은이의 시신과 빚을 받으려는 중생들과의 참담한 만남을 떠올렸다.

…

상좌가 원효의 시신 상체를 들어 올려 총의 등에 업혔다. 총은 시신의 엉덩이를 두 손으로 받쳐 올리며 손깍지를 끼었고, 상좌가 시신의 허벅다리를 부축해주었다. 총은 안간힘을 쓰면서 한 걸음 한 걸음 내디뎠다.

문밖은 어둠 세상이었다. 요석이 촛불 셋을 종이로 말아 들고 앞길을 밝혔다. 띠풀 억새풀 속새풀 싸리나무 아기 소나무들 무성한 자드락길이 시냇물을 따라 뻗어 있었다. 그 길은 시냇물을 버리고 드높지 않은 잔등 쪽으로 뻗어갔다. 잔등 한가운데 노송이 있고, 그 아래 바위 하나가 있었다. 총이 그곳에 이르렀을 때 어둠이 어지럽게 움직였다. 바람이 움직이고 있었다.

총이 원효의 시신을 바위 위에 내려놓았다.

촛불을 머리맡에 놓아둔 채 요석이 원효의 시신을 향해 거듭 절을 했다. 총과 상좌도 따라 절을 했다. 요석은 촛불을 총에게 맡기고 원효의 시신 앞에 무릎을 꿇고 앉았다.

"소망하신 대로 바람 되어 세상을 향맑게 씻어주십시오."

목울음 섞인 소리로 말하고 나서 가사를 벗기고 장삼과 저고리와 바지를 차례로 벗겼다. 원효의 시신이 드러났을 때 근처의 숲속에 은신한 어둠들이 푸른 인광을 밝힌 채 노송 아래를 주시하고 있었다. 그 바람이 내뿜는 숨결로 인해 요석과 총과 상좌는 몸을 떨었다.

이윽고 요석이 원효의 헌 옷과 새 옷들을 모두 가슴에 안은 채 "슬퍼하지 마라. 큰스님께서 당신의 해탈을 축복해주라고 하셨느니라" 하면서 몸을 일으켰다. 총을 향해 "앞장서거라" 하고 명했다.

상좌가 슬픔을 주체하지 못하는 총의 손에서 촛불을 받아들고 요석의 앞길을 밝히면서 총을 부축하고 이끌었다. 노송 아래 바위는 인광을 켠 불 바람이 소용돌이치고 있었다. 그들이 서로를 향해 으르렁거리면서 물어뜯었다.

"뒤돌아보지 마라!"

요석은 스스로 이렇게 말했으면서도 자드락길을 내려가다가 주저앉으면서 뒤를 돌아보았다. 노송 아래의 소용돌이치는 어둠과 바람을 향해 합장을 했다.

"나무아미타불 관세음보살……."

이튿날 이른 아침에 요석은 뒤란 언덕 노송 아래에 흩어져 있는 원효의 유골을 수습해 미리 마련해둔 소나무 관에 담았다.

…

나는 원효 앞에 무릎을 꿇고 절했다. 이때껏 묻고 싶었지만 묻지 못한 것이 있었다. 그 물음을 위해 나는 장황한 이야기 하나를 준비했다.

"제 토굴에는 지네들이 자주 출몰합니다. 황금색 발 마흔 개가 있고 주황색 이마에 바늘 같은 독침이 있는, 소녀들의 팔찌만 한 지네 말입니다. 그들은 대개 한밤중 전후에 출몰하여 자고 있는 제 몸 여기저기를 더듬고 다니다가 잠결에 그들의 몸을 건드리면 독침으로 공격합니다. 공격당한 곳은 퉁퉁 붓고 아리고 쓰라립니다. 한데 그놈들이 출몰할 시간이 아닌 때, 한낮이나 초저녁이나 새벽에 나타나는 경우가 있습니다. 저는 미리 준비해놓은 지네잡이 전용 집게로 그놈들을 집어서 유리병 속에 가둡니다. 그래 놓고 얼마쯤 있으면 천둥번개가 치고 뇌성하면서 비가 쏟아집니다. 그때 저는 아하, 이놈들이 비를 미리 감지하고 내 토굴 안으로 피해 들어왔구나, 하고 느낍니다. 그런데 말입니다. 그놈들은 비에 대한 감지 능력이 인간보다 훨씬 뛰어난데, 자기들이 비를 피해서 들어온 시공이, 인간이 스스로를 위해 만들어놓은 시공임을 감지할 눈은 가지지 못한 것입니다. 저는 당돌하고 무례한 틈입자인 그놈들을 유리병에 가두어놓고 스스로 말라 죽게 합니다. 그들을 가두는 데 유리병이 얼마나 편리한 기구인지 아십니까? 유리병은 제가 지네의 육신을 살육하는 곤욕을 치르지 않으면서 동시에 그들을 격리시켜놓고 구경할 수 있게 하는 투명한 시공이니까요. 그런데 우리 인간도 이 사바 세상의 차가운 창대 같은 우박 줄기를 피해 따스하고 꽃송이들만 난만한 아미타 세상을 감지하고 그 세상으로 들어서기는 하지만, 사실은 그 시공은 인간을 위한 시공이 아니고 하느님이나 부처님들만을 위한 시공이므로, 부처님이나 하느님은 골치 아픈 탐욕 덩어리인 인간을 유리병 속에 가두어놓고 구경하는 것 아닐까요? 육신을 가진 채 이런저런 탐욕을 채우는(광기 어린) 재미와 그것을 비우려고 몸부림치면서 사는 고통과 환희를 동시에 맛볼 수 있는 속세보다 탐욕을 채우는 재미를 전혀 맛볼 수 없는 아미타 세상은 지긋지긋하고 지루하고 환장할 정도로 따분한 시공이 아닐까요?"

살았을 적에 중생들에게 아미타 세상을 적극적으로 홍보하고, 또 그들을 큰 수레를 이용하여 그 세상으로 실어 나르다가 입적한 다음 아미타 세상에 발(籍)을 묻은 원효를 크게 모독하는 것일지도 모르는 이 말을 뱉어내려고 고개를 들었을 때, 원효 스님은 어디론가 가고 없었다. 서쪽 하늘에 주황색 노을이 불타고 있었다. 그 노을은 나의 포도주로 말미암은 두통과 섞이면서 T. S. 엘리엇의 에테르로 마취된 환자처럼 아물아물해지고 있었다.

…

원효는 항상 새로이 시작되는 우리의 새벽이고, 영원히 풍화되지 않는 불가사의의 거울이고, 오늘의 한복판에서 싹터나고 있는 우주 씨앗의 눈(胚芽)이다. 그런데 원효는 굴절되어 있다.

원효를 맨 처음 잘못 읽은 사람은 고려 때의 일연 스님이다. 일연 스님은 원효보다 589년이나 뒤에 태어난 사람이다. 여섯 세기의 세월이 지나간 다음의 고려 땅에는 신라 때의 원효가 신화나 전설 속의 인물로 회자되었으므로 일연 스님은 그것을 그대로 기록했던 것이다.

《삼국유사》《삼국사기》는 삼국 전쟁의 승리자인 신라 중심의 기록들이다. 그 가운데《삼국사기》는 사대주의의 극치다.

한반도에서 가장 작은 나라인 신라가 대국 당나라의 군사들을 불러들여 일으킨 삼국 통일 전쟁의 긴박하고 슬프고 처절한 소용돌이에 서 있던 원효. 그때 그는 과연 어디에서 무슨 일을 하며 살았을까.

신라 땅의 모든 젊은이들과 물자들이 전쟁터로 실려 나가던 그 판국에 원효는 여자 생각이 동하여 전쟁으로 말미암아 과부가 된 요석 공주하고 동침이나 하고 싶어 한 파렴치한 승려였더란 말인가.

신화나 전설은 역사적 사실을 안개로 포장한다. 신화와 전설을 깊이 읽으려면 그것의 껍질을 여러 방향에서 벗기고 분석하고 깊이 읽지 않으면 안 된다.

일연 스님 이후에 원효를 잘못 읽은 사람은 이 땅이 일제의 식민지였을 때 작가 활동을 한 춘원 이광수다. 춘원이 장편소설《원효대사》를 집필한 것은 제2차 세계대전이 한창이던 때였다. 그 소설이 연재된 지면은 한반도 식민 통치의 총지휘소인 조선총독부의 기관지『매일신보』였다.

조선총독부는 그 전쟁을 '대동아 공영共榮을 위한 성스러운 전쟁(聖戰)'이라고 선전하면서 식민지 조선의 새파란 청년들과 군수물자를 강제 동원하여 전쟁터로 실어 보냈다. 그때 조선총독부는 왜 춘원 이광수에게《원효대사》를 연재소설로 쓰게 했을까.

그 소설에서 신라의 김춘추·김유신이 일으킨 삼국 전쟁의 한가운데에 서 있는 원효라는 인물로 하여금 신라 젊은이들을 향해 '성스러운 전쟁에 기꺼이 몸을 던져라' 하고 부르짖게 함으로써 식민지 조선의 젊은이들을 전쟁에 기꺼이 참여하게 충동질하려는 것은 아니었을까.

이광수의 《원효대사》는 다음과 같이 끝을 맺는다.

> 원효는 도술로써 바람이라는 큰 도적을 제압하고 제자로 만들었는데, 바람은 신라군의 장군이 되었고, 휘하 부하들 또한 모두 군직을 받았다. 훗날 삼국 통일 전쟁에서 혁혁한 공을 세운 것이 이들이었다. 황산벌 싸움에서 용감히 싸운 장수들이 이들이요, 또 죽기를 무릅쓰고 백제와 고구려의 국정을 염탐한 것이 거지 떼들이다.

춘원의 《원효대사》는 맹렬하게 저술 활동을 하며 자유자재하게 산 원효의 삶과 사상과 전쟁 상황이 맞물려 있지 않다.

물론 역사 인물을 그린 소설이 반드시 실록일 필요는 없다. 역사의 몫과 자유로운 상상으로 창조하는 작가의 몫은 다르다. 그런데 선인들이 한 번 오독하고 잘못 서술해놓은 것을 읽은 후세의 독자들은 그 잘못된 것을 진실로 알고 평생을 살기 마련이다.

내가 원효를 깊이 읽어본 바에 의하면, 원효의 얼굴은 그들의 오독으로 인해 윤곽이나 눈빛이나 살빛이 잘못 그려지고 잘못 색칠되어 있다. 이제 나는 원효를 새로이 올바르게 읽음으로써 오독으로 잘못 알려진 원효에 대한 관념을 바꾸고자 한다.

역사의 기록 행간을 깊이 읽어보면 원효는 삼국 통일 전쟁을 찬양하거나 협조하지 않았다. 그는 전쟁터에 내보낸 군사들을 철수시키라고,

죽음을 무릅쓰고 외쳐댄 반전주의자였다. 국가주의자가 아니라 세계주의자였고, 일심·화쟁·무애를 실천한 '불국토주의자'였다. 신라의 집권자들이 일으킨 광기 어린 전쟁 상황 속에서 행동한 반전주의자가 그때 무사할 수 있었을까.

삼국 전쟁의 광기 어린 분위기는 일제가 일으킨 제2차 세계대전의 광기 어린 분위기와 비슷했다. 그 분위기에 찬물을 끼얹으려 한 원효는 제거의 대상이었을 터이다.

신라의 집권자들은 대중들에게 열렬한 지지를 받고 있는 원효의 반전 운동에 당황했고, 원효를 파렴치한 승려로 만들어 소문내지 않으면 안 되었고, 그리하여 전쟁을 치르는 동안 내내 그를 요석궁에 연금시켰던 것이다.

원효라는 거대한 산은 1350년이 지났음에도 불을 뿜고 있는 불가사의한 활화산이다. 우리는 오욕의 일본 식민지 시대를 벗어나자마자 피비린내 나는 동족상잔의 싸움을 치렀고 아직도 분단의 아픈 시대를 살고 있다. 또한 우리와 가장 가까운 거리에 있는 대국이 벌이고 있는 '고구려의 역사를 빼앗으려는 동북공정이라는 음모'와 독도를 빼앗으려 하는 일본의 교활한 책략과도 직면해 있다. 이때 나는 원효를 이야기하려 한다.

원효 사상은 다산 사상과 더불어 국내는 물론 세계 도처에서 이미 하나의 학문으로 자리매김해 있다. 숲처럼 무성한 원효 사상 연구가들의 논문은 나에게 좋은 길라잡이가 되었다.

길 위에서 열반에 든 싯다르타의 맨발,
그 아프면서도 숭엄한 가르침

내 영혼의 스승인 싯다르타의 삶을 소설로 써보는 것이 나의 오랜 하나의 큰 소망이었는데 감히 용기를 내어 도전했다.

나는 이곳저곳 여행 중에 와불臥佛의 맨발을 보곤 했다. 길 위에서 태어나 평생토록 온 세상의 길을 맨발로 걸어 다니며 사람의 길에 대하여 가르치다가 길 위에서 열반한 싯다르타의 '맨발'이란 무엇인가.

한 왕국의 왕자였던 싯다르타는 왜 화려한 삶을 버리고 출가를 했을까. 그것은 혁명적인 결단으로 이룩한 것이었다. 한 마디로 말한다면 계급사회로 인해 핍박 받는 인간과 탐욕으로 인해 지옥의 삶을 사는 사람들을 구제하기 위해서였다.

우주 자연 속에서 인간은 불안하다. 그리하여 인간은 한사코 스스로 절대자라고 의미 부여를 한 신에게 매달린다. 악을 저질러놓고도 신에게 핑계를 댄다. 모든 것을 신의 뜻이라고 말한다. 싯다르타는 그 고독한 인간을 구제하려고 신을 거부하고 출가한 것이다. 그것은 어찌할 수 없는 신에 대한 저항이자 극복 행위다. 천상천하 유아독존은 인간의 오만을 말하는 것이 아니고 인간이 절대고독자임을 뜻한다.

나는 성불이 아니라 출가에 초점을 맞추어 이 소설을 썼다. 이제나 그제나 세상은 계급사회다. 지금은 자본주의 계급사회다. 이 부도덕한 사회에서 지금 우리는 출가를 생각하며 살아야 한다. 싯다르타의 맨발은 슬프면서도 장엄한 출가 정신의 표상이다. 우리가 싯다르타에게 배워야 하는 것은 맨발 혹은 출가 정신이다.

호남인 호남 정신,
혹은 마지막에 웃는 그리고 짠해하는 가슴

전통사회가 무너졌다. 산업사회에서 후기 산업사회로, 그것이 다시 정보화사회·제4차 산업사회로 질주하고 있다. 아날로그적인 삶에서 디지털적인 삶으로 바뀌었다. 지구적인 삶으로 전환되었다.

하룻밤 지나면 현기증 나게 세상이 변화해간다. 정보 하나를 놓치면 굴뚝 속에 들어가 있다가 나온 사람 취급을 받는다. 이 세상에서 올바르게 살아가려면 어찌해야 하는가. 어떤 정신, 어떠한 기질, 어떠한 마음으로 살아가야 하는가.

타고난 바탕을 버릴 수 없고 가지고 있는 기질을 바꿀 수 없다. 나는 늘 내가 호남인임을 자부하며 산다. 그것은 내 속에 들어 있는 호남인으로서의 기질, 호남인으로서의 정서를 가지고 있다는 자부심이다. 전라도 남단의 한 섬에서 바다를 바라보면서 자란 섬놈으로서의 기질과 정서.

그것은 끼리끼리 패거리 지어 살기 위한 것이 아니고 떳떳하게 자기 자존의 삶을 살기 위해서다.

광주의 거인 교장

나는 일찍이 광주에서 살았던 한 교장 선생을 알고 있다. 그 교장은 전남 광주 지방의 거목으로서 후배나 제자들의 귀감이 되고 있다.

오래전 광주의 ㄱ학교에 근무했던 한 신화적인 교장 선생. 그는 ㅅ중학교 출신이었다. 당시 명문인 ㄱ중학교와 ㅅ중학교는 봄가을 두 차례씩 친선 축구경기를 했다. 한데 봄철 축구경기가 끝나고 술이 얼근해진 채 집에 들어간 그 교장 선생은 두 손으로 얼굴을 가리고 엉엉 울었다. 그의 노모가 왜 우느냐고 물었다.

교장은 우리 학교가 축구시합에서 졌어요, 하고 대답했다. 노모는 어이없어서 "세상에 어느 학교 교장이 자기네 축구팀이 졌다고 자네처럼 우는가 보시게" 하고 퉁명스럽게 꾸짖었다.

그러자 교장이 노모에게 볼멘소리를 했다.

"자기 학교 팀이 졌는데도 울지 않는 그런 것들도 교장이랍니까?"

한데 가을철 어느 날 밤 그 교장은 또 술에 취해 들어와 울었다. 노모가 지레짐작을 하고 "자네 학교 축구팀이 또 진 모양이네?" 하고 물었다. 교장은 고개를 저었다.

"아니요. 오늘은 우리 학교 팀이 이겼어요."

그러면 왜 우느냐고 물었다. 그 교장은 "진 놈들이 제 모교 후배들이 잖아요? 그런 바보 멍청이 같은 것들! 분통이 터져서 견딜 수가 없어요. 차라리 제가 들어가서 뛰었으면 이겼을 것인데" 하고 나서 더 설리 울었다.

바꿀 수 없는 기질

장흥 대덕에 살았던 한 농사꾼 선비를 알고 있다. 그는 가난하지만 당당하고 끈질기면서도 호인스러운 거구의 남자였다.

그는 많지 않은 농사를 지으면서 살았다. 어떤 일로 인하여 누구인가와 시비가 붙었을 때에는 절대로 먼저 화를 내지 않았다. 이치를 따지고 상대를 설득하는 데까지 하다가 정 안 되면 웃옷을 하나씩 벗어던져가면서 대들었다. 물론 어떤 극한 상황에 이르러서도 상대의 멱살을 잡는다든지 욕설을 퍼붓는다든지 주먹질을 한다든지 하지 않았다. 소송을 하는 일도 없었다. 그렇게 하여 반드시 자기가 하고자 하는 대로 일을 성사시키곤 했다.

그의 주위 사람들은 어떤 골치 아픈 일이 생겼을 때 늘 그를 앞장세우곤 했다. 한데 그는 모든 사람의 그러한 청을 들어주는 것이 아니었다. 사리를 따져보고 자기가 나설 만한 곳에만 나서서 성사를 시키곤 하는 것이었다. 만일 이치에 부당한 일을 위해 나서달라고 하면 과감하게 뿌리쳤다.

끈질긴 호인 남자

씨름도 잘하고 쌈질도 잘하는 또 한 남자를 알고 있다. 여느 때 그는 말수가 적었다. 친지들이 하자는 대로 잘 따르곤 했다. 힘이 센 사람들로부터 아니꼬운 꼴을 당해도 잘 견디곤 했다.

예로부터 힘이 센 자란 무엇인가. 권력을 가진 사람, 돈이 많은 사람, 주먹이 강한 사람 아닌가. 그 힘이 센 사람들은 자기의 힘을 앞세우고 사리에 부당한 일을 곧잘 하려 든다. 이때 대개의 사람들은 뒤탈을 염려하여 힘센 사람들의 비위를 건드리려 하지 않고 참으면서 그들의 일에 마지못해 협력하는 체하기 일쑤다.

내가 알고 있는 그 남자는 물론 참는 데까지 참으면서 힘을 앞세운 채 부당한 일을 하려는 사람의 뒤를 따르곤 했다. 그러나 정 눈꼴이 사나워 견딜 수 없게 되었을 때 그 사람을 더 용납하려 하지 않았다. 이때 그가 두고 쓰는 말은 이것이다. "느거멈 쓰팔 것! 이래 죽으나 저래 죽으나 한 가지다이."

나는 전라도 사람의 기질이 무엇이냐고 물으면 앞의 세 사람을 떠올리곤 한다.

가장 매력 있는 전라도 말

전라도 말들 가운데에서 가장 매력 있는 단어가 무어냐고 물으면 나는 '짠하다'라는 말을 댄다. 이 말의 의미와 정서는 전라도 사람만 안다. 내가 나서서 도와주거나 위해주지 않으면 가슴이 쓰라려 견딜 수 없는 순수한 심사가 '짠한' 감정이다. 전라도 사람들의 가슴에는 짠한 감정을 많이 담겨 있다.

공맹 사상에서 근간이 되는 것은 인仁일 터이다. 《맹자》에 이렇게 쓰여 있다.

> 사람이 사람에게 차마 못하는 마음이 있다. 지금 어떤 사람이 어린아이가 우물에 빠져 허우적거리는 것을 본다면 다 놀라며 측은하게 여기는 마음이 있어 구하려 할 것이다. 그것은 어린아이의 부유한 부모와 교제를 맺기 위해 그러는 것이 아니며, 향당의 벗들로부터 "역시 자네는 훌륭한 친구야" 하는 칭찬의 말을 들으려(명예를 얻으려)는 것도 아니며, "어린애가 우물에 빠졌는데 그냥 보고 지나쳐가다니, 어찌 그럴 수가 있단 말인가" 하는 사회적으로 비난하는 소리가 싫어서 그러는 것도 아니다.

'차마 못하는 마음'이란 전라도 사투리로 '짠한 마음'이다. 이 짠한 마음과 실학자인 정다산이 말한 효孝·제悌·자慈는 어떻게 같고 다를까. 효는 윗사람을 공경하는 것이고, 제는 아랫사람을 사랑하는 것이고, 자는 못 먹고 못 입고 못살고 박해 받는 사람을 불쌍하게 여기는 것이다.

그것은 우주의 율동, 짠한 마음 그 자체다.

호남인이 호남인인 이유

100여 년 전 동학혁명이 일어났을 때, 전봉준 등의 동학혁명군 지도부가 모두 무너지자 패전한 동학군들은 일본군의 기관총에 쫓겨서 남으로 남으로 내려왔다. 하고 많은 땅을 다 두고 하필 전라도 장흥 땅으로 몰려들었다.

기록에 의하면, 전국에서 모여든 동학군 3만 명쯤이 장흥에 운집했다. 그들은 장흥 관아를 접수하고 강진을 거쳐 영암 방면으로 나아가려고 했다. 나주에 갇혀 있는 전봉준을 구하고 지도부를 다시 세우려는 것이었다. 그러나 그쪽에서 밀고 내려오는 일본군의 기관총을 이기지 못하고 패주했고, 장흥의 겨울 들판에는 동학군들의 시체가 짚뭇처럼 널려 있었다.

마지막까지 굴복하지 않고 웃통을 벗어젖히고 대드는 정신이 전라도 정신이다. 모교 팀이 이기면 자기가 근무하는 학교 팀이 짠해지고 자기 근무하는 학교 팀이 이기면 모교 팀이 짠해지는 것이 전라도 사람들의 마음이다.

전라도에 온 경상도 사람·충청도 사람·함경도 사람·평안도 사람·강원도 사람·황해도 사람들은 그 어느 누구도 텃세 받지 않고 다 잘산다. 그것은 전라도 사람들이 짠한 감정을 그 어느 지역 사람들보다 진하고 많이 가지고 있는 까닭이다. 그리고 가령 광주민중항쟁, 마지막 동학 항쟁, 광주 학생사건, 임진왜란 때 의병이 일어난 것은 참는 데까지 참다가 마침내 들고 일어나 끝까지 대들어 이기는 성질 때문이다.

시의
씨앗말
혹은
뿌리말

광기 혹은 도깨비의 신명

시인은 알레르기 비염 환자이고 천식환자다. 20년 전 서울 우이동에 살던 때, 찬바람에 민감하게 반응하는 알레르기 비염 환자인 나는 늦가을의 찬바람이 북한산 잔등을 넘어올 무렵 방 안에 누운 채 벌써 재채기를 하고 기침을 하곤 했다. 바닷가 토굴에 사는 지금은 가을 찬바람이 북쪽 제암산 마루를 넘어올 무렵 토굴 방 안에 누운 나는 벌써 재채기를 하고 기침을 하곤 한다. 그래서 김수영 시인은 '시인이여 기침을 하라'라고 노래했을 터이다.

모든 시인의 시는 신성을 내포한다. 시는 땅에 사는 절대고독자인 인간이 하늘을 두려워 비나리 치는 말, 하늘에 제사 지내는 사제(무당)의 말에서 시작되었다. 시인이 들풀·꽃·나무·탑·새·바다·지평선을 노래하면 거기에 신성이 바탕하지 않을 수 없는 이유가 거기에 있다. 무신론자일지라도. 존재하는 모든 것들은 하늘을 향해 치솟는다. 나무도 그렇고, 절의 돌탑도 교회의 십자가 탑도 새들도 하늘을 향해 치솟는다.

상처 받지 않은 시인은 들풀처럼 천의무봉天衣無縫의 바느질 흔적 없는 꽃을 앙증맞게 지어 입는다. 상처 받은 시인의 바느질 솜씨는 그와 다를 수 있다.

모든 시인은, 이른 가을의 잔인한 태풍으로 잎사귀를 모두 잃어버린 매실나무와 감나무와 배나무 살구나무 이팝나무 호두나무 등의 활엽수가 비상 에네르기(호르몬)를 가동하여 새로이 이파리를 움터나게 하면서 동시에 미친 듯이 봄꽃을 피워내듯 태풍 같은 정치적인 폭력으로 세상의 자유를 빼앗아가면 시인들은 비상 에네르기를 가동하여 저항의 시를 토해낸다. 그런 시인들은 바느질 흔적을 감추려 하지 않고 뚝뚝한 실을 옷 밖으로, 솔기 밖으로 튀어나오게 한다.

띠풀의 뿌리는 이른 봄 몸통 속에 은밀하게 잉태한 삘기를 여름철 내내 땡볕 속에서 키워 가을철에 보온성이 전혀 없는 솜털 같은 꽃을 가을 하늘 아래 피운다. 청자색의 하늘에 뜬 비행운 같은 솜털 꽃. 옛날 옛적 악독한 의붓어미는 삘기 솜털 꽃을 뜯어 의붓자식의 겨울옷을 해 입혀서 의붓자식을 한겨울에 부들부들 떨게 했다는 설화가 있다. 가난을 먹고 사는 시인은 그 띠풀의 솜털 꽃으로 옷을 지어 즐겨 입는다.

시인의 내부에는 또 하나의 우주가 들어 있다. 동백꽃도 들어 있고, 꽃뱀도 고래도 새우도 참새도 비둘기도 꾀꼬리도 부엉이도 까마귀도 까치도 거미도 개미도 귀뚜라미도 지네도 쥐며느리(공벌레)도 들어 있다. 남근 모양새의 송이나 여타의 식용 버섯도 색깔 고운 독버섯도 검은 이끼도 푸른 이끼도 검은 곰팡이도 푸른곰팡이도 가시복도 은빛 가시로 무장한 엉겅퀴도 바늘 같은 가시로 무장한 장미도 들어 있다.

시인이 겨울 동산에서 동백꽃 한 송이를 만났을 때, 시인은 이미 자기 내부의 우주에 들어 있는 동백꽃이 겨울 동산의 그 현실적인 동백꽃과 대면하면서 서로 반가워 환희하는 것을 본다. 그 환희가 시일 터이다. 시인이 여름 풀숲에서 꽃뱀 한 마리를 만났을 때, 시인은 이미 자기 내부의 우주에 들어 있는 또 하나의 꽃뱀이 여름 풀숲의 현실적인 꽃뱀을 대면하면서 환희하는 것을 본다. 천경자의 꽃뱀이나 서정주의 〈화사花蛇〉는 그 환희의 결과물일 터이다.

편백나무 판자 소나무 판자 느티나무 판자 오동나무 판자에 옹이가 있고 섬세한 무늬와 결이 있듯 모든 시인의 영혼에도 그러한 옹이와 무늬와 결이 있다. 그 옹이와 결과 무늬가 시로 나타난다.

시인은 산도깨비나 바다도깨비나 강도깨비하고도 사귀고, 신이나 악마나 천사하고도 사귀고, 석가모니 부처와 유마와 모세와 예수와 여호와와 알라하고도 사귄다. 시인은 그들을 시의 전령사로 이용한다.

시인은 상처를 잘 받는 족속이다. 형제들에게 어머니와 아버지의 사랑을 빼앗기고 슬퍼한 상처, 첫사랑으로 인한 실연의 상처, 짝사랑으로 인한 상사의 열병 상처, 가난의 상처, 배가 고파서 눈물 묻은 밥을 먹어 본 상처, 폭력으로 말미암은 상처, 친구들에게서 혹은 세상으로부터 따돌림 받은 상처. 시인은 그 상처로 말미암아 알 수 없는 수많은 색깔로 물든 특수 안경알 너머로 세상 풍경을 본다. 꽃도 숲도 풍경이고, 달과 해와 별도 풍경이고, 역사도 사회도 풍경이고, 강이나 산도 풍경이고 바다도 섬도 풍경이고, 구름도 하늘도 비행운도 풍경이고, 황혼도 땅거미도 별 없는 깜깜한 밤도 풍경이고 폭풍우도 풍경이다. 상처 받은 시인이 상처 받은 안경을 통해 본 풍경들에는 푸른색 상처의 색깔이 칠해지기도 하고, 핏빛의 빨간색 상처의 색깔이 칠해지기도 하고, 보라색 상처의 색깔이 칠해지기도 하고, 우중충한 잿빛 상처의 색깔이 칠해지기도 하고, 검은색 상처의 색깔이 칠해지기도 하고 수묵색의 색깔이 칠해지기도 한다. 상처의 안경으로 말미암아 각기 다른 상처의 색깔들로 칠해진 풍경이 시다.

시인은 이태백처럼 호수에 빠져 있는 달을 길어 올리려다 빠져 죽는 사람이다. 지상至上의 아름다움의 경지에 이르기 위하여 목숨도 바치는 것이 시인이다.

《원각경》은 "달을 보라면 달을 보아야지 왜 손가락을 보느냐" 하고 묻는다. 나에게는 천강에 비치는 달빛이 시다. 소설은 시를 향해 날아가고, 시는 음악을 향해 날아가고, 음악은 무용을 향해 날아가고, 무용은 우주의 율동을 따라 날아간다. 그 율동의 한가운데 시인인 내가 서 있다.

내가 나의 토굴 바람벽에 써 붙여놓은 '狂氣(광기)'는 도깨비의 신명을 훔치려는 주문呪文이다. 토굴에서 가끔 혼자 ㅎㅎㅎ呵呵呵 하고 웃곤 한다. 내 속의 도깨비가 늘 어디선가 희한한 시를 가져다주곤 하므로.

나의 색깔과 무늬 혹은 결

어느 초가을, 문예창작과 옆의 화장실 소변기 앞에 서서 배설을 하다가 아, 하고 탄성을 질렀다. 갈색의 가랑잎 같은 나방 한 마리가 엎드려 있는데 그 날개에 새겨진 무늬가 조팝나무 꽃송이 여덟 개를 나란히 잇대어놓은 것 같았다. 저놈은 왜 저렇게 아름답고 기묘한 색깔과 무늬로 치장을 하고 있을까. 저렇게 치장하여 어찌하겠다는 것인가. 자기를 보는 자들에게 무엇을 느끼게 하려는 것인가. 저 치장의 의미는 무엇일까. 내가 곧 대답했다.

저것은 한 개의 은유법이고 상징법이다.

무엇에 대한 은유법이고 상징법인가. 손을 씻고 고개를 들자 거울 속에서 벽돌색 웃옷을 걸친 한 풋늙은이가 나를 바라본다. 그래 저 풋늙은이도 한 개의 은유법이고 상징법이다. 너는 무엇을 은유하고 상징하느냐.

존재하는 모든 것들은 다 각기 한 개 한 개씩의 은유법이고 상징법이다. 이것을 화두로 그 시간의 강의를 하기로 마음먹었다. 그렇다. 세상의 모든 시인이나 소설가들이 쓰는 한 편 한 편의 시나 소설들은 우주 시원의 시공에 뿌리하고 있는 신화가 낳은 진리라는 알을 은유하거나 상징한다. 신화가 진리 그 자체는 아니다. 신화는 진리의 자궁이다.

화장실 문을 밀고 나서려다가 하마터면 거꾸러져 넘어질 뻔했다. 은유법이고 상징법이라는 말에 발끝이 걸려 있었다. 나는 발을 멈추고 몸을 돌렸다. 한동안 어리둥절하여 조금 전에 본 그 나방을 다시 보았다.

나방은 금언 한 마디를 새긴 직사각형의 하얀 아크릴 조각이 이름표처럼 붙어 있는 곳에서 한 5센티미터쯤 떨어진 데 엎드려 있었다.

'인간은 신의 걸작품이다.'

나방을 등지고 돌아서면서 나는 생각했다. 저 말을 당당하게 뱉은 사람은 신神에게 걸려 있다.

사실은 신이 인간의 걸작품이다. 신에게는 자궁이 없다. 자궁을 가진 암컷들은 얼마나 위대한 존재인가. 자궁은 두 얼굴을 가지고 있다.

통념 깨부수기

언제인가부터 세상의 진리라고 떠들어대는 것들을 하나하나 의심하며 살기 시작했다. 그 진리들을 말하는 문장 다음에 '그러나' '그렇지만' '그런데' '그럼에도 불구하고' 따위를 붙여 생각해보고 '아니다. 그게 아니다'라며 고개를 젓는다. 의심하는 데서부터 명상이나 사색은 시작된다. 그 의심으로부터 전혀 새로운 진실, 우주 시원의 밑뿌리에 맞닿아 있는 순리를 발견해냈을 때 나는 비로소 시인이 되어 탄성을 지르며 행복해한다.

그림을 처음 그리는 자에게 석고상을 앞에 놓고 데생을 하게 해보면 자기 얼굴과 닮은 얼굴을 그려놓곤 한다. 그것은 얼굴 윤곽이나 눈 귀 코 잎 눈썹 머리털들은 대개 이러이러하다는 통념에 사로잡혀 있기 때문이다. 대개의 경우 사람의 얼굴에 대한 통념은 거울 속에서 늘 보곤 한 사랑하는 자기의 얼굴 모습으로 인식되어 있다. 사람들은 누구든지 다 자기 잘난 맛으로 산다. 「전국노래자랑」 텔레비전 프로그램을 보면서 나는 늘 즐거워지고 슬퍼진다. 그 무대에 나선 사람들은 모두 나의 어리석고 가엾은 분신들이므로.

통념에 젖어 사는 것은 삶을 편하게 하기는 하지만 삶을 두루뭉수리하게 하고 단세포동물이 하는 지리한 단순 노동처럼 짜증나게 만든다. 글쓰기에서 가장 경계해야 할 것은 바로 그 통념 혹은 고정관념이다.

통념에서 벗어나는 공부, 사물을 다양한 측면에서 깊이 보는 공부를, 나는 한 사물을 놓고 연작시 한 50편쯤을 써보는 것으로부터 시작했다. 한 편 한 편을 써갈 때마다 새로운 공부를 하지 않으면 기껏 쓴 시들의 동어반복이 될 수밖에 없다. 그 동어반복으로부터 나를 구원하는 것은 선인들의 책(그들이 걸어온 구도의 길) 깊이 읽기, 풀잎사귀와 들꽃과 교통·교감하기, 동식물·미생물의 삶 깊이 읽기, 혹은 해 달 별 구름 바람 바다 강과 산과 섬 그리고 나의 우주 깊이 읽기다.

어떤 사물을 묘사할 때, 한 대상에 대하여 진술할 때 나는 이것을 나만의 눈으로 제대로 보고 제대로 진술하는가 의심한다. 내가 서 있는 자리에서 바라본 이 사물의 명암이나 색깔이나 원근이나 균형을 제대로 측정하는가. 이 단어는 모난 것이므로, 옆에 그 어떤 단어가 놓일지라도 서로 등을 두르게 되지 않을까. 다음 문장에 놓일 단어들의 크기나 색깔이나 무늬나 결을 고려할 때 이 말은 과연 여기에 알맞은가.

한 문장 속에 단어 하나하나를 놓아가기, 시 한 연에 낱말 하나하나를 놓아가기는 돌담이나 돌탑 쌓기와 같다. 돌담이나 돌탑은 돌들의 아귀 맞추기를 잘해야 정교하고 매끄럽고 튼튼해진다.

두루뭉수리한 돌은 몰개성沒個性처럼 그 어디에든지 놓아도 잘 알맞을 수 있을 듯싶지만, 그것은 결국 다 쌓아놓은 탑을 허물어지게 한다. 한 개 한 개가 모두 개성과 특징을 가진 돌이어야 한다.

그런데 우주는 개성이 없고 두루뭉수리하다. 개성적인 한 개 한 개의 돌들로 쌓아올린 돌탑은 결국 하나의 두루뭉수리한 원융의 어떤 세계를 표상한 것이어야 하지 않는가. 나는 지금 말도 안 되는 소리를 하고 있다. 진리를 지름길로 찾아가곤 하는 선禪은 늘 언어도단에서부터 시작한다. 진흙소 물을 건너듯이. 진흙으로 만든 소가 물속에 들어가면 흐물흐물 풀어져 흙탕물로 변한다는 통념을 버리지 않으면 진흙으로 만들어놓은 소는 영원히 물을 건너지 못한다.

아름다운 삶이 꽃이듯
향기롭게 사라져가는 죽음도 꽃이다

토굴 마당에 200살쯤 되는 감나무가 한 그루 서 있다. 동쪽·서쪽·북쪽으로 뻗은 세 개의 큰 가지들 가운데 동쪽 가지 하나가 썩어 문드러져버린 감나무. 우울해지면 마녀처럼 느껴지는 그녀의 밑동 앞에 놓인 돌절구에 걸터앉곤 한다. 늙은이의 우울증은 인생 역정의 막다른 종착점 인근에 이른 인간들의 육체와 영혼의 폐경으로 말미암은 정서적인 불안과 절대고독이다. 노인성 우울증을 앓고 있는 내가 지난 한밤중에 그녀와 마주섰다. 노랗고 빨갛고 파란 별들을 주렁주렁 머리에 이고 있는 그녀에게 내가 물었다.

"어르신은 어디에서 오셨습니까요? 몸이 부실한 듯싶은데 곧 어디론가 떠나가야 하지 않습니까?"

그녀가 대답했다.

"온 곳도 없고 가야 할 곳도 없다. 내가 발 묻고 있는 곳은 내 고향이고 우주 한복판이다. 나는 여기서 영원을 살 것이다."

"영원히 살고 싶은 허욕이 있는 어르신이 소멸되지 않는 존재라는 말입니까?"

"나는 우주 생성 초부터 이 땅에 존재하기 비롯한 우주의 화석이다. 죄업을 짓는 인간들처럼 윤회에 떨어지는 법 없이 한 세대가 죽으면 씨가 움터서 다음 세대를 잇곤 했다. 우주 한가운데의 심연에 뿌리박고 있는 진리, 영원한 시간, 무량광無量光 그 자체다."

그녀의 말 속에 설컹거리는 관념이 들어 있어 나는 하아, 감탄부터 했다. 나는 큰 관념 앞에 서면 말이 막히곤 한다. 세상의 모든 것들은 다 종교적 철학적 신화적 인류문화학적인 존재인 체한다. 내가 말을 잃은 것은 그녀의 관념에 대한 패러다임(하부구조)이 파악되지 않았기 때문이다.

내 토굴 마당의 감나무는 알 수 없는 존재다. 달관한 성자인 듯 거슴츠레하게 눈을 감고 있다가 풋늙은이인 내가 그녀의 그늘에 다가서면 말 없는 말로 거침없이 설법을 한다.

"늙어가는 인간들은 노회老獪해지고 노욕을 부리게 된다. 돈과 권력을 움켜쥐려 하고, 자기 이름을 여기저기에 끼워 넣어 홍행하려 한다. 돈 좀 벌었다 하는 사람들은 목에 힘 준 채 골프공 엉덩이나 두들기러 다니고, 고향 지역구에서 거지처럼 한 표 한 표를 구걸하여 당선된 국회의원들은 오만해져서 국민 위에 군림하고, 여기저기에서 이권을 챙기고 폭탄주 마시고, 경전 몇 줄 읽고 참선하여 한 소식을 한 스님들은 오만해져서 절에 찾아오는 신도들에게 신흥 종교 교주처럼 삼배를 받아먹고 도통한 듯 목에 힘을 주고, 귀동냥한 이런 말 저런 말들을 법문이랍시고 늘어놓고, 원효의 '걸림 없는(無碍) 삶'을 흉내 낸다. 무애는 진리로 나아가는 데 걸림 없는 지혜이고, 탐욕과 아만이라는 그물에 걸림 없는 '마음 비우기이고 깨끗해지기'인데 얼치기들은 그것을 함부로 살아가는 막행막식莫行莫識으로 착각하고, 무식이 탄로 날까 싶어 선승들이 하듯 '악(喝)!' 하고 소리치고, 독살이 절에 여자를 숨겨놓고 즐기며 술 마시고 고기 먹고 거짓말하고 닭 벼슬보다 못한 벼슬 뒤집어쓰고 다니고, 그런 그들은 다시 보임保任을 하지 않는다. 보임이란, 깨달은 자가 자기의 그 깨달음의 경지를 계속 보호하고 유지해 나가기 위하여 공부하고 계율을 엄히 지키는 일인데……."

나는 심호흡을 하고 나서 말했다.

"주눅 들게 하는 관념만 늘어놓지 말고, 당신이 하필 내 토굴 마당 한복판에 서 있어야 하는 당위성을 구체적으로 말씀해주십시오."

그녀가 대답했다.

"이 세상의 모든 길은 나에게로 모여들고, 나의 뿌리와 줄기와 가지와 우듬지의 잎을 타고 하늘 길에 이른다. 그것을 알아줄 수 있는, 우주에 뿌리를 뻗고 우주의 율동 같은 삶의 원리를 시로 풀어내는 시인인 네가 이 집의 주인이 되기를 나는 기다리고 있었다."

그 말 때문에 순간적으로 우쭐해진 내가 물었다.

"이 마당에서 200년쯤 머물렀으므로 이제 어디론가 떠나가야 할 때가 되지 않았습니까?"

"머물러 있는 것처럼 보일 뿐 나는 여기 머물러 있지 않다. 우주의 시간을 따라 흐르고 있다."

"에이, 말도 안 되는 말씀! 요즘 당신은 한겨울 내내 잎사귀로써 광합성하실 일도 없고 늘 잠만 자고 계시는데요?"

"내가 잠만 잔다고 보는 사람들의 영혼이야말로 잠자는 것이다."

"그럼 요즘 하시는 일은 무엇입니까? 가령 당신도 스님들처럼 동안거 중이십니까? 면벽참선하시는 것입니까?"

"너는 '면벽참선'이란 말에 걸려 있구나. 선禪의 원조라고 알려진 달마의 어록을 깊이 읽어보아라. 거기에 면벽참선이란 말은 없다. '벽'은 수도하는 공간에 있는 사방 바람벽을 말하는 것이 아니다. 오탁악세의 모든 공격적인 현상들을 차단하는 것이 벽이다. 요염한 여인이 유혹했을 때 그 유혹을 뿌리치는 마음의 장치가 벽이고, 돈과 벼슬을 주겠다고 했을 때 그것을 뿌리치는 강단이 벽이다. 바람벽을 향해 좌선하는 것이 면벽참선이라고 착각하지 마라. 벽은 사실 네 마음속에도 있고 마음 밖에도 있다."

"선禪이란 무엇입니까?"

"선은 한 마디로 말한다면 '순리'다. 밤이면 밤하늘의 별들하고 교통·교감을 하고, 해 뜨면 햇살 속에서, 달이 뜨면 달빛에 흠뻑 젖은 채, 안개 끼면 안개에 젖은 채 춤추는 우주 너울에 스며 흐르는 것이 선이다. 울퉁불퉁하고 꺼끌꺼끌한 쇳덩이 같은 관념(논리)이 더 나아가지 못하고 끊어지는 길(言語道斷)에서 새로운 길(진리)이 만들어진다."

"당신은 말을 부정(不立文字)하고 계신데, 그렇게 부정하면서 결국은 말을 이용하여 진리를 말하는 모순을 범하시지 않습니까?"

"진리는 말도 안 되는 말(손가락질)의 저 너머에 달처럼 둥그렇게 떠 있다."

"《원각경》에서 '달을 보라면 달을 볼 것이지 왜 손가락만 보느냐'고 했는데, 그 달이란 무엇입니까?"

"달은 '중생들과 함께 타고 깨끗한 세상으로 가는 큰 수레(大乘)', 말하자면 '부처의 마음(一心)'이다."

"감다운 감 하나도 주인에게 제공할 수 없을 정도로 늙어버린 주제에 대승 이야기를 할 수 있습니까?"

"내가 떨어뜨리는 감꽃이나 물러터진 시자를 개미나 미생물이나 새들이 얼마나 좋아하는 줄 아느냐? 너는 원고료와 출간한 책의 인세를 받아서 너와 네 아내와 자식들만을 위해 썼지만 나는 나의 열매들을 세상의 굶주린 미물들을 구제하는 데 쓴다."

"당신의 삶이 곧 보살의 삶이라는 것입니까?"

"신화는 태초로부터 있어온 것이 아니고, 우리의 평범한 일상이 신화가 된다. 가시적인 태양과 소통한 것들은 역사로 기록되고 달과 별과 안개와 구름과 비와 눈과 하늘과 소통한 것들은 신화가 된다."

"어떤 신화가 만들어진다는 것입니까?"

"이성계가 조선왕조를 세우면서 고려 왕족인 왕씨 성 가진 사람들을 모두 죽이려고 들었을 때 왕씨 집안의 할머니들은 빽빽 늙은 내 할머니 나무의 허리에 왼쪽으로 꼰 새끼줄을 감아놓고 열 새끼 가운데서 단

하나만이라도 살려달라고 비손을 했다. 임진왜란 때는 전라 좌수영에 들어간 쇠돌이 어머니 순돌이 어머니 장쇠 어머니도 비손을 하고, 동학년에 농민들이 죽창 들고 나섰을 때는 부칠이 어머니 갑돌이 어머니 순칠이 어머니 바우 어머니가 비손을 하고, 빨치산들이 여수 순천 광양 보성 장흥을 휩쓸다가 지리산으로 숨어들었을 때는 여수 14연대에서 M1 총을 차고 뛰어다닌 영춘이의 어머니가 비손을 하고, 의용군에 끌려갔다가 거제 포로수용소에 갇힌 폰개의 어머니가 비손을 했느니라. '용천하시는 하느님 칠성님 산신님 지 새끼 명줄이 동아줄보다 튼튼하게 해주시요' 하고."

"당신에게도 꿈이 있습니까?"

"시 쓰는 자네가 나를 쳐다보며 사유하고 명상한 결과 큰 작품을 썼으면 하는 바람이다. 진정으로 좋은 시인은 식물성 아나키스트여야 한다고 나는 생각한다. 호수에서 뱃놀이를 하며 물속의 달을 길어 올리려다가 익사한 이태백처럼."

"그것이 나를 당신의 그늘 속으로 유혹하는 이유입니까?"

"내 거대한 모습은 우주의 율동을 가장 잘 나타내준다. 나의 자잘한 가지들이나 잎사귀들은 땅을 지키는 지신地神의 머리칼이다. 그 안테나 같은 머리칼을 이용하여 땅과 하늘과 교감하고 교통한다……. 동쪽 하늘에 피어나는 아침노을, 저녁에 서쪽 하늘에서 핏빛으로 타오르는 황혼을 내가 만든다. 가을철 나의 황금색으로 물든 잎사귀들과 열매들이 땅을 덮었을 때, 내가 앙상한 나뭇가지로 찬바람 쌩쌩 내달리는 겨울하늘을 떠받쳤을 때, 사람들은 나를 거울 삼아 탐욕과 오만과 질투심을 버리고 고요히 침잠함으로써 거듭나는 법을 배워야 한다."

"이번 저의 시집에 실린 시편들에 대하여 꼬집어주실 말씀이 없지 않으실 것 같은데요?"

나의 물음에 그녀가 거침없이 대답했다.

초파일에 그리운 연꽃 등불 하나
너를 위해 달았다,
금산사 가는 산굽이 위에서
밤은 별들을 초롱같이 켜 달았다.
이 여름엔 나도 한 점 혼령이 될 거나
눈 부릅뜨고 수묵화 같은 너의 숲을 헤매는
철 이른 반딧불이나 될 거나.

〈그리운 연꽃 등불 하나〉 전문, 《열애 일기》

내 전생의 젊은 날의 밤에는 늘 나의 하얀 달빛이 만개한 하얀 연꽃들이 수런거리는 방죽으로 흐르곤 했는데, 어느 여름밤, 뭉크의 '사춘기 소녀' 같은 달빛 옷을 입은 여신이 방죽 가장자리의 바윗돌에 걸터앉은 채 물에 발을 담그고 있었는데, 여신에게서 날아오는 향기에 달뜬 나는 가슴을 두근대며 여신 옆으로 다가갔는데, 연꽃잎 그늘에 숨어 있던 거무튀튀한 남신이 덤벼들어 나를 번쩍 들어서 방죽 한가운데에 내리꽂았는데 여신이 거짓말처럼 나를 달빛 치마폭으로 살포시 받아주었는데, 순간 여신의 체취에 취하여 그 치마폭에서 깊이깊이 오래오래 잠들었었는데, 나 지금

이승에서 그 달빛 옷 입은 백련꽃 향의 여신을 찾으려고 헤매고 있습니다.

〈나의 사랑하는 여신〉 전문,《이별 연습하는 시간》

"너는 늘 여신의 연꽃 향내 나는 달빛 치마폭 분위기에 젖어 살고 있다. 너는 여신에게서 기를 받고 있다. 네가 오래전에 쓴 소설 '신화' 연작 〈황소에게 밟힌 순이의 발〉에 나오는 여주인공 같은 여신이다. 네 전 생애에는 여신이 절실히 필요했다. 낳아주고 젖 먹여 키워주고 가르쳐주고, 위기에 처했을 때, 고독하고 절망했을 때 위로해주고 치유해주고 구원해주는 여신. 네 시편 속에 등장하는 꽃들은 모두 여신의 화신이다. 그것을 나는 긍정적으로 본다. 늙은 시인에게 여신은 필요불가결한 창조의 원천이니까."

"저에게 덕담을 한마디 해주십시오."

"얼마 전부터 너는 노인성 우울증을 앓고 있더구나. 영혼과 육체의 폐경으로 말미암은 그 정서적 불안과 절대고독을 극복하려면 너의 여신과 시를 숭배하듯 사랑해야 한다. 여신과 시는 치유와 위안과 안식의 따사로운 품과 늪과 숲과 하늘을 가지고 있다. 존재하지만 원래 존재하지 않았던 섬이 너의 본질이다. 늘 스스로의 모든 것을 버리고 훨훨 구름처럼 멀고 먼 항구로 떠나가는 이별 연습을 하여라. 너의 등불을 네가 켜 들고 한도 끝도 없는 허무의 바다에 떠 있는 너의 섬을 밝히면서 미련 없이 떠나가는 이별 연습. 잘살아낸 아름다운 삶이 꽃이듯 자기 돌아갈 때가 언제인가를 알고 아름답고 향기롭게 사라져가는 죽음도 또한 꽃이다."

우주의 자궁을 향하여

오래전, 그해 6월의 마지막 화요일 밤, 가수 김원중의 달거리 콘서트 이야기 초대 손님으로 나갔더니 김원중이 생명력이 무엇이냐고 물었다. 나는 그해 네 살 난 외손자 새벽이에 대한 이야기를 했다.

“제 어미가 새벽이를 놀이터에 데리고 갔는데 그놈은 한없이 시소 타고 미끄럼을 타려 했고 어미는 지쳐 그놈을 억지로 이끌고 집으로 왔습니다. 그놈은 현관 바닥에 선 채로 다시 나가자고 떼쓰며 울었고 어미는 그 울음 그치게 할 여력도 없어 응접실 소파에 주저앉아 있는데 한 20분쯤 울던 그놈이 문득 어미를 향해 엄마 나 뭐 좀 마시고 싶어, 했습니다. 어미가 아 이제 그만 울려나 보다 하고 우유를 주었더니 그것을 다 마시고 난 그놈은 다시 울기 시작했습니다. 생명력이라는 것이 그것입니다."

김원중이 생명력은 무엇을 먹고 사느냐고 물었다.

"절망을 먹고 삽니다."

절망이란 무엇이냐고 거듭 물었다. 내가 말했다.

"여름 약수터에 가는데 한 소리꾼이 연습을 하고 있었습니다. 『적벽가』「새타령」 중에서도 '도탄으으 빠진 군사……' 이 부분만 열 번쯤 거듭 불렀는데, 그때마다 천구성이 나오지 않고 삑삑거리는 가성만 나왔습니다. 그때 그 소리꾼이 느끼는 것이 절망입니다."

김원중이 내 말법을 재미있어하며 사랑이란 무엇이냐고 물었다. 내가 말했다.

"뙤약볕이 작열하는 한여름 가뭄 때였습니다. 들판 한가운데 있는 논에서 한 남자가 한 여자의 벼논에 열심히 물을 댔는데 남자의 얼굴은 사과 볼처럼 상기되어 있었습니다. 또 어느 가을철, 여자는 자기가 봄부터 가을까지 죽어라고 피땀 흘려 지은 논에서 남자가 돈 한 푼 안 내고 나락을 모두 추수해가는데도 불구하고 감격하여 눈물을 쫄쫄 흘렸습니다. 그 미친 놈 미친 년이 하는 짓이 사랑입니다."

질문하기에 흥이 난 김원중이 또 물었다. 소설이 무엇이냐고. 내가 말했다.

"소설가라는 사람들은 우주에 내린 뿌리로 빨아올린 그 미친 놈 미친 년들의 이야기들을 엮어 진짜로 큰 거짓말 이야기 덩어리를 만들어 놓는데 그것이 소설입니다. 그런데, 그것은 반드시 시詩를 향해 날아가지 않으면 안 됩니다."

그럼 그 시란 도대체 무엇이냐고 물었다. 내가 말했다.

"음악과 무용을 향해 날아가는 것이 시입니다."

그럼 음악과 무용이란 무엇이냐고 그가 물었다. 내가 말했다.

"인간은 매우 현학적입니다. 신을 믿는다든지 부처님을 믿는다든지 철학을 한다든지 그림을 그리고 글씨를 쓰고 시를 짓고 노래하고 악기를 연주하고 춤추고 굿을 하고 풍수지리설에 따라 집을 짓고 무덤을 만들고 죽어간 자의 제사를 지내고 개미니 벌레니 쥐오줌똥풀이니 존재하는 모든 것들에 이름을 붙여주고, 운명을 예견하는 점을 치고…… 이러한 일들이 다 현학적입니다.

'골짜기의 여신(谷神)은 영원한데 그것을 그윽한 암컷(玄牝)이라고 한다. 그 그윽한 암컷의 문은 천지(우주)의 뿌리다. 골짜기(谷)의 신神의 작용은 무궁무진하다.'

이것은 한 늙은이가 한 말입니다. 나는 골짜기의 신을 여성의 성기에 비유하여 말하겠습니다. 골짜기는 오행으로 말한다면 음陰인데 자궁을 뜻하고, 신神은 양陽인데 질膣이나 클리토리스를 뜻합니다. 자궁은 미련하고 둔하고 바보 같은 기관으로 아기를 열 달 동안 담아 키워내면서도 힘들다는 말 한마디 하지 않습니다. 암 세포가 퍼져도 느끼지를 못하다가 그것이 곪아 터지려 하고 다른 부위로 전이될 즈음에야 어렴풋이 아픔을 느낍니다. 자궁이 그러한 데 비하여 질과 클리토리스는 성감대가 가장 잘 발달해 있으며, 여성에게 환희를 느끼게 하고 정자를 받아들이게 하는 감성적인 부위입니다. 자궁이 여자를 어머니이게 하는 곳이라면, 질과 클리토리스는 여자를 여성이게 합니다.

《주역》에, 한 가지 음에 한 가지 양이 보태진 것이 도道라고 했습니다. 곡신은 우주의 자궁(음)과 클리토리스(양)를 다 내포합니다. 그 음양의 작용(조화)은 우주를 늘 새롭게 거듭나도록 하고 무궁무진하게 합니다. 자궁은 탄생의 시공時空이자 휴식과 안식의 빈 터이고, 절망하는 자들을 거듭나게 하는 자리이고, 진리를 배태하는 신화 그 자체입니다. 그러므로 모든 좋은 음악과 무용은 우리를 싣고 우주의 자궁을 향해 날아가는 것입니다. 그곳으로 날아가 인간을 거듭나게 합니다."

음악회에 온 손님들에게 덕담 한마디 해달라고 하기에 내가 말했다.

"우주의 자궁을 향해 날아가는 소설과 시와 음악과 무용처럼 사십시오."

말을 마치고 나는 관중들을 향해 합장하면서 속으로 '옴 마니 반메 훔' 하고 중얼거렸다.

다이아몬드와 연꽃,
혹은 우주적인 오르가슴

불교에 '옴 마니 반메 훔'이라는 다라니(주문呪文)가 있다.

'옴'은 천지가 밝아지기 시작하는 첫소리다. 한 생명체가 탄생할 때의 첫소리이고 안간힘 쓰는 소리이고 앓는 소리이고 성행위 도중의 오르가즘에 이르려는 몸부림의 소리다. 아기들이 배우는 첫말 '엄' 하고 같고 '엄마' '오마니'의 첫소리와 동음인 그것은 인류 공통어다.

'마니'는 다이아몬드를 뜻하는데, 그것은 양陽으로서 밝은 구슬, '무엇이든지 마음 먹은 대로 되게 하는 구슬', 즉 여의주를 뜻하는데, 남성의 성기(남성신의 에너지)를 상징한다.

반메(범어로 '파드마')는 음陰으로서 연꽃이다. 노자의 곡신(우주의 자궁)과 같다. 연꽃은 그윽한 암컷(현빈玄牝), 여성의 성기(여성 신의 에너지), 우주적인 자궁, 우주적인 풍요, 그 무진장한 원천을 뜻한다.

마니와 반메의 만남은 우주적인 남성 에너지(양)와 여성 에너지(음)의 만남이고 거기에서는 오르가슴이 일어나게 된다.

'훔'은 행위가 끝난 다음 안식하고 안도하고 종결하는 한숨이다. 밀교에는 '훔 명상법'이 있다. 비밀 의식, 그 성취(오르가슴)의 다음 순간에 나오는 소리 '훔'은 우주 모든 공간과 모든 시간, 모든 생명의 모든 파장이 압축되어 있다.

'옴 마니 반메 훔'은 "옴, 당신의 거룩한 꽃 속에 내 편히 안기나이다, 훔"으로 번역할 수 있고 "연꽃 속의 보석이여, 여신 에너지 속에서 잠 깨는 남성 신의 에너지여"로 해석할 수도 있다. 그것은 곧 '우주적인 오르가슴'을 말한다.

석가모니가 꽃 한 송이를 들어 보이자 가섭이 빙그레 웃었다는 것은 꽃 한 송이 피자 세계가 일어난다(一花開 世界起)와 통하고, 그것은 우주적인 오르가슴과 통한다.

아, 내 삶의 몸부림, 내 시와 소설의 몸부림, 내 삶의 궁극은 그 우주적인 오르가슴에 이르기, 그것에 다름 아니다.

아름다운 자궁을 위한 헌사

자궁을 위한 헌사

향기롭고 맛깔스러운 차나 음식물 앞에 앉아 있는 경우에 못지않게 소변기 앞에 서거나 대변기를 타고 앉아 있을 때 숙연해진다. 차나 음식물 앞에서의 일이 나를 황홀하게 하고 달뜨게 하고 취하게 한다면 변기에서의 일은 나를 침잠하게 하고 우주적인 원초의 시공으로 돌아가게 한다.

영육이 배고파 있는 때 앞의 일을 하게 될 경우 대개 넋을 잃기 마련이다. 포만감이 일어날 때까지 이성을 잃은 채 씹어대고 퍼 넣기 마련이고 그러고 나서는 지나쳤음을 후회하곤 한다. 스스로를 향해 에끼 멍청이, 멍청이 하고 투덜거리면서.

뒤의 일을 하는 동안 나는 늘 나의 서 있는 자리와 취하고 있는 자세를 성난 얼굴로 바라보고 틀려 있다 싶을 때 침 뱉고 아프게 질타하고, 그 질타에 순응하지 않으려 하면 혀를 아프게 깨물면서 죽어라 죽어라, 하고 부르짖고 고문하곤 한다. 원초의 시공, 혹은 우주적인 자궁으로 돌아가기는 거기에 나를 가두기다. 거기에 나를 잘 가두면 나는 향기로워질 수 있다. 거듭나기다.

자궁이란 무엇인가

겨울은 공空과 무無처럼 비우고 안식하고 0(제로)처럼 새로이 시작하는 것이다. 공과 무를 잘 표현한 0은 자궁을 닮았다. 아라비아숫자의 하나인 0은 아랍인이 아니라 인도 사람들의 머릿속에서 나온 것 아닐까. 한 숫자 十은 마찬가지로 자궁을 뜻하기는 하지만 그것은 가득 채움을 나타낸다는 점에서 0과 같지 않다. 0과 十은 인도 사람들과 중국 사람들이 인식하는 삶의 차이를 극명하게 드러내주는 듯싶다.

내 사전에 들어 있는 자궁은 거대한 구멍인 우주와 동의어다. 어떤 성인이 우주의 근본은 어지다(仁)고 말하자 한 늙은이가 어진 것이 아니고 잔인하다고 반박했다. 그 잔인함이 무위자연無爲自然의 일단이라고.

세상의 모든 자궁은 새끼를 잉태하려 한다. 그것은 내부에 먼저 배란을 함과 동시에 클리토리스와 질을 발기하게 하고, 발기한 그것들은 정자를 가진 수컷을 유혹하기 위해 음험한 향기를 풍긴다. 그것들이 향기를 풍기기 시작하면 자궁의 주인은 얼굴 살갗이 탐스럽게 되고 윤기가 나면서 사괏빛(도화색)으로 붉어지고 수컷을 향해 교태를 부린다.

수컷과 교미를 하고 나서 자기에게 정자를 준 수컷을 잡아먹는 족속들이 있다. 잡아먹힌 것들이나 먹히지 않는 것들이나 다 일단 사정을 하면 그와 동시에 오르가슴에 이르는데 그것은 일순간 기절을 하는 것이다. 기절이란 한순간 죽음에 이른 것을 말한다. 자궁을 가진 자들도 무지개를 타고 비상하는 듯한 오르가슴에 이르는데 그것 또한 한 번 죽은 것과 마찬가지다.

자궁은 자기 주인이 자기에게 아기를 갖지 못하도록 하기 위해 성욕을 참으라고 하거나 성행위 치르는 것을 방해할 때 실망하여 슬픈 눈물(달거리)을 흘리고 주인이 깊은 우울증에 빠지게 한다. 그러한 주인을 향해 자궁은 월권을 한다고 따지고 혹은 직무유기를 한다고 항변한다.

자궁의 투쟁

내 소설《아제아제 바라아제》에 자기 남근을 끊어버린 젊은 비구 스님과 손가락으로 자위 행위를 하다가 여근에 불이 나서 죽었다는 보련향 비구니의 이야기가 나온다. 보련향 비구니 이야기는《수능엄경首楞嚴經》에서 가져왔다.

시도 때도 없이 벌떡 일어나서 주인을 괴롭히는 염치없는 남근을 잘라버렸다는 한 비구의 고백을 듣고 한 비구니는 이렇게 말한다.

"자르려면 탐욕의 뿌리를 잘라야지 왜 애꿎게 그 죄 없는 것을 잘랐단 말이냐!"

남성의 남근 못지않게 여성의 자궁은 그것을 지닌 주인을 성가시게 들볶곤 한다.

세상의 모든 남근은 자기 유전인자를 퍼뜨리기 위해 투쟁하고 세상의 모든 자궁은 아기를 잉태하여 출산하기 위해 투쟁한다. 가을을 남성의 계절이라 하고 봄을 여성의 계절이라 한 것은 남근과 자궁의 성정을 잘 드러낸 말이다.

…

자궁은 암컷의 몸속에도 있고 몸 밖에도 있다. 몸속에 있는 자궁은 질과 음핵을 이용하여 정자를 받아들여 잉태한 다음에는 아기를 키우기 위해 사력을 다한다. 평소 먹성이 좋지 않던 암컷도 일단 아기를 가지면 놀라울 만큼 먹성이 좋아진다. 자궁이 아기를 건강하게 키우기 위해 식욕을 돋우는 호르몬을 분비하도록 촉진하는 까닭이다. 그리하여 아기를 가진 암컷은 그 아기를 넉넉하게 키울 수 있을 만큼 살이 통통 찐다.

자궁은 아기 낳을 시기가 되면 엉덩이를 커지게 하고 해산 순간에는 골반의 뼈들이 뒤로 물러나면서 통로인 질을 최대한으로 확대시킨다.

모든 암컷을 지배하는 것은 형이상학적인 머리가 아니고 형이하학적인 자궁이다. 세상을 지배하는 것도 우주적인 자궁이다. 자궁은 신화 그 자체다.

출산을 하고 나면 자궁은 자기 주인이 자나 깨나 아기를 보호하고 젖을 먹여 키우도록 촉구한다. 그 자궁은 모체가 아기의 생명을 지키는 노예 노릇 유모 노릇을 하지 않을 수 없게 하는 묘약妙藥인 호르몬을 분비하게 하는 것이다. 그 묘약은 아기가 눈에 보이지 않으면 가슴이 아파서 못 견디게 만든다.

출산한 뒤 살이 붙기 시작할 때 죽은 듯 잠을 자다가도 아기가 깨어 젖을 먹고 싶어 칭얼거리면 자궁은 귀신같이 그것을 알아차리고 주인을 일으켜 아기에게 젖꼭지를 물리게 한다. 말하자면 자궁과 아기의 영혼 사이에는 보이지 않는 실이 묶여 있는 것이다.

자궁의 더욱 놀라운 위력은, 아기가 어른이 되어 타관을 떠돌다가 외로워지면 자기를 찾아오지 않을 수 없도록 전파를 쏘아댄다는 것이다. 그리고 자기를 거쳐 나간 생명체가 평생토록 채무감에 시달리도록 그들의 영혼에 고삐를 달아둔다.

자궁과 고향과 조국과 바다와 우주의 밑뿌리가 동의어인 까닭이 그것이다. 모체가 자기 자식을 지키려고 투쟁하듯 땅은 자기가 낳고 키워낸 것들을 지키려고 투쟁한다.

…

모든 아들들은 어른이 된 다음 어머니의 자궁 대신 다른 여자의 자궁을 구하여 살게 된다. 아들을 다른 자궁에게 빼앗긴 어머니는 상실감에 젖어든다. 대개의 어머니들은 자기 아들을 빼앗아간 자궁에 질투하고 시기한다. 시어머니와 며느리의 갈등은 자궁으로부터 비롯된다.

내 아들딸이 각 신문사가 해마다 치르곤 하는 신춘문예 소설 부문에 응모하던 때 아내는 긴장해 있었다. 마치 자기가 도전하기라도 하듯.

아내는 처녀 시절부터 결혼한 뒤까지 남편인 내가 그 일을 위해 애쓰던 것을 옆에서 지켜본 경험이 있는 여자다. 아내는 자기 아들딸의 실력을 은근히 믿었다. 그들이 응모하던 첫해부터 당선을 기대했다. 한데 응모한 첫해에 아들딸은 모두 낙선했고, 아내는 정작 본인들보다 더 크게 실망하는 눈치였다. 그것을 알아차린 내 어머니가 당신의 며느리(내 아내)에게 해서는 안 될 말을 불쑥 했다.

"그런 아들을 아무나 다 낳는 줄 아냐?"

그 말을 들은 아내는 무척 섭섭했을 터이지만 어머니의 말을 못 들은 체해버렸다. 두 해 뒤에 그 아들딸은 신춘문예 관문을 통과하고 여기저기에 작품을 발표하기 시작했다. 아내는 어느 날 나에게 말했다.

"나는 소설 공장 공장장이요."

남편과 아들딸이 모두 소설가이므로 자기는 그들을 관리하는 사람이라는 것이었다.

어느 날 내가 술이 얼근해졌을 때 웃으면서 아내에게 빈정거리듯 말했다.

"당신은 왜 당신의 시어머니한테 당당하게 말을 못하는 거여? '어머니는 아들 하나만 소설가 만들었지만 저는 둘이나 만들었소' 하고."

올해 딸이 영국의 맨부커 상을 받았다. 아내는 자기 시어머니가 살아계신다면 이렇게 말했어야 하리라.

"어머니, 그런 딸을 아무나 다 낳는 줄 아십니까."

자궁으로 말미암은 고부간의 자존심 대립은 얼마나 슬프면서도 아름답고 감격적인가.

열애가 죄일 수는 없다

열애가 죄일 수는 없다. 죽음을 생각하지 않을 수 없을 때 절망하고 또 절망하면서 나는 거듭 열애 속에 빠져 들곤 한다. 내 시집《열애 일기》는 그 열정적인 사랑하기의 점철이다. 부끄러움의 기록이기도 할 터이다. 모든 열애하며 사는 사람들, 그 열애로 말미암아 한밤중에 잠 못 이루고 유령 같은 그림자 내저으며 헤매는 사람들에게 이 책을 바친다.

시를 여기로 여기지 않는다. 걸쭉한 단물을 고고 또 고아서 차돌 같은 엿으로 만들듯 풀어진 말과 삶을 그렇게 곤다. 비수를 깎듯 벼리고 다듬는다. 싸움터에 나가서 쓸 그 존철살인의 독 묻힌 칼, 내 가슴 내가 찔러 피 쏟고 죽어갈 그 패도 같은 것.

진주조개같이 내 살 속에 상처 내어 그 진주의 씨를 배양하고 가꾼다. 어찌할 수 없는 열애병. 그 병을 죽을 때까지 앓을 것이다.

느슨해져서 지리멸렬한 삶 속에 열애병으로 말미암은 보석을 박아 넣으며 살고 싶다. 겨자씨만 한 사랑 보석, 우주가 담긴 그 겨자씨. 겨자씨와 우주의 화해 없는 영원한 싸움, 그들의 황홀한 섞이기와 넘나들기와 서로의 맴돌기, 아아 화려하고 슬픈 그 사랑 만다라.

…

촛불, 그 선승과의 말 주고받기에 따라 세상을 푼다. 이때 우주, 그 거대한 구멍은 풀잎에 맺힌 한 방울의 이슬일 수도 있고, 겨자씨 한 알맹이일 수도 있다.

나는 박새이고 개미이고 먼지이고 구름이고 오랑캐꽃이고 독새풀이다. 박새도 개미도 먼지도 구름도 오랑캐꽃도 독새풀도 아니다. 그 모든 것이다.

아프게 소멸된 과거와 간절하고 슬프게 기다려야 하는 미래를 현재의 사랑하는 마음속에 함께 빚어 묵히면 금강석이 죽순처럼 자란다. 그것들이 창문 앞에 주저리주저리 발로 엮인다.

쥐 고양이 뱀 개구리 들의 시체 썩은 진흙탕물속에 잔뿌리 박고 피는 연꽃이여, 꿀물 흐르는 그 꽃의 깊은 늪 속에 함몰하는 보석이여, 오르가슴 같은 환희여, 시여!

…

흥행하려면 재주넘기를 해야 한다. 순도 높고 향 좋은 술 잘 빚는다고 소문난 주모는 솜씨 칭찬과 쇠푼 맛에 제 영혼을 망친 결과 슬쩍슬쩍 물 타기 한 술을 팔게 된다. 파괴자인 시간 앞에서의 겁 없는 재주넘기와 물 타기만큼 슬픈 어릿광대짓이 또 있을까.

시는 붙잡으려고 하면 달아나버리는 묘한 말이다. 그것은 삶의 앙금이고 사리다. 그것과 삶은 둘이 아니다. 둘일 때 흥행이고 하나일 때 보석이다. 그것이 삶이고 삶이 그것이다.

와이 축인 시간과 엑스 축인 공간이 만나는 자리에 어리는 화엄의 빛을 포착하는 순간의 떨고 울음 우는 영혼 붙잡기 혹은 법열을 샛별 같은 보석으로 만드는 연금술사가 될 일이다.

…

시장경제 자본주의가 시를 천해지게 하고 길어지게 한다. 벌거벗고 성을 팔고, 수다스럽고 호들갑스러운 걸개그림이 되고, 인조 명품들을 걸치고 머리처네를 쓴 채 내숭을 떤다. 꽹과리 말은 하늘의 길 따라 내려오고 북장구 말은 땅의 길 따라 올라가고, 그 두 길이 만나는 곳에 좋은 시가 꽃필 터이다.

경허의 술 마시는 법을 존경한다. 좋은 씨 구해다가 기름진 밭에 뿌리고 성심껏 가꾸어 수확한 밀을 갈아 누룩 빚고, 유기농 쌀로 고두밥 지어 그것들을 알맞게 섞고, 옹달샘에서 물 길어다가 질그릇 동이에 부어 아랫목에 두고, 부글부글 괴어 향기가 진동하면 진국을 떠 코 비틀어지게 마신다. 시도 그렇게 써야 한다.

…

이 시집, 옷감의 결과 무늬와 바느질 흔적과 호주머니를 없애고 들꽃처럼 수수하게 짓는다고 지었는데 꼬나보니 이승의 말과 저승의 말이 섞이어 있다. 어찌하랴 어찌하랴 이게 시방 내 삶의 속살인 것을.

…

솜사탕처럼 부풀려진 헤픈 말이 부끄러워지기 시작했다. 금강석처럼 견고하고 인색한 말의 성을 쌓아야 한다고 질책하곤 했다. 여름이면 땡볕에 시달리는 마당의 푸른 이끼들에게 물을 주곤 한다. 살기 알맞게 음습하지 못하므로 허공을 떠도는 이끼의 포자들이 나의 시공에 가시적으로 정착하기를 기대하면서. 겨울에는 동면하는 그것들과 함께 내내 여름을 꿈꾼다.

…

장마철의 곰팡이를 이기는 것은 가뭄이고, 가뭄을 이기는 것은 번개와 우레이고, 번개와 우레를 이기는 것은 햇볕이고…… 햇볕을 이기는 것은 꽃그늘이고, 꽃그늘을 이기는 것은 밤이고, 밤을 이기는 것은 잠이고, 잠을 이기는 것은 아침이고, 아침을 이기는 것은 지심이고 천심이라는 것이다.

…

푸지되 헤프지 않고 아끼되 인색하지 않아야 한다. 문장도 그래야 한다.

…

한 늙은이가 바닷가의 가는 모래밭에 섬세하고 정교하게 만다라를 그리고 있다. 지나가던 자가 다가가서 지켜본다. 만다라를 완성시킨 늙은이는 몸을 일으키고 한동안 그것을 내려다보다가 자기 발바닥으로 북북 지우고 뭉갠다. 지켜보던 자가 왜 그러느냐고, 아깝지 않느냐고 항의하듯 말했지만 늙은이는 말없이 가버린다. 지나가던 자는 그 만다라를 머리에 떠올리며 그 자리에 서 있다. 오래지 않아 밀물이 밀려들었고, 파도가 만다라를 북북 뭉개버린 늙은이의 발자국들을 지웠다.

바다는 죽음 없는 신의 얼굴, 영원한 시간의 몸짓이다. 죽음 있는 내가 죽음 없는 바다를 보듬고 살면서 쓴 다섯 번째의 시집이다. 《열애 일기》《사랑은 늘 혼자 깨어 있게 하고》《노을 아래 파도를 줍다》《달 긷는 집》 이후에 쓴 시들이다. 무한한 시간의 모래 위에 유한한 시간인 내가 만다라를 그리는 것은 무엇일까. 밀물이 밀려오면 지워질 그 만다라는 시간에 먹히지 않고 시간을 먹고 싶은 나의 탐욕일지도 모른다.

한승원 연보

1939 전남 장흥 회진면 신상리(지금의 신덕리)에서 아버지 한용진, 어머니 박귀심 사이의 차남으로 출생

1954 장흥중학교 졸업

1957 장흥고등학교 졸업

1963 서라벌예술대 문예창작과 졸업

1966 신아일보 신춘문예 소설 〈가증스런 바다〉 입선

1968 대한일보 신춘문예 소설 〈목선〉 당선

1969 단편 〈무적霧笛〉 〈이색 거미줄 소묘〉 발표

1972 《한승원 창작집》 출간

1974 〈어머니, 한1〉 발표

1975 〈홀엄씨, 한2〉 발표. 〈우산도, 한3〉 발표

1976 중편 〈폐촌〉 발표. 단편 〈참 알 수 없는 일〉 〈앞산도 첩첩하고〉 〈석유등 잔불〉 〈신화〉 연작 발표

1977 단편 〈김목수〉 〈두족류〉 〈아리랑별곡〉 〈여름에 만난 사람〉 발표. 소설집《앞산도 첩첩하고》출간

1978 단편 〈신길동전〉 〈아들나무에 젖뿌리기〉 〈울려고 내가 왔던가〉 〈꿈에도 소원은〉 〈벌 받는 사람들〉 〈기찻굴〉 〈겨울비〉 발표. 한국일보에 중편소설 〈안개바다〉 연재. '한국 문제작가 선집' 《한승원》 권 출간

1979 단편 〈땅가시와 보리알〉 〈또 하나의 태양〉 〈가을 찬바람〉 〈꽃과 어둠(안개바다2)〉 발표. 소설집 《안개바다》 《여름에 만난 사람》 출간. 장편 〈해일〉 발표. 교직 그만 두고 전업 작가로 활동 시작

1980 중편 〈구름의 벽〉 〈누이와 늑대〉 〈날새들은 돌아갈 줄 안다〉 발표. 단편 〈내 딸 미선이〉, 장편 〈해일〉을 《그 바다 끓며 넘치며》로 개제하여 출간. 이 장편과 〈구름의 벽〉으로 한국 소설문학상 수상. 광주 민중항쟁 일어남. 그 충격으로 한동안 작품 활동 중단

1981 단편 〈극락산〉 〈불배〉 〈불곰〉 〈불의 아들〉 발표. 장편 〈지신〉 발표. 소설집 《날새들은 돌아갈 줄 안다》 출간

1982 단편 〈극락산2〉 〈어둠의 맥〉 〈불의 문〉, 중편 〈포구〉 발표. 전작 장편 《바다의 뿔》(《그 바다 끓며 넘치며》 후편) 발표. 〈누이와 늑대〉로 대한민국문학상 수상. 일본 신초샤 《한국 현대문학 13인집》에 〈물 아래 김 서방〉을 〈해신의 늪〉으로 개제하여 수록

1983 중편 〈포구의 달〉 〈물너울 한 너울〉 〈미망하는 새〉 〈굴〉 발표. 단편 〈장미꽃〉 발표. 장편 《불의 딸》 출간. 임권택 감독이 《불의 딸》을 영화화함.

중편 〈포구의 달〉로 한국문학 작가상 수상. '제3세대 한국문학 전집'《한승원》권 출간

1984 단편 〈겨울장미〉, 중편 〈달의 회유〉 발표. 장편《포구》출간. 일본 신초샤《한국 현대 단편소설》에 〈기찻굴〉 수록

1985 단편 〈당신들의 몬도가네〉 〈어둠꽃〉 발표. 장편《아제아제 바라아제》출간. 임권택 감독이《아제아제 바라아제》를 영화화함

1987 중편 〈해변의 길손〉 발표. 문학전집 '우리시대우리작가'《한승원》권 출간. 소설집《미망하는 새》출간. 장편《갯비나리》출간(〈그 바다 끓며 넘치며〉, 〈바다의 뿔〉과 더불어 3부작 〈해일〉이 됨).《갯비나리》로 현대문학상 수상. 전작 장편 〈탑〉이 일본 가도카와에서, 같은 작품이 문학과지성사에서《우리들의 돌탑》으로 동시 출간

1988 〈해변의 길손〉으로 이상문학상 수상

1989 대하소설《동학제》집필 시작. 중편 〈불꺼진 창〉 발표. 장편《아버지와 아들》출간. 나남문학선《포구의 달》출간

1990 단편 〈돌아온 사람들〉 〈내 고향 남쪽 바다〉 〈나 하늘로 돌아가리라〉 발표. 소설집《누군들 나그네가 아니랴》출간

1991 단편 〈돌아온 사람들2〉 발표. 시집《열애 일기》출간. 수필집《허무의 바다에 외로운 등불 하나》출간

1992 단편 〈섬〉, 중편 〈사람의 껍질〉 〈까치 노을〉 발표

1993 소설집《새터말 사람들》출간

1994 단편 〈새끼무당〉〈 오른씨름〉 발표. 장편《시인의 잠》출간. 대하소설《동학제》전7권 출간

1995 장편《까마》《아버지를 위하여》출간. 두 번째 시집《사랑은 늘 혼자 깨

어 있게 하고》 출간. 문학 선집 《해변의 길손》 출간

1996 장편 《연꽃바다》 출간

1997 9월에 고향인 전남 장흥 안양의 율산 마을에 작가실 '해산토굴'을 짓고 이사. 단편 〈바늘〉 〈사랑 혹은 환몽〉 〈황소 개구리〉 발표. 장편 《해산 가는 길》 출간. 장편 《포구》로 한국해양문학상 수상

1998 장편동화 《어린 별》 출간. 장편 《포구》 재출간. 단편 〈검은댕기 두루미〉 〈순천행〉 발표. 전작장편 《사랑》 출간

1999 단편 〈유자나무〉 〈홀컵〉 〈고추밭에 서 있는 여자〉 발표. 세 번째 시집 《노을 아래 파도를 줍다》 출간. 《한승원 중단편 전집》 7권 출간

2000 장편 《꿈》 출간. 장편 《사랑》으로 현대불교문학상 수상

2001 장편 《화사》 출간. 단편 〈잠수거미〉 〈수방청의 소〉 〈저 길로 가면 율산이 지라우〉 발표. 장편 《멍텅구리 배》 출간. 회갑기념 문집 《한승원 삶과 문학》 출간. 단편 〈사람은 무슨 재미로 사는가〉 〈별〉 〈그 별이 왜 나를 쏘았을까〉 발표. 장편 동화 《우주 색칠하기》 출간 장편 《흑산도 하늘 길》 출간

2002 단편 〈길을 가다보면 개도 만나고〉 〈감 따는 날의 연통〉 발표. 수필집 《바닷가 학교》 출간. 장편 《물보라》 출간. 미국에서 번역된 《아버지와 아들》로 미국 환태평양 기리야마 도서상 수상. 중편 〈내 서러운 눈물로〉 발표

2003 장편 《초의》 출간. 단편 〈그러나 다 그러는 것만은 아니다〉 〈버들댁〉 발표

2004 장편동화 《향기로운 거무의 성》 출간. 소설집 《잠수거미》 출간

2005 수필집 《이 세상 다녀가는 것 가운데 바람 아닌 것이 있으냐》 출간

2006 장편 《아버지와 아들》 재출간. 장편 《소설 원효》 전3권 출간. 이 작품으

로 김동리문학상 수상

2007 수필집《차 한 잔의 깨달음》출간. 소설집《앞산도 첩첩하고》재출간. 장편《키조개》출간. 장편《추사》출간. 단편〈사랑하는 나그네 당신〉발표

2007 단편〈나무의 길〉〈시인과 농부〉〈빈집〉발표

2008 장편《다산》출간. 네 번째 시집《달 긷는 집》출간.《한승원의 글쓰기 비법 108가지》출간

2009 《한승원의 소설 쓰는 법》출간. 소설집《희망사진관》출간

2010 장편《보리 닷 되》출간

2011 장편《피플 붓다》《항항포포》출간

2012 수필집《강은 이야기하며 흐른다》출간

2013 시집《사랑하는 나그네 당신》, 장편《겨울잠 봄꿈》출간.《아제아제 바라아제》중국어로 번역 출간

2014 장편《사람의 맨발》출간. 수필집《나 혼자만의 시 쓰기 비법》출간

2015 장편《물에 잠긴 아버지》출간

2016 시집《이별 연습하는 시간》, 자선 소설집《야만과 신화》, 대담집《꽃과 바다》, 장편《달개비꽃 엄마》출간

꽃과 바다

초판 1쇄 인쇄 2016년 9월 30일 **초판 1쇄 발행** 2016년 10월 10일

지은이 한승원 조용호 장일구
펴낸이 연준혁

출판 1분사
편집장 한수미
디자인 이세호

펴낸곳 (주)위즈덤하우스 **출판등록** 2000년 5월 23일 제13-1071호
주소 경기도 고양시 일산동구 정발산로 43-20 센트럴프라자 6층
전화 031)936-4000 **팩스** 031)903-3893 **홈페이지** www.wisdomhouse.co.kr

값 15,000원 ISBN 978-89-5913-069-6 03810

국립중앙도서관 출판시도서목록(CIP)

꽃과 바다 : 한승원 문학의 씨앗말과 뿌리말 / 지은이: 한승원. — 고양 : 위즈덤하우스, 2016
p. ; cm

"한승원 연보" 수록
ISBN 978-89-5913-068-9 03810 : ₩15000

소설가[小說家]
한국 현대 문학[韓國現代文學]
대담[對談]

813.6209-KDC6
895.734-DDC23 CIP2016023312